태종무열왕

하용준 장편역사소설

태종무열왕

3

태종무열왕은 신라의 제26대 왕이자 신라의 정치가였다. 성은 김 휘는 춘추이다. 김용수와 문정태후 김씨의 아들이며 진골귀족 세력으로 활약하였으며 대당 외교를 주도하였다. 진덕여왕 사후 국인들의 추대로 진골 최초의 왕으로 즉위하였으며 백제를 멸망시키고 삼국통일의 기틀을 다 졌다. 진평왕 사후 한때 유력 왕위계승자로 지목되어 사촌무이이자 이모인 선덕여왕의 견제를 받았으나 그의 재주를 알아보고 당나라와 고구려 일본등에 외교관으로 파견했다. 고구려와 백제 등의 위협으로부터 벗어나기 위한 신라는 자구책으로 외교활동을 했고 그는 외교관으로서 중국의 통일왕조인 수나라 당나라와의 연합을 추진하여 성사시켰다.

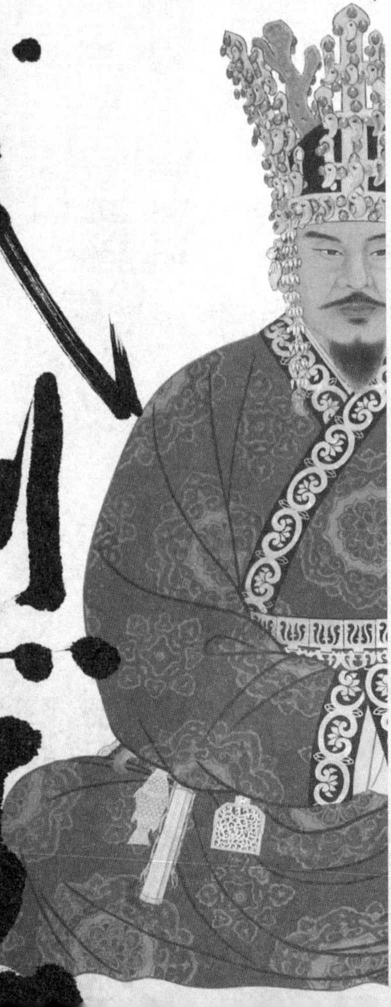

세 나라 못다라

글누림

평소 친근히 교류하고 지내던 영화 및 방송 시나리오 작가 유동윤 인형(仁兄)으로부터 2010년 봄에 한 가지 요청을 받았다.

당시 KBS에서 계획하고 있는 주말 대하사극이 백제의 <근초고왕>, 고구려의 <광개토대왕>, 그리고 신라의 <태종무열왕>으로, 삼국의 제왕들 중에서 가장 주목할 만한 왕들의 시대를 시리즈 형식으로 제작하여 방영할 예정이라는 것이었다.

그중에서 맨 마지막으로 방영될 대하사극인 <태종무열왕>의 시나리오 집필을 유동윤 작가 자신이 하고, 연출은 신창석 PD가 맡게 될 예정이니, 그 대하사극 <태종무열왕>의 원작소설을 집필해 달라는 말이었다.

그즈음 미처 완결하지 못한 대하소설 <북비>까지 밀쳐 두고 새로운 소설을 짓는다는 것이 내키지 않아 몇 차례 사양하였다. 그러던 중에 유동윤 작가는 단 한 권이라도 좋으니 원작소설이 있으면 좋겠다며 간곡한 권유를 거듭하였고, 끝내 그의 요청을 못 이겨 80부작으로 10개월 동안 방영하는 대하사극의 원작소설을 단 한 권 분량으로 구성하기에는 마땅치 않다며 적어도 세 권 분량은 되어야 한다는 말과 함께 집필을 결심하였다.

유동윤 작가로부터 사전에 들은 바, <태종무열왕> 시나리오의 구성은 삼국이 치열한 전쟁의 소용돌이에 휘말렸던 신라의 삼국통일에 주안점을 두기보다는 삼국을 통일한 이후에 신라가 한반도의 모든 신민과 군사의 힘과 뜻을 모아 당나라를 물리치는 데 역점을 둘 것이라고 하였는데, 그러한 점 때문에 문무왕의 비중이 적지 않음을 짐작할 수 있었다. 이에 태종무열왕과 문무왕까지 이어지는 대하사극이기에 제목을 어느 한 왕에 국한하기가 마땅치 않은 점이 있다고 판단되었다.

그리하여 처음 기획 단계에서의 대하사극의 제목 <태종무열왕>이 <대왕의 꿈>으로 바뀌었으나, 원작소설의 제목은 처음과 마찬가지로 <태종무열왕>으로 하기로 하였다.

비록 원작소설 <태종무열왕>이 대하사극 <대왕의 꿈>의 시나리오와 형식, 구성, 내용에 있어 다소 간의 차이가 있을 수 있겠으나, 그것은 어디까지나 '읽혀지기'를 전제로 한 소설이라는 문학 장르와 '영상의 시청'을 전제로 한 시나리오라는 문학 장르의 특색에서 나타나는 불가피한 현상임을 너그러이 이해해 주시기를 바란다.

그간 여러 가지 우여곡절을 겪은 끝에 총 3권의 책은 10월 중부터 출판이 될 것이나, 출판사의 동의를 얻어 그에 조금 앞선 10월 1일부터 나의 인터넷 블로그에 일정 분량씩 연재를 시작하기로 하였다.

역사적 사실의 뼈대를 훼손하지 않은 정통 역사소설에 목말라하고 있을 독자 여러분께 삼가 고개 숙여 깊은 관심을 부탁드린다.

2013년 6월

星嶂 하용준

목차

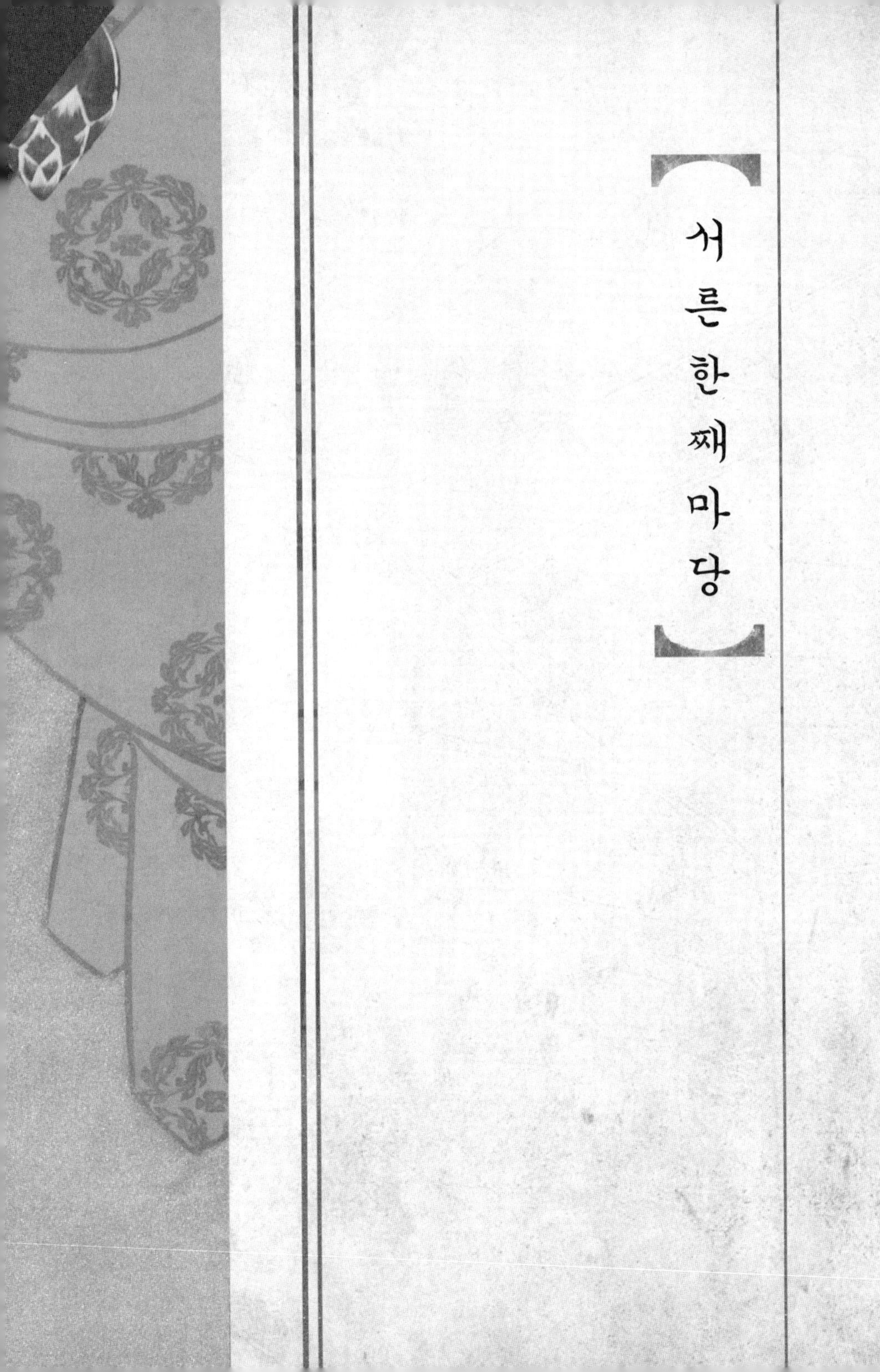

[서른한째 마당]

폐옹퇴치 肺癰退治

전염병을 퇴치하다

고구려를 정벌하고자 몸소 신라군을 이끌고 출정에 오른 대제는 여러 날 행군하여 시이곡정에 이르렀다. 하늘은 맑고 높았으며, 산야의 밭은 거의 다 푸른 무청으로 뒤덮여 있었다.

시이곡정을 지키고 있던 제감 춘달이 군사들을 이끌고 나와 신병의 행군을 맞이하였다. 가을 밤낮의 기온 차이가 큰 탓에 기침하는 군사가 늘고 있다는 것을 안 대장군 유신은 그곳에서 머물기로 작정하였다. 대제는 유신의 주청을 윤허하였다.

대제는 수레에서 내린 뒤, 군사들이 가설한 놓은 행궁에 들었다. 대장군 유신을 비롯한 여러 장수들이 좌우로 나란히 벌려 섰다.

"출병하였다는 당 대군은 지금 어디까지 진군해 있는가?"

"이미 육로로 고구려에 밀정을 세 번이나 보내어 그 북녘의 동정을 정탐하였사옵고, 바다에는 척후선을 여러 척 띄워 당 대군의 행로를 살펴보게 하였사온데, 아직 당의 육군은 고구려의 요동을 거쳐 마자수에 이르지 못하였고, 수군은 서해를 가로질러 패강의 어귀에 도착하지 않고 있는 형편이옵니다.”

“그렇다면 어찌해야 하겠소?”

“비록 용맹하기로는 천하의 으뜸이오나, 우리 신국 신병의 보군과 기군이 당군과 호응 없이 남쪽 한 방향에서 고구려의 평양성으로 진격하는 것은 군략으로 볼 때 하책이 되오니, 마땅히 당 대군이 마자수와 패강에 이르기를 기다려야 하옵니다.”

대제는 유신의 말을 옳게 여겨 고개를 끄덕였다.

“대장군의 말씀대로 하겠소 당분간 예 시이곡정에 주둔할 것이니 그리 알고 행군에 지친 군사들을 다독이도록 하오.”

그때 웅진도독부성에서 온 사자가 들어와 아뢰었다.

“성상폐하, 백제의 잔적이 쥐의 무리와 같이 옹산에 모여들어서 길을 막는 바람에 웅진성이 고립되어 있사옵니다.”

“자세히 아뢰어보라.”

“임존성주 흑치상지와 귀실복신이 한밤중에 웅진성을 포위한 뒤, 일거에 공격을 감행하여 먼저 바깥 성책을 무너뜨리고는 군량을 거의 다 탈취해 가더니 며칠 지나지 않아 다시 기세등등하게 몰려와 성이 함락될 지경에 이르렀사옵니다.”

웅진성은 당 황제가 옛 백제 땅을 집어삼킬 속셈으로 도독부를 설치한 뒤, 사비성주로 있던 당 장수 유백영을 성주로 삼아 지키게 하고 있었다. 묵묵히 듣고 있던 대제는 유신을 바라보았다. 유신은 사자에게 물었다.

"웅진성이 그와 같은 형편이라면 주류성은 이미 함락되었겠군?"

"그, 그러하옵니다. 반나절 만에 주류성을 빼앗은 흑치상지가 전 성주 귀실복신에게 돌려주었사옵니다."

"흑치상지는 웅진성 근처 어디쯤에 군진을 치고 있느냐?"

"웅진성 밖에 있는 옹산 네 곳에 성을 쌓은 뒤, 사방에서 둘러싸고 있사옵니다. 그리하여 바깥에서 웅진성으로 이르는 길은 다 끊어져 나는 새가 아니라면 출입할 수 없는 위급한 처지에 놓여 있사옵니다."

장수들은 당장 군사를 보내어 옛 백제의 잔적을 소탕하여야 한다고 주청을 거듭하였다. 하지만 대제는 먼저 사신을 보내어 옹산에 있는 임존성주 흑치상지와 주류성주 귀실복신을 좋은 말로 타일렀다. 흑치상지는 사신이 말을 마치기도 전에 단칼에 목을 쳐버렸다. 대제는 그제야 비로소 대장군 유신에게 옹산의 네 성을 칠 채비를 하라고 하명하였다.

유신이 말렸지만 대제는 몸소 군사를 이끌고 나아갔다. 그러고는 옹산 네 성을 향하여 신라의 장졸을 앞다투어 진격케 하였다. 드높은 신라군의 기세에 놀란 백제군은 일시에 전의를 잃고 달아나기 시작하였다.

얼마 지나지 않아 신라군은 웅진성을 사방으로 에워싸고 있는 웅산 네 성을 모두 무너뜨리고 들어가 백제군을 닥치는 대로 무찔렀다. 그것을 본 웅진성주 유백영이 당군을 이끌고 나와 합세를 하였다. 흑치상지는 더 대적할 마음을 잃은 채 임존성으로 달아났고, 귀실복신은 주류성으로 쫓겨 들어갔다.

승전의 전장을 수습한 신라군과 당군의 장수들이 함께 대제의 호협한 은덕에 사례를 올렸다. 대제는 민망한 낯빛을 짓고 있는 웅진성주 유백영을 위로한 뒤, 신라군의 군량을 날라다가 굶주리고 있던 당군을 배불리 먹이고는 시이곡정으로 돌아왔다.

웅진성주 유백영은 치욕감을 떨치지 못하여 휘하 장수들을 불러 모아 논의하였다. 그 결과 장수들의 의견이 한 가지로 모아졌다. 흑치상지가 지키고 있는 임존성보다는 귀실복신이 들어있는 주류성을 치기가 훨씬 수월하다는 것이었다. 유백영은 사기를 되찾은 당군 일천 인에게 영을 내려 주류성을 공격하게 하였다.

그즈음 주류성주 귀실복신은 중 도침과 함께 성 밖에 백제군을 매복시켜 놓고 있었다. 신라의 대군이 돌아가고 난 뒤에 웅진성주 유백영이 자괴감을 이기지 못하여 작은 전공이라도 세우고자 서둘러 군사를 보내어 공격해 올 것으로 예상하였기 때문이다.

주류성 앞에 이른 당군이 채 공격 전열을 갖추기도 전에 매복하고 있던 백제군이 뒤에서 급습을 하는 바람에 당군은 허둥지둥하여 제대로 싸워보지도 못하고 몰살되고 말았다. 군사 일천 인 가운데 살아서 돌아온 사람이 하나도 없자 웅진성주 유백영은 화가 머리끝까지 치밀어 올랐다. 그는 중원대국 황제의 장수라는 체면도 잊고 나날이 밤낮으로 유신에게 사자를 보내어 주류성을 칠 군사를 보내어 달라고 졸라대었다.

'어찌할꼬?'

유신의 시름은 깊어졌다. 난데없는 역질이 신라의 군사들 사이에 퍼져나가고 있는 까닭이었다. 그러한 터에 군사와 군마를 뽑아 웅진성으로 보내기가 못내 내키지 않았다.

'그저 지키고만 있으면 될 것을, 쯧쯧.'

곰곰이 생각한 끝에 유신은 웅진성주 유백영이 보내온 사자에게 엄중히 하령하였다.

"그대도 지금 우리 신국의 장졸들이 처한 형편을 모르는 바 아닐 것이다. 돌아가 도독께 잘 아뢰도록 하라. 하루바삐 역질을 잠재운 뒤에 곧바로 원군을 보내겠노라는 이 김유신의 맹약을 말이다. 그러니 더 이상 사신을 보내는 일은 없도록 하라고 아뢰도록 하라."

"하오나, 도독께서는……."

"신라군이 웅진성으로 들어가 당군에게 역질을 옮길지도 모를 일이 아니냐? 그렇게 된다면 가뜩이나 전력이 변변치 않은 웅진성이 또다시 잔적의 수중에 떨어질 우려가 있다는 말이다. 또 그대와 같은 사신들이 우리 신국 신병의 군영에 계속해서 드나들다가 혹시라도 그중 누군가 아무도 모르는 사이에 역질을 옮아서 돌아간다면 큰일이 아니겠느냐?”

사자는 정신이 퍼뜩 들었다. 얼른 물러난 그가 바람처럼 말을 달려 돌아간 뒤부터는 웅진성에서 단 한 사람의 사자도 오지 않았다.

시이곡정에 주둔하고 있는 신라군 진영에서는 역질의 기세가 점차 커지고 있었다. 처음엔 기침을 하고 피가 섞인 누런 가래를 뱉어내던 군사들이 복통에 이어 두통을 앓더니 고열이 나면서 전신이 쇠약해져서 혼절하기까지 하였다. 또 역질에 걸린 지 수삼일 후부터는 얼굴과 가슴에 반점이 생기고 소변조차도 잘 나오지 않아 군사들이 저마다 신음하며 고통을 호소하였다.

“한여름도 아니고 가을에 역질이라니, 정녕 물리칠 처방이 없다는 말인가?”

대제의 진우에 태의사는 어찌할 바를 몰랐다. 군사들에게 밥을 지어 먹이는 소임을 맡고 있던 풍류당의 유화들이 병든 군사들을 극진히 보살피고 있는 가운데 장수들 중 일부는 군통 명랑법사와 귀정원 무리를 이끌고 있는 비형의 신술에 기대어 역귀를 쫓아내고자 하였다. 하지만 명랑법사와 비형은 한목소리로 역질은 귀신의 소행이 아니라 사람의 심신이 허약한데서 비롯될 뿐이라고 하였다.

“성상폐하, 군영에 퍼지고 있는 역질의 원인을 알아내었사옵니다.”

“오, 그래?”

태의사는 대제에게 소상히 아뢰었다.

“아침저녁으로 부는 찬바람이 군사들의 허파에 든 탓이옵니다. 그리 되면 그 찬바람이 사람의 체열로 더워지옵는데, 그 더운 기운이 저절로 빠져나가지 못하고 피와 함께 허파에 그대로 눌러 맺혀서 나타나는 병증이옵니다. 이를 폐옹이라고 하옵니다.”

“폐옹이라? 허면, 낫게 할 처방은 마련되어 있는가?”

“직효방이라고는 할 수 없사오나, 효험을 볼 만한 방도는 있사옵니다. 큰 솥에 물을 펄펄 끓이고……”

대제는 대장군 유신에게 명을 내려 태의사의 처방을 지휘하게 하였다. 유신은 시이곡정의 제감 춘달에게 군사들을 이끌고 가 태의사의 말대로 도라지, 생강, 무를 캐게 하고 산돌배를 따게 하였다. 풍류당의 유화들은 그것들을 뜨겁게 끓는 솥물 속에 넣어 오래도록 괄다.

다 달여지자 유신의 감독 하에 줄지어 선 군사들이 유화들에게서 한 그릇씩 받아들고 돌아서자마자 훌훌 불어 마셨다. 폐옹에 걸린 군사든 걸리지 않은 군사든 가리지 않았다. 며칠 지나고부터 군사들의 증세가 눈에 떠게 호전되기 시작하였다.

“드디어 역귀가 물러가고 있다!”

“이놈, 역귀야! 다시는 우리 신라군을 찾아오지 말거라. 훠이, 훠!”

“이제는 저 몹쓸 백제 잔적에게나 고구려 군영으로 가거라!”

한 달이 넘도록 신라군 진영에 나돌던 역질이 퇴치된 것을 확인한 유신은 여러 장수들과 함께 군사와 군마를 세심히 점고한 뒤에 대제를 알현하였다.

"이제는 약속대로 옹산성으로 군사를 보내야 하지 않겠소?"

"그러하옵니다, 성상폐하."

"어느 장수를 보내는 것이 좋겠소?"

유신이 대답을 하기도 전에 대당장군 흠돌이 불쑥 아뢰었다.

"성상폐하, 소장을 보내주옵소서."

유신은 흠돌을 한 차례 바라보기만 했을 뿐 아무 말도 하지 않았다. 대제는 유신의 침묵이 보내라는 뜻인 줄 알고 흠돌에게 하명하였다.

"대당장군 김흠돌은 기군 일천 군사를 이끌고 웅진성으로 가서 성주 유백영을 도와 잔적을 섬멸하라."

"성상폐하, 소장 김흠돌이 삼가 봉명하겠사옵니다."

유신이 흠돌에게 일렀다.

"반드시 당군과 함께 적을 성 밖으로 유인해 내어 싸우도록 하거라. 만약 유인책을 써도 적들이 성 밖으로 나오지 않는다면 인내심을 가지고 나오기를 기다려야 하느니라, 알겠느냐?"

"예, 외숙부님. 아, 아니, 대장군 존하."

흠돌은 갈림길에 이르러 웅진성으로 향하지 않고 곧바로 주류성으로 행군하였다.

"그까짓 허수아비와 같은 당군과 합세할 것도 없다. 우리만으로도 충분할 것이다. 다들 그렇게 생각하지 않는가?"

불같은 흠돌의 성격을 잘 아는지라 부장들은 어느 누구도 다른 말을 할 엄두를 내지 못하였다. 흠돌은 주류성에 이르자마자 군사들을 쉬게 할 생각도 하지 않고 부장들에게 하령하여 주류성을 포위하였다.

성이 포위되었다는 말에 수루에 올라 밖을 내다본 귀실복신이 신라의 군사가 생각보다 적음을 알고 개탄하였다.

"저 애송이 같은 신라 장수 놈이 고작 일천 군사를 이끌고 와 우리를 치러 하다니."

귀실복신과 달리 부장 집득은 고개를 갸우뚱하였다. 어떤 꿍꿍이가 있지 않나 해서였다.

"상잠 장군, 아무래도 군사들이 성 밖으로 나가서 싸우게 해서는 안 될 것 같사옵니다. 어리석은 당군과 달리 신라군에는 김유신이 있으니 필경 어떤 계책이 있을 것이옵니다."

"일리 있는 말이군. 그렇다면 성안에서 방어만 하도록 하세."

흠돌은 주류성 안에 백제군이 얼마나 들어있는지 첩정도 하지 않은 채 덮어놓고 공격 명령을 내렸다. 일천 군사로 성을 포위한 터라 함성을 지르며 성 밑에 이르렀어도 그 기세는 초라하기 그지없었다. 백제군은 신라군이 말을 버리고 성 위에까지 거의 다 기어오르기를 기다렸다가 긴 창으로 손쉽게 찔러 떨어뜨렸다. 싸움은 그것이 다였다.

"뭐라고? 흠돌이 대패하였다고?"

유신의 당부를 듣지 않고 경솔하게 군사를 쓴 흠돌은 겨우 살아온 몇몇 장졸들과 대죄하고 있었다. 대제는 비록 군사와 군마를 크게 잃었지만 앞날이 먼 젊은 장수가 한번 호기를 부려 군사를 쓴 것을 두고 벌을 내리는 것은 옳지 않다고 하며 오히려 흠돌을 두둔하였다.

"대당장군 김흠돌은 이번 출군으로 크게 깨달은 바가 있을 것이니, 그만 대죄하고 물러가도록 하라."

유신은 군율로 엄히 다스리고 싶었지만, 흠돌이 자신의 생질이면서 사위인데다가 대제와도 이종사촌 사이임을 떠올려 두 번 다시 있을 수 없는 특사의 명을 그대로 받아들였다.

"짐이 가만히 생각하니 고구려를 치기 전에 서둘러 임존성과 주류성의 잔적들을 남김없이 토벌하지 않으면 안 되겠도다. 제장의 견해는 어떠한지 누구라도 스스럼없이 말해 보라."

유신이 아뢰었다.

"성상폐하, 일찍이 당 대군이 요동 땅에 들어선 뒤에 고구려군을 연일 격파하여 수일 전에 마자수에 이르렀다는 첩보가 드디어 입수되었사옵니다. 또 그와 더불어 당 수군이 패강 어귀 가까이에 이르렀다는 간자의 밀계까지 당도하였사옵니다.

이에 아뢰옵건대, 옛 백제의 잔적이 아무리 무리를 지어 발호하여도 나라를 다시 일으켜 세우지 못할 것이옵니다. 당의 대군이 우리 신국 신라의 신병과 호응하여 고구려까지 치고자 출정에 나섰다는

소문을 들으면 하나같이 살아남을 길을 찾아 투항하고자 할 것이오
니 과히 성려할 것이 못되옵니다.”

“대장군의 말씀은 옛 백제의 잔적은 그대로 내버려두고, 신병을
북쪽으로 진군케 하여 당의 대군과 호응을 하여야 한다는 것이오?”

“그러하옵니다. 성상께옵서는 웅진성주 유백영에게 사자를 보내
시어 성안에서만 방비를 단단히 하라고 이르신 뒤, 하루바삐 신국의
군사들을 이끌고 한성주로 향하셔야 하옵니다.”

“잘 알겠소”

대제는 유신의 말을 좇아 북한산성으로 군사들을 나아가게 하였
다. 신라의 대군이 시이곡정을 떠나 북쪽으로 갔다는 말이 나돌자
귀실복신은 그 틈을 노려 소문을 내었다. 왕자 부여풍이 곧 왜의 대
군을 이끌고 바다를 건너올 것이니 나라를 다시 일으킬 일이 목전
에 있다는 것이었다.

그러자 옛 백제 땅의 여러 산성과 옹성이 주류성주 귀실복신에게
투항하였다. 그리하여 임존성주 흑치상지와 주류성주 귀실복신은 다
시 기세를 올리게 되었다. 두 성주는 신라군이 배후에 없는 웅진도
독부성의 당군 쯤은 언제라도 칠 수 있는 가소로운 상대로 여겼다.

그러나 굳이 군사를 내어 적은 피라도 흘릴 까닭이 없었다. 다시
옹산에 네 성을 쌓아 웅진성을 둘러싸기만 하면 될 일이었다. 그리
하면 성 안팎으로 출입하는 길이 다 끊어지기 때문에 옹산의 네 성
에서 가만히 기다렸다가 굶주림을 못 이겨 서로 분란을 일으키거나

당군 스스로 성문을 열고 밖으로 나올 때 다 사로잡으면 되었다.

"대장군 존하, 웅진성이 다시 고립되어 성안에 소금과 간장이 떨어져 당군의 형편이 이만저만 아니라고 하옵니다."

"또? 거참. 유백영, 그런 무능하기 짝이 없는 자가 어찌 장수가 되었을꼬."

유신은 대제에게 아뢴 뒤, 곧 건장한 군사 일백 인을 가려 뽑았다. 그들을 옛 백제의 유민 차림으로 갈아입히고는 소금 등짐을 지게 하였다. 귀당총관 죽지가 물었다.

"대장군 존하, 군량은 안 보내시옵니까?"

"보내봤자 잔적들에게 빼앗기기밖에 더 하겠소. 그들도 주리다 보면 앉아서 굶어죽으나 싸우다 찔려죽으나 매한가지라는 생각이 들겠지. 기왕지사 죽을 목숨, 원 없이 한판 붙어나 보자하고 전의를 크게 일으킬지 모르는 일이 아니겠소. 그렇게 몰살이라도 당하면 당 황제가 더 큰 군사를 내어 잔적들을 소탕하려 들겠지."

유신의 말을 들은 여러 장수들은 그의 책략에 탄복하였다. 신라군이 언제까지 당군의 뒷바라지만 하고 있을 수는 없다는 방증이요, 또 먹고 노는 데만 버릇을 들인 당군에 대한 엄중한 경고이기도 하였다. 더 나아가 옛 백제 땅에 도독부까지 두어 경영하고자 한다면 제대로 한번 경영해 보라는, 당 황제에게 유신이 던진 호방하고도 대담하기 짝이 없는 일침이었다.

죽지가 여러 장수에게 들리도록 말하였다.

　"당 대군이 고구려를 치려고 출병한 이때에 우리 신국 신병의 도움 없이는 불가하다는 것은 천하에 자명한 바, 그러한 연유로 지금 우리 신라군이 웅진성의 당군을 돕지 않는 것을 당 황제가 차후에 문제 삼지는 못할 것이요, 설령 문제 삼기라도 한다면 우리 신국의 신병이 총궐기하여 삼한 땅에서 당군을 몰아낼 좋은 구실이 되지 않겠는가?"

감개비가 感慨悲歌

슬픈 노래를 부르며 한탄하다

왜 여왕 다카라가 이사쿠라 궁에서 죽었다. 전날까지만 해도 멀쩡하였던 여왕이 돌연 이른 아침에 주검으로 발견되어 독살로 의심하기에 충분하였지만 신하들은 어느 누구 한 사람 그런 의혹을 나타내지 않았다.

다카라가 왕위에 있을 때 실질적으로 나라의 모든 정무를 장악하여 마음대로 처리한 것이 그녀의 아들 나카노오에였다. 신하들은 이구동성으로 그에게 왕위를 잇기를 주청하였다. 그는 주저하지 않고 즉위하였다.

나카노오에는 왕좌에 오르자마자 본국에서 와 있던 부여풍에게 비단으로 짠 관모를 내려 백제의 새 왕으로 인정하고, 측신 오이오미의 누이를 아내로 삼게 하였다. 또 대산하 쿄이렌과 소산하 신조를 좌우 호위장군으로 삼아 왜의 군사 오천 인을 거느리고 본국 백제 땅으로 떠나게 하였다.

"풍 형님, 부디 무사히 돌아가 본국을 다시 세우기를 앙원하옵니다."

"고맙소. 반드시 그리하여 예전처럼 동조와 서조, 두 형제국의 위명을 되찾고 말겠소"

이에 부여풍이 일백 척이 넘는 배를 띄워 두어 달에 걸쳐 풍랑이 이는 세찬 바다를 건너 웅진강을 거슬러 올라 옛 백제 땅으로 돌아왔다. 남녀노소 유민들이 강나루에 나와 크게 반기는 가운데 주류성주 귀실복신도 부장 집득과 군사들을 데리고 성 밖으로 나와 있다가 부여풍을 반가이 맞이하였다.

입성한 부여풍은 오랜 노독을 풀 겨를도 가지지 않고 그간의 정황을 물었다. 귀실복신은 머리를 조아리고는 사비성이 함락된 이래 신라군과 당군 연합군에 맞서 일진일퇴를 거듭해 온 일들을 자세히 아뢰었다.

"그간 종조부의 고초가 여간 아니었구려. 내가 돌아왔으니 이제부터는 아무 심려 마오."

"황공하옵니다, 왕자마마."

중 도침은 부여풍이 돌아온 것이 영 못마땅하였다. 자신에게는 눈길도 주지 않고 귀실복신과만 모든 일을 논의하는 것에서부터 아무도 추대하지도 않았는데 마치 백제의 왕이나 된 것처럼 행세하는

데에 이르기까지 섭섭하기도 하고 급기야 괘씸한 생각마저 들어 그를 도저히 인정할 수 없었다.

귀실복신은 그런 도침의 속내를 눈치 채고 그를 죽일 결심을 하였다. 만반의 계획을 짜 놓은 어느 하루, 날이 어두워지자 귀실복신은 부장 집득을 보내어 술이나 한 잔 하자며 주류성 내 한적한 곳에 있는 정자로 도침을 꾀어내었다. 도침은 술이 몇 잔 오고가자 불만을 넌지시 토로하였다.

"상잠 장군, 장군의 의향은 어떠시오? 우리가 그동안 목숨을 걸고 고군분투해 왔거늘, 오늘에 이르러 다 저 풍 왕자에게 어부지리를 안기고 만 꼴이 아니오?"

"영군장군, 그리 섭섭하게 여길 일만은 아니외다."

"섭섭해 할 일이 아니라니? 거 어인 말씀이오?"

"중노릇도 제대로 못하면서 어찌 감히 왕 노릇에 뜻을 두고 있느냐는 말이니라!"

"뭣이?"

중 도침은 자리에서 일어서는 귀실복신을 따라 얼른 몸을 일으키려고 했지만 한쪽 무릎을 세우기도 전에 집득의 칼에 목이 떨어지고 말았다. 그가 데리고 온 호위 군사들은 이미 어둠 속에서 찍소리도 못하고 제압된 뒤였다.

눈엣가시 같던 도침을 죽이고 난 귀실복신은 그가 역모를 하였다고 공표를 하여 공연히 불똥이 튈까봐 전전긍긍하는 그의 장졸들을 손쉽게 휘하에 아울렀다. 그리하여 귀실복신의 군세가 하루아침에 흑치상지나 부여풍의 그것보다 크게 강성하여졌다. 부장 집득이 작은 목소리로 아뢰었다.

"상잠 장군, 구태여 풍 왕자님께 왕위를 내어줄 것이 뭐 있겠사옵니까?"

"어허, 자네 말이 너무 지나치구먼."

"거슬러 올라간다면 장군께서도 왕위에 오르기에 부족함이 없는 대백제국의 왕손이 아니옵니까?"

"으음. 저, 정녕 자네가 그리 생각하는가?"

"그러하옵니다. 본조가 망한 뒤로 가장 앞장서서 나라를 되찾고자 온갖 애를 써 오신 분이 바로 상잠 장군이시옵니다. 선왕을 감옥에 내버려둔 채 저 홀로 탈출한 흑치상지 장군이나 또 뒤늦게 동조에서 돌아온 풍 왕자님이 아니라는 말씀이옵니다. 아마도 백성들의 속마음도 다 장군에게 닿아 있을 것이옵니다."

귀실복신은 부장 집득의 말이 듣기 싫지 않았다. 그는 상기된 표정으로 말하였다.

"풍 왕자에게는 동조에서 온 군사 오천이 있지 않는가?"

"이제 상잠 장군을 따르는 군사가 삼만을 헤아리옵니다. 이곳 성 안의 지리도 잘 모르는 어린아이 같은 오천 군사 따위에 어인 거리낄 것이 있겠사옵니까?"

"허면 내가 이후로 어찌해야 하겠는가?"

"제가 마음에 걸리는 것은 다름 아닌 임존성주이옵니다. 그곳에 있는 군사의 수가 우리 주류성에 못지않으니, 소장이 우선 임존성으로 가서 중 도침이 역모를 일으키려다가 죽은 일도 알릴 겸 흑치상지 장군의 속을 한번 슬그머니 떠보겠사옵니다."

"그리하게."

귀실복신의 허락이 떨어지자 집득은 그 길로 임존성으로 갔다. 부장 돌지로부터 주류성에서 사람이 왔다는 말을 들은 흑치상지는 집득을 불러들였다. 집득은 그에게 넌지시 민심이 풍 왕자에 있지 않고 귀실복신을 추대하려는 움직임이 있다고 아뢰며, 중 도침이 죽임을 당한 것도 민심을 바로 알지 못한 탓이고 하였다.

"뭣이? 중 도침은 오래전부터 주류성주와 세력을 다투어 오다가 끝내 그의 간계에 빠져 죽고 말았거늘, 네 놈이 감히 뉘 앞에서 풍 왕자마마가 불가하다고 망발을 떠벌리는 게냐? 주류성주나 네놈이나 다 제 정신이 아닌 게로구나!"

흑치상지가 일갈하자 집득은 더 이상 말을 하지 못하였다. 흑치상지는 허리에 차고 있던 칼을 빼어들어 집득의 목에 겨누었다.

"네 이놈, 당장 돌아가 주류성주에게 이르거라. 혹시라도 딴마음을 지어먹는다면 이 오척장검이 가만히 있지 않을 것이라고! 잘 알아들었으렷다?"

집득이 돌아와 흑치상지를 포섭하기란 불가하다고 아뢰었다. 귀실복신은 신음을 내뱉으며 중 도침과 마찬가지로 그를 몰래 헤칠 작정을 하고는 집득에게 묘책을 궁리해 보라고 하였다.

왜의 군사 오천을 거느리고 주류성에 들어있던 부여풍은 귀실복신이 여러 날이 지나도록 자신을 왕으로 추대하고자 하는 적극적인 움직임을 보이지 않자 적잖은 불안감에 휩싸이기 시작하였다.

서제 부여충승과 부여충지가 차례로 말하였다,

"성내에서는 귀실복신이 스스로 왕이 되려고 정적인 중 도침을 모함하여 암살하였다는 풍문이 나돌고 있사옵니다."

"성주가 딴마음을 지어먹고 있다면 마땅히 대책을 강구해야 하지 않겠사옵니까?"

소산하 신조도 입을 열었다.

"성안에 흐르는 여러 낌새를 보아하니, 그자가 필경 헛된 욕심에 사로잡혀 있는 것이 분명하옵니다."

"설마 종조부가 그럴 리가 있겠는가? 말 못할 사정이라도 있겠지."

내뱉은 말과는 달리 부여풍 역시 귀실복신이 만에 하나 스스로 왕이 될 생각을 가지고 있다면 어떻게 대처를 해야 할지 홀로 고민하고 있었다. 참다못한 소산하 신조가 귀실복신에게 사람을 보내어 어인 까닭으로 부여풍을 왕으로 추대하지 않는가 하고 물었다.

"지금은 왕위를 잇는 일보다 옛 국토와 백성을 되찾는 일이 시급하다네."

"왕이 먼저 있은 뒤에라야 백성이 나라가 다시 세워진 줄로 믿고 모여들지 않겠소?”

“백성이 그리 어리석은 줄 아는가?”

“그건 또 무슨 말이오?”

“망한 나라에 왕만 앉아있다고 해서 백성이 생각 없이 찾아들 것 같은가?”

부여풍에게 돌아온 소산하 신조가 아뢰었다.

“왕자마마, 귀실복신이 이유 같지도 않은 이유를 대며 기약 없이 미루는 것을 보니 과연 그 스스로 왕위에 오를 뜻을 품고 있는 것이 틀림없사옵니다.”

“그렇다고 한들 내가 어찌할 수 있으리.”

부여풍은 종조부 귀실복신에게 깊은 배신감을 느꼈지만 왜국에서 거느리고 온 왜소한 오천 군사로는 그의 상대가 되지 못함을 깨닫고 암탄만 하였다.

“하오면, 임존성주에게 사람을 보내어 귀실복신의 속셈을 알리고 도움을 받는 것이 어떻겠사옵니까?”

“그자인들 종조부와 다르지 않을 것이라고 어찌 장담하겠는가?”

두 호위장수는 말을 잃었다. 부여풍은 성안의 정무와 군무를 다 귀실복신에게 맡겨둔 채 자신은 망국의 왕자 신분으로서 날이면 날마다 사당에 나아가 옛 왕실의 제사만 주관할 뿐이었다.

자신이 왜국에 있을 때 그렇게도 간절히 돌아와 왕위에 오르기를 바랐던 귀실복신이 정작 돌아오니 집 나갔다 들어온 개처럼도 여기

지 않는 처사가 야속하였다. 차라리 왜국에 그냥 눌러앉아 있는 것
만 못한 신세였다.

부여풍은 사당에 들 때마다 한탄스러운 스스로의 처지를 달래고
자 양금을 뜯으면서 슬픈 노래를 불렀다. 그의 측근에 사람을 심어
일거수일투족을 감시하고 있던 귀실복신은 그런 부여풍의 행동거지
를 두고 나라를 잃은 슬픔을 이기지 못하여 눈물을 흘리는 것으로
만 여겼다.

"누가 찾아왔다고?"

"임존성에서 보낸 사자라고 하옵니다."

부여풍 앞에 꿇어앉은 사람은 임존성주 흑치상지의 부장 돌지였
다.

"무슨 일인가?"

"임존성주 흑치상지 장군께서는 행여나 귀실복신이 왕자마마를
해치지 않을까 날마다 시름하고 계시옵니다. 일전에 귀실복신이 은
밀히 사람을 보내와 역심을 품은 저의를 저희 성주님께 드러낸 뒤
부터 왕자마마의 안위를 크게 불안해하고 계시옵니다."

"너의 말을 듣고 보니 임존성주는 이곳 주류성주와는 마음먹은
것이 다른가보군."

"당장에라도 쳐들어와 역적 귀실복신을 단칼에 베어버리고 왕자
마마를 왕위에 옹립하고자 하는 충심이 간절하오나, 아직은 사세부
득이라 하시며 우선 저를 보낸 것이옵니다."

"이곳 성주가 아무리 딴마음을 지니고 있다고 한들 내가 어쩌겠는가? 손자가 조부를 칠 수는 없는 노릇이 아닌가?"

"그렇게 여기실 일이 아니옵니다, 왕자마마. 역신은 역신일 뿐이옵니다. 장차 대백제국을 새로이 세우시어 부흥의 길로 이끄실 왕자마마께옵서 어찌 저 무도한 역신과 사사로이 얽힌 족친의 정상만 헤아리고 계신단 말씀이옵니까?"

부여풍은 말이 없었다. 대산하 쿄이렌과 소산하 신조가 한마디씩 아뢰었다.

"왕자마마, 우려하던 것과는 달리 임존성주는 다행스럽게도 왕자마마 편이옵니다."

"그러하옵니다. 흑치상지 장군과 내응하여 귀실복신을 쳐야 하옵니다."

부여풍은 힘없이 고개를 흔들었다.

"나라는 이미 패망하였고, 우리는 그 망국의 잔당일 뿐이다. 망한 나라의 왕위 따위는 빛 좋은 허울에 지나지 않는다는 말이다."

"아니옵니다!"

"그렇지 않사옵니다!"

"그대들은 차분히 생각해 보라. 나와 종조부가 이미 천하에서 사라진 나라의 왕위 다툼을 벌이고 있다는 것을 안다면 망국의 유민들이, 또 저 신라군과 당군이 얼마나 가소롭게 여길 것이냐?"

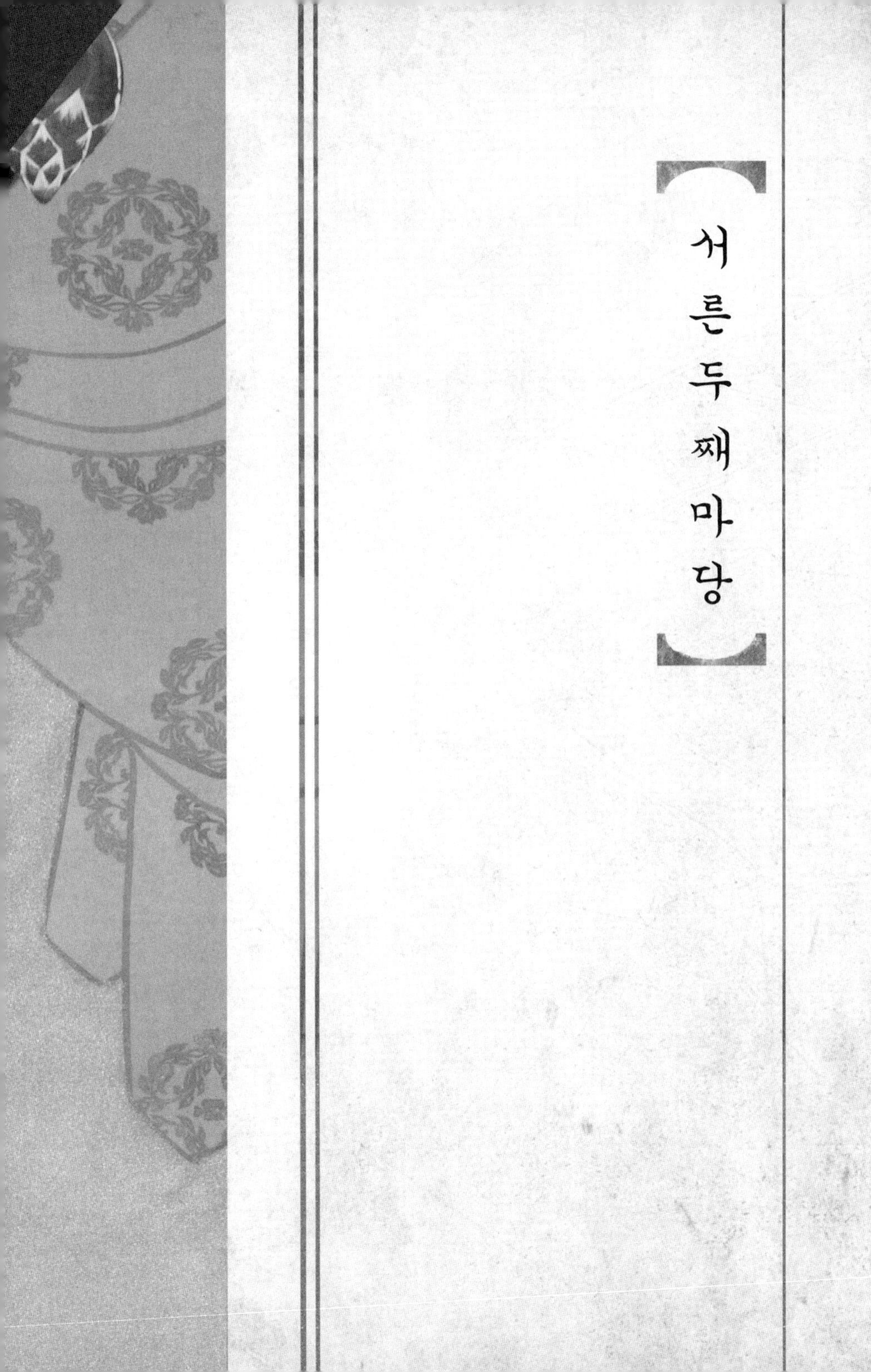

서른두째 마당

구원당군 救援唐軍

굶주리는 당군을 구원하다

당 대군은 요동을 지나 거침없이 평양성으로 진격하고 있었다. 고구려 대막리지 연개소문은 자신은 사수로 나아가고, 아들 연남생에게는 정예군 오만을 주어 마자수를 지키게 하였다.

때는 아직 가을이라 마자수에는 밤이 되면 겨우 살얼음만 낄 뿐, 폭이 넓고 물이 깊어 당 대군이 쉽사리 건너기 어려웠다. 뗏목을 만들어 타고 건너자니 고구려의 군사들이 큰 활로써 불화살과 또 충차로써 큰 돌을 날릴 것이 뻔하였다.

군사들이 물귀신이 되지 않게 하려면 마자수가 얼기를 기다려야 하였다. 그것도 군마와 병거가 건널 만큼 꽁꽁 얼어붙어야 하였다. 마자수 하구의 나루터에 도착한 당 장수 계필하력은 군영을 친 채 강이 깊이 얼기만을 기다리고 있었다.

갑자기 날씨가 매서워지더니 사나운 바람이 불기 시작하였다. 마치 한겨울 바람과도 같았다. 그렇게 바람이 사흘 밤낮을 불어닥치자 마자수는 크게 얼었다. 계필하력은 군사들에게 못신을 신겼다. 그리고는 북을 치고 크게 고함을 지르게 하면서 얼어붙은 강을 건넜다.

연남생은 당군이 강의 한가운데에 이르러 얼음이 깨져 다 물에 빠져 죽을 줄로만 알고 방심하고 있다가 그들이 점차 가까워지자 눈을 크게 떴다. 당군은 함성을 드높이며 언 강 위를 내달리며 진격 속도를 빨리 하기 시작하였다.

고구려군은 미처 군진을 펼쳐 대적할 채비를 갖추지 못한 채 그들과 맞서 싸우다가 전세가 꺾이고 군열이 흐트러져 얼마 견디다 못해 무너져 갔다. 계필하력은 당군을 독려하여 고구려군을 삼십 리나 쫓아가며 추살하였다.

그리하여 고구려군은 무려 삼만 인이나 죽고, 나머지 이만에 가까운 군사가 거의 다 항복하였다. 연남생만이 앞뒤로 군사 이십여 인에 둘러싸여 당군의 추격을 떨치고 겨우 평양성으로 달아났다.

그런 한편, 서해를 건너온 당 수군은 패강 어귀에 이르러 고구려 수군을 격퇴하고, 육지에 상륙하여서는 마읍산의 방어선마저 깨뜨린 뒤 평양성의 동남쪽을 포위하였다. 백제와 마찬가지로 고구려가 패망할 날이 눈앞에 와 있는 듯하였다.

그러나 큰 집은 쉽게 무너지지 않는 법이었다. 당의 옥저도 총관 방효태가 패강으로 흘러드는 지류인 사수에서 연개소문과 크게 합전을 벌였다가 방효태 자신은 물론이고 그의 아들 열셋을 비롯하여 전 군이 전멸당하고 말았다.

그 바람에 평양성을 포위한 당 수군에게 군량과 군수물자를 조달할 길이 끊어지는 사태에 직면하게 되었다. 날은 점점 추워지고 있었고, 당군은 고구려군이 아니라 굶주림과 추위에 맞서 싸우게 되었다.

당의 함자도 총관 유덕민이 부장 강심과 일단의 군사들을 거느리고 한성주로 와서 북한산성에 군영을 치고 있는 대제를 알현하였다.

"대국의 황상폐하께옵서 명을 내리시기를, 신라의 왕야로 하여금 평양성을 포위하고 있는 군사에게 군량을 보내라고 하시었사옵니다."

공교롭게도 바로 그때, 웅진성에서도 사자를 보내와 웅진도독부성이 고립되고 위태로운 사정을 절절히 아뢰었다. 대제가 당 총관 유덕민에게 물었다.

"남쪽과 북쪽에 있는 대국의 군사들이 다 곤란한 지경에 처해 있으니 어찌하면 좋겠소?"

유덕민은 고민 끝에 입을 열었다.

"왕야께 아뢰옵니다. 만약 평양성을 에워싸고 있는 군사들을 구하고자 웅진성을 소홀히 한다면 웅진으로 가는 길이 끊어질 것이 분명하옵니다. 그리되면 웅진성조차 잔적의 수중에 들어갈 터이니 어찌 돌보지 않을 수 있겠사옵니까?

소장이 사려하건대, 평양 쪽보다는 웅진 쪽이 화급하오니 마땅히 신라군과 함께 먼저 웅산의 네 성을 쳐서 빼앗은 다음 웅진성으로 들어가는 길을 통하게 한 뒤에 평양성을 포위하고 있는 대국의 군영으로 군량을 보내는 것이 좋겠사옵니다.”

대장군 유신이 말하였다.

“그렇다면 웅진으로 향하는 선봉은 당군이 맡아야 하겠소, 아니면 신라군이 맡아야 하겠소?”

“그, 그야 응당 대국의 군사들이 앞장서도록 하겠소.”

앞서 웅진성으로 소금만 보낸 유신의 계책이 적중하는 순간이었다. 대제를 비롯한 여러 장수들이 다 고개를 끄덕였다.

대제가 몸소 군사를 이끌고 한성주를 출발하여 웅현정에 이르렀다. 군사를 주둔시킨 대제는 그곳에서 당군의 총관들과 신라의 대감들을 한자리에 모아 놓고 양국의 군사들이 서로 전공을 다투지 않을 것이며, 또 싸움에 임하여 서로 눈치를 보며 주저하지도 않겠다는 서약을 하도록 하였다.

드디어 양국의 군사들이 나아가 웅산의 네 성을 포위하였다. 그로부터 이틀 뒤, 기세 높여 진군하여 맨 먼저 잔적들이 세워 놓은 가장 큰 목책을 불태웠다. 그러고는 바람을 타고 산등성이로 타오르는 불길을 따라 올라갔다. 뜨거운 불길에 뿔뿔이 흩어지는 적군 수천인을 사로잡아 목 베어 죽여서 마침내 네 성으로부터 다 항복을 받아 내었다.

대제는 양국의 군사들이 서로 몸을 사리지 않고 용맹하게 나아가 큰 전과를 올린 것을 치하하였다. 또 신라의 장졸에게는 따로 승전의 전공을 논하여 각간과 이찬으로서 총관인 장수에게는 환두대검을 하사하였고, 잡찬 파진찬 대아찬으로서 총관인 장수에게는 장창을 내렸으며, 그 휘하의 소장과 군사들에게는 다 관등을 일급씩 올려주었다.

"성상폐하, 옹산의 네 성에서 달아난 잔적들이 우술성에 모여들어 그곳에서 서로 합세하였다고 하옵니다."

대제는 당군은 다 쉬게 하고, 신라군 가운데 상주 총관 품일에게 하명하여 일모산군 태수 대당을 좌위장에, 사시산군 태수 철천을 우위장으로 삼아 군사를 거느리고 가서 적의 소굴을 격파하게 하였다. 품일은 옹산에서와 마찬가지로 먼저 화공을 한 뒤에 공격을 단행하여 잔적 일천여 인의 목을 베었다.

옹산의 네 성과 우술성이 변변히 싸워보지도 못하고 패하였다는 소문이 옛 백제의 강역으로 퍼져나갔다. 작은 무리를 데리고 우술성에서 그리 멀지 않은 야산에 할거하고 있던 달솔 조복과 은솔 파가가 스스로 병장기를 내던지고 무리와 함께 투항하였다.

대제는 조복에게는 급찬의 관등를 내려 고타야군 태수로 삼았고, 파가에게는 급찬의 관등과 아울러 전택과 가장기물과 의복을 주어 신라인과 똑같은 신분으로 살게 하였다. 대장군 유신은 그러한 대제의 처분을 널리 알리도록 하였다.

“옹산의 네 성을 쳐서 웅진으로 가는 길을 터놓아 웅진성의 근심을 없앴으니, 이제 평양으로 군량을 보낼 채비를 하라.”

연일 수레에 군량을 갈무리해 싣기에 여념이 없는데 또 웅진성에서 사자가 찾아왔다. 이번에는 웅진성내에 양식이 거의 다 떨어졌다는 것이었다. 대제는 또다시 고민하지 않을 수 없었다.

웅진으로 군량을 나르자니 그것은 당 황제의 뜻을 어기게 되는 일이었고, 그렇다고 평양으로 군량을 싣고 간다면 웅진성 안에 있는 당군과 백성들이 굶주리게 될 것이었다. 대장군 유신이 아뢰었다.

“성상폐하, 웅진성으로는 길이 좋으니 군사들 가운데 늙고 약한 자들을 뽑아 양식을 나르게 하시옵고, 건장하고 날랜 군사들은 평양으로 군량을 이송하도록 하시는 것이 좋겠사옵니다.”

대제의 윤허가 떨어지자 먼저 노쇠하고 신약한 군사 일백 인이 웅진성으로 양식을 나르러 갔다. 그런데 도중에 폭설을 만나 사람과 군마가 다 얼어 죽어서 단 한 사람도 돌아오지 못하였다. 대제가 유신에게 물었다.

“대장군, 또다시 웅진성으로 양식을 보내야 하겠소?”

“그럴 필요 없사옵니다.”

그 소식을 전해들은 당 황제는 심히 안타깝게 여겨 양식을 나르러 갔다가 죽은 사람들을 위로하는 글을 내렸고, 또 대제를 개부의동삼사 상주국 낙랑군왕 신라왕으로 책봉하였다.

얼른 생각하기에는 대제를 삼한의 주인으로 인정하겠다는 뜻이

담겨 있기는 하나, 마지막에 씌어 있는 것이 '신라왕'이라 유신은 옛 백제 땅과 고구려 땅을 다 차지하고자 하는 당 황제의 속셈을 손바닥을 보듯 훤히 들여다보았다.

'아직은 때가 아니러니!'

유신은 입술을 질끈 깨물었다. 옛 백제의 잔적도 완전하게 소탕하지 못하고 있는 터에 고구려까지 도모하려고 대군을 출전시킨 마당이었다. 삼한의 강역에서 당을 몰아내는 일은 백제와 고구려를 쳐서 그 백성들로부터 호응을 얻은 뒤에라야 가능할 것이었다.

그날이 올 때까지 살 수 있을지 의문이었다. 하얗게 센 머리에다가 얼굴과 온몸은 저승꽃으로 뒤덮인 지 오래였다. 유신은 자신이 죽기 전까지 생전에 태종무열대왕과 맹약한 삼한통합의 위업을 달성하고 싶었다.

더 나아가 당과 왜의 침노로부터 안전한 나라에서 백성들이 안락하게 살아갈 수 있도록 하고 싶었다. 그러자면 하루가 다르게 다해 가고 있는 천수를 촌각도 허비하지 않고 서둘러야 한다고 생각하였다.

대제가 유신을 비롯한 여러 장수들을 모아 놓고 하문하였다.

"적국 고구려 땅에 들어가면 당군이 주둔하고 있는 평양성 근처에 이르기까지 사방의 산천이 낯선데다가 길 또한 눈에 익지 않아서 곳곳이 위험하지 않겠는가? 그렇다고 해서 굶주리고 있는 당군에게 군량을 보내지 않을 수도 없는 바이니 어찌하면 좋겠는가?"

유신이 나와 아뢰었다.

"성상폐하, 신이 앞장서서 능히 군량을 이송할 것이니 과히 진우치 마옵소서."

"짐이 어찌 그 멀고 험한 길에 대장군을 앞세울 수 있겠소?"

"아니옵니다. 이번 일에는 반드시 적국의 길을 잘 아는 사람이 가야 하옵니다."

"대장군이 언제 고구려 땅에 가보기라도 했단 말씀이오?"

"말씀드리기 황공하오나 신에게 맡겨 주옵소서."

대제는 유신의 간청을 뿌리치지 못하였다. 인문을 비롯하여 당의 장수와 신라의 장수 아홉 사람을 거느리게 하는 한편, 소수레와 말수레 이천여 대에 미곡 사천 섬과 조 이만여 섬을 싣고 가게 하였다.

유신은 때를 보아 신라의 장수들만 대장군영으로 불러다가 전에 인문이 고구려에 있는 밀정 철후로부터 받은 지도들을 내놓고는 길을 익히게 하였다. 장수들은 그제야 유신이 대제 앞에서 큰소리친 까닭을 알게 되었다.

"훗날을 생각하여서라도 당 장수들에게는 절대 알려져서는 아니 될 지도들이네."

"명심하겠사옵니다, 대장군 존하."

한성주에서 길을 나설 무렵 눈발이 듣기 시작하더니 갈수록 점차 눈보라가 거세져 장새에 이르러서는 앞이 보이지 않고 길이 미끄러워 더 나아갈 수 없었다. 천지 가득 눈발이 날리는데다가 날이 그지 없이 추워져 쓰러지는 군사와 군마가 속출하였다.

날이 저물어 유신은 아홉 장수를 데리고 산기슭 작은 마을 풍수 촌에서 묵었다. 하령하여 군막을 치고 불을 지피게 하여 군사들과 마소가 눈과 추위를 피하게 하였다.

"당 총관에게 서신을 보내어 합세할 기일을 알아보아야 하는데 누굴 보내면 좋겠는가?"

유신이 장수들에게 물어보았지만 마땅한 사람을 찾기가 어려웠다. 그때 대장군막 밖에 있던 보기감 열기가 들어와 아뢰었다.

"소장이 비록 우둔하고 느리긴 하오나, 대장군 존하의 뜻을 받들 군책사와 함께 가고 싶사옵니다."

유신은 열기의 기백을 가상히 여겨 그에게 군책사 구근을 비롯한 용감한 군사 십오 인을 가려주었다. 유신의 서신을 품속 깊이 간직 한 열기는 그들과 함께 활과 큰 칼을 차고 눈보라 속을 뚫고 말을 달렸다.

간간히 나타나는 고을에서 고구려 백성들이 집 안에서 내다보기 만 할 뿐, 누구 하나 신라군 열기 일행의 행차를 막아설 마음을 내 지는 못하였다. 열기는 쉬지 않고 이틀을 달려 당 총관 소열에게 유 신의 편지를 전하였다.

소열은 기뻐하며 먼 길을 달려온 열기를 크게 위로한 뒤, 답서를 써 주었다. 열기는 그길로 다시 이틀 길을 달려 풍수촌으로 되돌아왔다. 유신은 그의 용기를 가상하게 여겨 대장군의 직권을 발령하여 급찬의 관등을 내렸다.

열기가 가져온 당 총관 소열의 답서에는 아무런 글이 적혀져 있지 않고 다만 난새와 송아지가 한 마리씩 그려져 있을 뿐이었다. 유신은 여러 군통과 장수와 군책사를 불러다 보였지만 아무도 해석을 하는 사람이 없었다.

당 총관 소열이 열기가 답서를 가지고 돌아가는 도중에 고구려군에게 빼앗길 것을 염려하여 그와 같이 그림으로써 자신의 의중을 나타내었음이 분명하다는 짐작이 고작이었다. 군통 밀본쵀사가 유신에게 말하였다.

"대장군, 예서 북쪽으로 일백 리쯤 떨어진 산속에 자재암이라는 암자가 있는데, 마침 원효법사가 요석공주와 함께 기거하고 있으니, 그를 불러다가 물어보는 것이 어떠하오?"

유신은 얼른 소요산으로 사자를 보내어 원효를 청하여 왔다. 소열의 답서를 가만히 펼쳐 놓고 보던 원효는 잠시 후 입을 열었다.

"난새는 하늘에 있고 송아지는 땅 위에 있으니, 이 그림의 뜻은 신라군과 당군이 두 갈래로 갈라짐을 나타낸 것이오. 대장군께서는 당군에게 속히 군량만 전하고 돌아와야 할 뿐, 양국의 군사가 연합하여 평양성을 치는 것은 때가 맞지 않다는 말이외다."

유신은 원효에게 사례를 하려고 하였으나, 원효는 뒤도 돌아보지 않고 자재암으로 발길을 놓아갔다. 밀본쵀사와 명랑법사를 비롯한 여러 군통이 군영 밖으로 나가 합장배례로써 해동생불이라 추앙받는 원효를 전송하였다.

"그간 세차게 몰아치던 눈보라가 그즈음 수그러들고 있었다. 유신은 수레에 싣고 있던 군량을 모두 마소의 등에 나누어 싣게 하였다. 또 마소가 자칫 중심을 잃고 소용이치지 않도록 발굽은 다 두꺼운 천으로 감쌌다.

군량을 이송할 채비를 마친 유신은 빈 수레를 맨 앞서가게 하였다. 그런 뒤 수레바퀴가 눈을 다진 자국을 따라 마소를 걷게 하였다. 발굽이 빠질 위험도 줄이고, 지쳐 미끄러질 우려도 덜게 되었다.

신라군의 군량 수송 행렬은 칠중하를 건너 산양 땅에 이르렀다. 유신은 귀당제감 성천과 군책사 술천에게 군사를 주어 앞서 보내었다. 고구려군이 이현에서 매복해 있다가 신라군이 오자 급습을 하였다. 성천이 미리 대비하며 고갯길을 올라왔으므로 놀라지 않고 그들에 맞서 싸워 다 무찔렀다.

유신은 본군이 양오 땅에 이르자 행군을 멈추었다. 아찬 양도와 대감 인선을 앞세워 멀지 않은 곳에 있는 당나라 군영에 군량을 가져다주었다. 당 총관 소열에게는 별도로 은자, 십승포, 가발, 그리고 귀하디귀한 우황을 열아홉 냥이나 선사하였다.

"대장군께 마땅히 사례를 해야 도리겠으나, 나의 처지가 궁핍하여 당장은 그리하지 못하니 돌아가거든 잘 말씀드려주게."

양오 땅의 군영으로 돌아온 장수들이 아뢰었다.

“당 총관이 저희들이 가져간 군량으로 당군을 먹인 뒤에 곧바로 돌아갔사옵니다.”

“내게 달리 전하라 하던 말은 없던가?”

“군량을 가져다주어 고마워할 따름이었사옵니다. 훗날 사례를 하겠다고는 했사오나, 저들의 말은 통 믿을 수가 없는지라……”

“그만 되었네.”

당군에게 많은 양의 군량을 가져다주는 바람에 신라의 군사들이 먹을 양식과 마소가 먹을 꼴이 모자라는 형편이 되었다. 유신은 서둘러 군사를 돌려 한성주로 향하였다. 내린 눈이 얼어붙어 길이 아주 미끄러웠다. 행군은 더디기만 하였다. 유신은 줄곧 고구려군이 매복해 있지나 않나 하여 지세를 끊임없이 살피며 경계심을 늦추지 않았다.

큰 내를 건너려는 때에 고구려군이 숨어있는 기미가 포착되었다. 유신은 행군을 멈추고 군진을 쳤다. 그러고는 적군이 눈치 채지 못하게 나무를 베어 군영 빽빽이 허수아비를 만들어 세우고는 마치 많은 군사들이 잠을 자지 않고 파수를 서는 것처럼 꾸몄다.

그러고는 한밤중에 소리가 나지 않도록 군사들을 퇴각시켰다. 고구려군이 신라군 진영의 위세가 드높다고 여겨 밤새 공격을 감행하지 못하고 있다가 날이 밝아서야 감쪽같이 속은 것을 알고 맹추격을 하였다.

유신은 군사들에게 소리쳤다.

"뒤에 쳐져서 강을 건너는 자는 가차 없이 베고 말리라."

그 말에 군사들이 앞을 다투어 얼어있는 강으로 미끄러져 들었다. 신라군이 거의 다 건널 무렵, 강기슭에 다다른 고구려군이 미처 건너지 못하고 뒤처진 채 넘어졌다 일어나곤 하는 군사들을 찌르고 베었다.

그것을 본 신라군은 전의를 불태웠다. 유신은 계속하여 퇴각하는 척하면서 길 양쪽 곳곳에 군사들을 매복시켜 나갔다. 그 이튿날, 유신은 장수들에게 영을 내려 추격해 오는 고구려군에 맞서 싸우게 하였다.

앞만 보고 달려오던 고구려군은 갑자기 당황하였다. 신라군이 거세게 반격하며 달려들자 오던 길로 후퇴하기 시작하였다. 그때 매복하고 있던 신라군이 곳곳에서 튀어나오며 고구려군을 무참히 무찌르며 맹렬히 추격하였다.

급반격에 성공한 신라군은 빛나는 전과를 올렸다. 고구려장수 소형 아달혜를 비롯하여 사로잡거나 죽인 고구려군을 합하면 일만오천 인을 헤아렸고, 전리한 병장기가 일만여 점이나 되었다.

유신은 한성주로 돌아와 대제를 알현하였다.

"이번 군량 수송을 통하여 다른 어느 장수보다 보기감 열기와 군책사 구근이 천하의 용장임을 알게 되었사옵니다. 신이 부득이 군영에서 급찬의 관등을 주었으나, 그들이 이루어낸 공로에 비하면 모자람이 있사옵니다. 성상께 바라옵건대, 사찬의 위계를 더하여 주옵소서.”

“서신 두 통을 나른 공훈으로 사찬으로 삼는 것은 지나치지 않소?”

유신이 두 번 절을 올린 뒤 아뢰었다.

“무릇 모든 벼슬은 신민들의 공유물이라 각각 알맞은 공에 보답하여 하사하는 것이 아니겠사옵니까? 그들이 가고 오며 전한 서신 두 통으로 말미암아 우리 신국 신라의 신병이 큰 위험을 피하였는데 어찌 지나치다고 하겠사옵니까? 통촉하옵소서.”

대제는 빙그레 웃으며 윤허하였다. 그러고는 군량을 무사히 당군에게 전해준 공을 높이 사 유신과 인문에게 왕경 본피궁 내에 있는 재물과 그에 딸린 전장과 노비를 절반씩 나누어 하사하였다.

탐라항복 耽羅降伏

탐라국이 항복해 오다

평양성으로 흘러드는 패강의 한 갈래인 사수에서 연개소문에게 당군이 대패한 뒤로 고구려 정벌은 주춤하고 있었다. 비록 평양성을 목전에 두고 있다고 하더라도 고구려군이 철벽과도 같이 방어 태세를 갖추고 있는데다가 날이 몹시 춥고 군량이 넉넉하지 않아 당군은 섣불리 공격을 할 엄두를 내지 못하고 있었다.

신라에 신장 유신이 있다면 고구려에는 귀장 연개소문이 있었다. 그가 버티고 있는 한 고구려를 치는 일은 지극히 어렵게 생각되었다. 당 총관 소열은 연개소문이 죽지 않는 한 고구려를 패망시키기란 불가능하게만 느껴졌다.

"아, 이토록 작은 삼한 땅에 어찌 그리 명장이 많단 말인가."

대제가 몸소 이끄는 신라군은 한성주에 머무르면서 당군과 합세하여 평양성을 칠 날만 고대하고 있었다.

그런데 갑자기 당군이 철수하기 시작하였다. 아무도 그 영문을 몰랐고, 당군에서도 철군을 하는 까닭을 일러주지 않았다. 대제와 유신은 답답하기만 하였다. 필경 당 황제의 명이 있었을 것인데, 그가 고구려 정벌을 포기하였다는 짐작밖에는 들지 않았다.

"당군이 철군하는 연유를 속히 알아보라!"

가까스로 알아낸 이유는 놀라운 것이었다. 당의 서북쪽 변경에 할거하다가 이적에게 항복하여 당에 복속된 철륵의 추장이 반기를 들고 황도 장안성을 향하여 군사를 일으켰다는 것이었다. 당 황제는 위기감을 느낀 나머지 고구려를 정벌하러 출병한 당군을 다 불러들였다는 전언이었다.

대제는 아쉬움을 뒤로 하고 돌아설 수밖에 없었다.

"신병도 철군하라!"

그런 중에 걱정이 되는 것은 남쪽 옛 백제 땅이었다. 잔적이 여전히 발호하고 있는 터라 그들을 진압하지 않으면 나중에라도 마음 놓고 북쪽 고구려를 치는 데에 집중할 수 없을 것 같았다.

더욱이 웅진도독부성 성주 유백영이 자주 양식을 요청하였다. 헤아려보면 그간 보낸 것만 해도 수만 섬이었다. 남쪽으로는 웅진성으로 날라야 하였고 또 북쪽으로는 평양성 밖에 주둔하고 있는 당군에 공급해 주어야 하였기에 신라군의 군량을 염려하지 않을 수 없는 상황에 이르렀다.

많은 신라군과 마소가 적과 싸우다가 죽기는커녕 남과 북에 있는 당군에게 군량을 수송하다가 죽어갔으며, 신라 전역에서 양곡이 부족해져서 백성들은 한겨울인데도 온 산야로 풀뿌리를 캐고 짐승을 잡으러 다녔다.

신라가 피폐해져 가는 가운데 오히려 당군은 풍족하였다. 웅진성은 군량과 소금을 넉넉히 쌓아두고 있었고, 의복 또한 신라의 백성들이 지어 보내어 과히 걱정할 것이 없었다. 게다가 잔적들이 위협을 하기라도 하면 웅진성주 유백영은 스스로 싸워 지킬 생각은 조금도 하지 않고 그 즉시 신라군에 원병을 요청하여 구원을 받곤 하였다.

그 때문에 신라군과 백성의 불만이 높아가고 있었다. 적국 백제와 고구려 때문이 아니라, 오히려 그들을 멸하여 삼한을 통합한답시고 끌어들인 같은 편 당군으로 말미암아 신라의 국력이 크게 소모되어 가고 있는 까닭이었다.

대제와 유신은 군사와 백성을 달랠 방도를 찾아야 하였다. 조만간 백성들이 궐기하여 삼한통합이 다 무어냐며 당군의 뒷바라지를 하려 들지 않을지도 모를 일이었다.

"하루바삐 평양성을 치든가, 그게 아니면 옛 백제의 잔적을 남김없이 토벌하여 남쪽이라도 안민케 해야 할 터인데……."

유신이 묘책을 짜내느라 연일 골몰하고 있는데, 뜻하지 않은 반가운 소식이 남쪽 바다 밖에서 들려왔다.

탐라국의 임금인 좌평 도동음률이 신라에 귀부하겠다며 탐라국 세 시조신의 하나인 고을나의 십오세 후손 삼형제를 사신으로 삼아 조공을 해온 것이었다. 대제는 기쁜 얼굴로 그들을 맞이하였다. 삼형제 중 맏형인 고후가 아뢰었다.

"저희 탐라는 옛 백제의 무령왕 이래로 좌평을 하사받아 속국이 되었는데, 이제 백제는 없는 나라가 되었사오니, 바라옵건대 신라를 받들게 하여 주옵소서."

"너희 주호 임금의 뜻이 참으로 가상하다."

둘째 고청이 아뢰었다.

"저희 탐라의 임금께서 말씀하시기를, 성상폐하께 새 국호를 받아오라고 하셨사옵니다."

대제는 유신에게 물었다.

"대장군의 의향은 어떠하오?"

"신 유신이 아뢰옵니다. 굳이 국호를 바꿀 것까지는 없다고 여겨지옵니다. 다만 사신들에게 작호를 내려서 이후로 성상폐하의 대덕이 탐라에까지 미치게 하옵소서."

대제는 유신의 뜻을 받아들여 국호는 그대로 탐라로 하라고 이르고, 삼형제 중에서 맏아들에게는 성주, 둘째에게는 왕자, 막내에게는 도내라는 작호를 내렸다. 또한 나라 안의 죄수들을 크게 사면하여 주고 날을 가려 잔치를 베풀게 하였다.

모처럼 군사와 백성의 얼굴에 생기가 감돌았다. 잔칫날이 되자 어느 누구랄 것도 없이 화제는 단연 탐라국에 관한 것이었다.

"그 나라에서는 부녀들만 일을 한다지?"

"예끼, 세상천지에 그런 나라가 어디 있나?"

"아닐세. 사신들을 따라온 노복들이 그렇게 말했다는군. 부녀들이 밖으로 나가 일을 하고, 사내들은 집에서 애들을 돌본다는 거야."

"그것참. 별 희한한 나라도 다 있네."

"탐라가 우리 신라에 항복을 해왔으니 머잖아 왜국도 항복하겠다고 하지 않을까?"

"그렇게 된다면 얼마나 좋겠나. 백제는 망하였으니, 우리 신라의 근심이 오직 저 승냥이 같은 고구려에만 있게 될 것이니."

대제는 유신을 비롯한 여러 장수들과 어울린 자리에서 탐라 사신 삼형제에게 몸소 술을 따르며 먼 바닷길을 건너온 노고를 위로하였다. 성주 고후가 아뢰었다.

"비록 바다 밖에서나마 일찍이 신이 듣기로, 신라에는 젊은이들을 바르게 기르는 좋은 제도가 있다던데 그것을 알고자 하옵니다."

대제는 웃으며 유신을 바라보았다.

"그에 관한 것이라면 저 대장군에게 물어봐야 할 것이네."

유신은 낭정을 두고 화랑을 기르는 바에 관하여 간략히 말해주었다. 언제라도 크게 자랑하고 싶은 오직 신국 신라만이 가진 좋은 제도이건만, 오랫동안 전쟁을 치르는 동안 낭정이 크게 흐트러진 까닭이었다.

전횡을 일삼아 낭정을 크게 문란하게 한 이는 다름 아닌 자신의 생질이자 사위인 흠돌이었다. 나라에서 그것을 모르는 사람이 없기에 유신은 속으로 크게 부끄러움을 느꼈다.

조정의 수장인 상대등이자 군문의 수장인 대장군의 지위와 권력을 양손에 하나씩 쥐고 있는 그였다. 마음만 먹는다면 제위도 좌지우지할 만큼 권세가 컸지만, 모든 일에 공평무사하여 오랫동안 단 한 번도 구설수에 오르지 않고 나라 안팎으로 우러름을 받아 온 터였다. 그런데 언젠가부터 오직 흠돌 하나가 오점이 되고 있었다.

대당장군으로 있으면서도 흠돌은 낭정을 간섭하여 얼마 전에도 분란을 일으켰다. 흠돌은 풍월주로 있으면서 대당장군으로 출정에 나섰는데, 예원의 아들 오기가 화랑이 되자 부제로 삼고 있던 흥원을 꾀어 그 지위를 오기에게 양보하게 하였다.

선품의 장녀 자의가 황후였고, 차녀 운명이 바로 오기의 처인 까닭이었다. 또 삼녀 야명은 대제의 후궁이 되어 있어 흠돌은 권세의 최상층에 있는 선품의 세 딸 모두로부터 신임을 받을 계책을 낸 것이었다.

오기는 흠돌의 간악함을 꿰뚫어 보고 부제 자리를 여러 차례 사양하였는데, 진골정통의 낭두들이 한꺼번에 몰려와서는 머리를 조아려 부제에 오르기를 간청하였다. 그래도 오기가 받아들이지 않자, 처형이 되는 황후가 나서서 그를 설득하였다.

오기는 하는 수 없이 부제에 올랐다. 그러자 흠돌은 기다렸다는 듯이 곧바로 풍월주를 그에게 물려주었다. 화랑이 된 해에 부제에 이어 풍월주까지 오른 것은 낭정이 설치된 이래로 전례가 없는 일이었다.

풍월주가 된 오기는 옛 낭정의 위상을 되찾으려 하였지만, 앞서 풍월주를 지낸 진공과 흠돌, 그리고 부제에 그치고 낭정을 떠난 흥원에 이르기까지 상선과 상랑에 있는 자들이 다 낭도 사병을 거느리고 권세를 부리며 낭정을 전횡하는 터라 그 홀로 바로잡기에는 역부족이었다. 이름만 풍월주의 명맥을 이어가고 있었던 것이다.

"대장군은 아직도 술을 입에 대지 않으시오?"

"그러하옵니다, 성상폐하."

"머지않은 훗날에 짐이 반드시 대장군과 술잔을 나눌 날을 가질 것이오."

"황공하옵니다."

군사들의 사기가 오르고 백성들이 조정을 원망하는 마음이 누그러지자 대제는 그간 별렀던 일들을 추진하려고 하였다. 그 하나는 남산의 신성에 병기와 군량을 저장할 창고를 짓는 일이었고, 또 하나는 부산성을 쌓는 일이었다.

대제는 명을 내려 이찬 병부령으로서 대당총관에 있던 진주와 남천주총관 진흠에게 각각 그 일을 맡겼다. 그런데 며칠 지나지 않아 두 사람이 마치 작당이라도 한 듯이 거짓으로 병에 걸렸다고 하고는 한가로이 기녀들을 끼고 놀면서 일의 진척에 대한 감독을 소홀히 하고 있다는 투서가 날아들었다. 사람을 시켜 알아본 결과 과연 투서에 적힌 대로였다. 대제는 엄명을 내렸다.

"당장 그 두 죄인을 잡아들이라!"

대제의 진노는 이만저만 아니었다.

"진주는 듣거라! 네 아비 알천이 예전에 선제 태종무열대왕께 제위를 양보한 뒤부터 지금까지 남몰래 황실에 불만을 품어온 것이 분명하렷다?"

진주는 아무 말도 하지 않았다. 바라보는 유신은 애가 탔다. 그가 입을 열어 무슨 변명이라도 해야만 살릴 수 있을 것 같았다. 진주는 고개를 들어 안타까운 눈으로 바라보고 있는 유신에게 말하였다.

"유신랑, 나 먼저 가네."

"이 사람아, 어찌된 연유인지 뭐라도 말 좀 해보게!"

진주는 쓸쓸히 웃을 뿐이었다. 그러고는 곧 고개를 들어 또렷한 목소리로 대제에게 말하였다.

"성상폐하, 훗날 반역의 무리가 크게 들고 일어날 것이오니 그에 대비하소서. 신이 아뢸 것은 오직 이것뿐이옵니다."

대제는 진주가 자신의 죄는 뉘우치지 않고 오히려 가당찮은 소리로 황실을 협박한다고 하여 더욱더 진노하였다. 진주와 진흠을 끌어내어 목을 치게 하고, 그들의 일족을 다 죽였으며, 살던 집은 불태워버렸다. 다만, 당에 숙위학생으로 가 있는 진주의 아들 풍훈만이 살아남게 되었다.

유신은 불과 며칠 사이에 순식간의 일처럼 일어난 사태에 몸져누웠다. 꿈에서도 진주가 남긴 말이 귓전을 맴돌기만 하였다. 대제는 약전의 태의사를 보내어 유신을 돌보게 하였다. 유신은 출정 중인지라 마냥 자리보전을 하고 있을 수만은 없었다.

"남산의 일과 부산의 일은 대장군이 직접 감독하시오."

대제의 영을 받은 유신은 남산의 신성 안 세 곳에 크고 긴 창고를 지었다. 낭산이 바라보이는 우창에는 군사 일만 인이 백일동안 쓸 병기와 군량을 저장할 수 있었고, 천은사 서북쪽에 지은 좌창에는 군사 오천이 백일동안 쓸 것을 들여다 놓을 수 있었다. 우창과 좌창 모두 신궁 위쪽에 지은 까닭은 호국신들의 가호를 받으려는 일환이었다.

또 왕경 밖 서쪽 옥문곡이 있는 산꼭대기 둘레에는 부산성을 쌓았다. 그곳에는 군창을 짓는 것 말고도 우물을 파고 연병장을 닦아 평소에도 군사들을 조련할 수 있도록 하였다.

일을 다 마칠 즈음, 옛 백제의 잔적들이 거열성을 점거하고 있는 장계가 올라왔다. 대제는 남산에 군창을 여러 채 짓고 왕경 밖에 산성을 쌓느라 노고가 컸던 유신을 대신해 귀당총관 흠순과 천존을 보냈다.

두 사람은 군사를 이끌고 가 성을 쳐서 칠백여 잔적의 목을 베었다. 또한 거기서 멈추지 않고 서쪽으로 달아나는 적을 추격하여 거물성과 사평성까지 깨뜨려서 항복을 받아내었고, 다시 북쪽으로 치고 올라가서 덕안성을 공격하여 일천여 인을 죽였다.

"뭐라? 계림주 대도독?"

"우리 신국 신라를 계림대도독부로 삼고 성상폐하를 대도독으로 삼는다는 뜻은 저 옛 백제와 고구려뿐만 아니라 우리 신라까지도 당나라 땅으로 아우르겠다는 말에 지나지 않사옵니다."

"대장군도 그리 생각하시오?"

"신이 사려컨대, 이는 필시 당 황제가 우리 신국 신라를 크게 두려워하여 내린 조서일 것이옵니다."

"중원대국인 당이 어찌 동방소국인 우리 신라 두려워한다는 말씀이오?"

"아뢰옵기 황공하오나, 지난번에는 성상폐하를 낙랑군왕 신라왕으로 책봉하여 삼한의 주인으로서 당의 번국임을 인정하는 듯하였사옵니다.

그런데 당제가 곰곰이 생각해 보니, 작은 나라로만 여겼던 우리 신라가 십만이 넘는 당군을 먹이고 입혀 왔고, 옛 백제의 잔적들과 싸워서는 연승을 하고 있으며, 또 이번에는 왕경에 군창을 짓고 서쪽에 성을 쌓으니, 장차 우리 신국 신라를 도모하기가 쉽지 않을 것이라 여기게 되었을 것이옵니다.

그런 까닭에 계림대도독부니 하여 우리 신라를 복속하겠다는 뜻을 미리 나타내어 보임으로써 성상폐하의 반응을 살피려는 것이옵니다."

"그렇다면 짐이 어찌해야 하겠소?"

"그 조서에 아무런 대응도 하지 않으시면 되옵니다. 하옵고, 이제
부터는 웅진도독부성으로 양식과 의복을 나르지 않도록 명을 내리
옵소서."

"그렇게 했다가 당제가 우리 신라를 치러들면 어찌하오?"

"당장은 그럴 일이 전혀 없사옵니다."

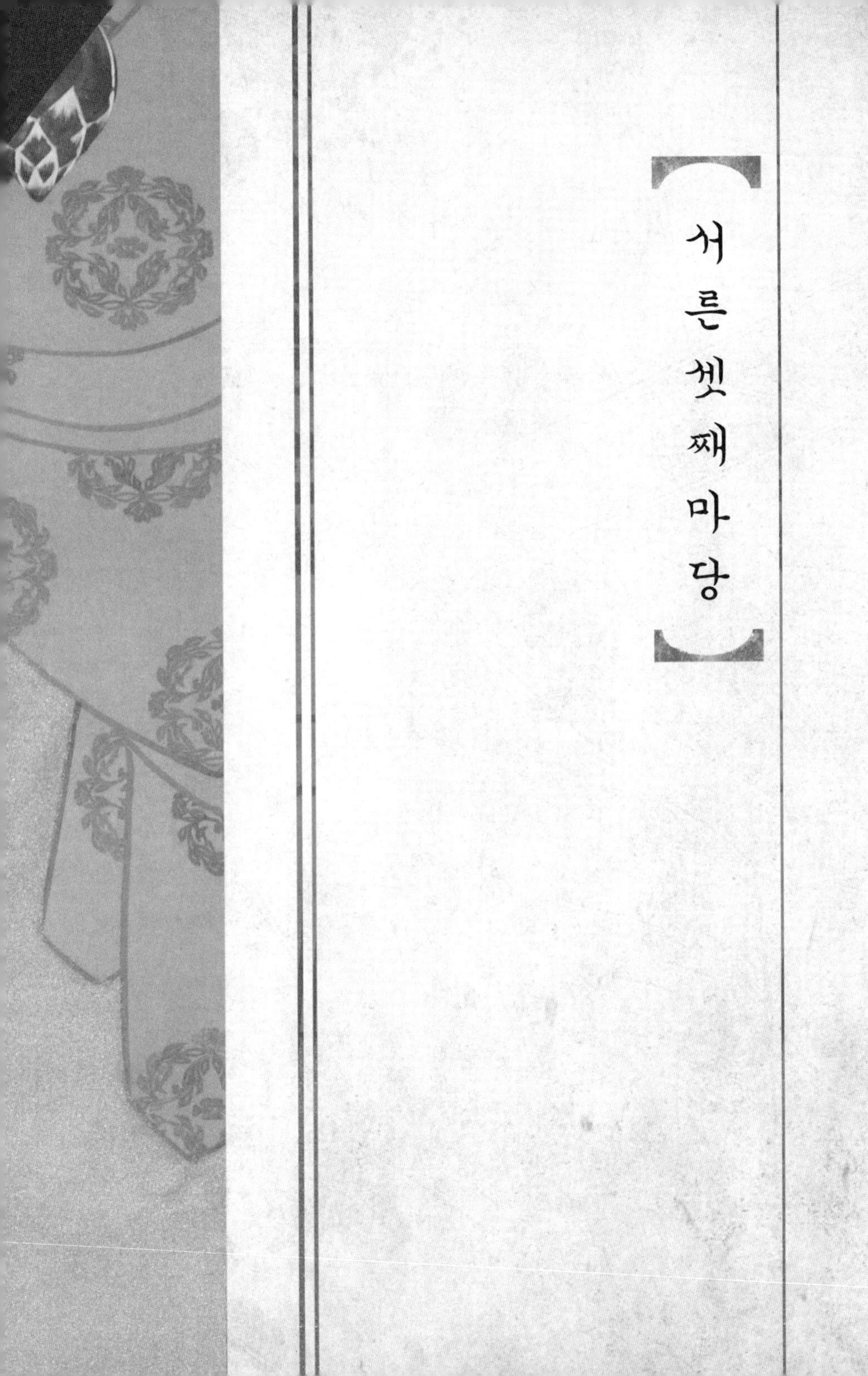

서른셋째 마당

군신반목 君臣反目

왕자와 신하가 서로 미워하다

왜왕 나카노오에는 오사카의 나니와 궁에서 조회를 열어 군신들을 모아 놓고 옛 백제 땅으로 파병을 논의하였다.

"신라가 지난해 가을부터 당군에 십여 만 섬의 군량을 대느라 필시 나라의 양식이 부족하여 고구려를 치지 못하고 있을 것이다. 이러한 때에 과연 본국에 군사를 보내는 것이 호기이겠는가?"

대화상 로겐이 아뢰었다.

"그렇다고 여겨지옵니다. 올해 가을걷이를 하기 전에 신라를 쳐야 하옵니다."

대화하 슈무와 오타시키도 한마디씩 하였다.

"신라도 그렇거니와 본국의 임존성과 주류성에서도 군량이 부족하여 큰 곤란을 겪고 있을 것이옵니다. 적잖은 양곡을 싣고 가야 할 것이옵니다.”

“우리 동조에서 서조로 원군을 보내자면 험한 바닷길로만 두 달이 넘는 시일이 걸리오니, 여러 차례 나누어 군사를 원조하기란 쉽지 않사옵니다. 단번에 많은 군사를 보내어 신라군과 당군을 일거에 물리치도록 하여야 하옵니다.”

왜왕 나카노오에는 용단을 내렸다. 대화하 오타시키와 아돈에게 군사 오천을 내려 싸움배 일백칠십 척에 나누어 타고 전봉군으로 옛 백제 땅으로 향하게 하였다. 배에는 볍씨 삼천 섬, 화살 십만 개를 비롯하여 여러 가지 옷감을 나누어 싣고 가게 하여 신라군과 당군에 항거하고 있는 군사와 백성을 원조하도록 하였다.

“두 장군은 서조에 가거든 풍 왕자 형님으로 하여금 그 왕위를 잇도록 하라. 좌평 귀실복신에게는 금책을 주어 그간의 공로를 치하하고 작록을 내리니 차질 없이 수행하라. 본군은 전국에서 군사와 싸움배를 징발하여 다음 달에 보낼 터이니 그때까지 서조의 군사와 백성의 사기를 드높여 장차 큰 싸움에 대비토록 하라.”

왜국에서 원군의 선발대가 바다를 건너오는 동안, 대제는 대장군 유신을 비롯한 장수 스물여덟 인과 군통 밀본최사와 명랑법사를 몸소 거느리고 웅진도독부성 성주 유백영, 당 장수 유인궤와 웅진성 동쪽 일대 곳곳에 잠거하고 있던 잔적들을 협공하였다.

그리하여 지라성과 윤성을 쳐부수고, 대산 땅과 사정 땅에 있는 목책을 함락시켜서 잔적 수천 인을 죽이고 또 사로잡았다. 대제는 장수들에게 군사를 나누어 주어 잔적들을 토벌한 땅에 주둔하면서 다시 들고 일어나지 못하도록 면밀히 경계토록 하였다.

위기를 느낀 귀실복신은 한성주에서 웅진 땅으로 오는 신라군과 당군의 군량 수송의 길을 끊어 놓는다면 그들의 전력이 크게 약화될 것으로 생각하였다. 그리하여 웅진강 상류 가에 있는 진현성을 떠올렸다.

진현성은 북쪽으로 성책이 높고 또 주위의 지형지세가 험하여 적은 군사로도 적을 방어하기에 용이할 것만 같았고, 왜국에서 원군이 도착하기 전까지는 어떠한 경우에도 빼앗길 수 없는 요충지라고 판단하여 주류성의 군사 오백 인을 증파하여 사수하게 하였다.

신라군과 협공을 하여 모처럼 전공을 올린 웅진도독부성 성주 유백영은 대제에게 간곡히 진달하여 신라군 일천 인을 얻어낸 뒤에 자신의 군사들과 아울러 이끌고 진현성으로 가까이 다가가 군진을 쳤다.

한밤이 되기를 기다렸다가 군사들을 소리 없이 북쪽 성책 밑으로 바짝 다가가게 하였다. 그러고는 그물이 달린 갈고리를 성첩 위로 던져서 걸고 성벽을 기어오르게 하였다.

굶주리고 지친 잔적들이 설마 신라군과 당군이 암야에 까마득한 절벽과도 같은 험애한 성책을 기어오르랴 하여 파수를 하다가 졸음에 빠지기도 하고 먹을거리를 구하러 자리를 뜨기도 하는 바람에 유백영의 군사들이 성가퀴를 오르는 것을 까맣게 눈치 채지 못하고 있었다.

새벽이 되기 전에 성첩을 넘은 군사들이 넋 나간 산송장과도 같은 잔적들을 거침없이 베고 찔러 나가니 죽은 적들이 금세 수백 인에 달하였다. 얼마 지나지 않아 전세를 돌이킬 수 없음을 깨달은 진현성 성주는 성벽 아래로 스스로 몸을 내던져 자결을 하고 말았다.

진현성을 함락시켰다는 희보를 들은 대제는 유백영과 군사들의 노고를 크게 치하하고, 그로써 한성주에서 웅진도독부성으로 이어지는 군량의 이송 길이 막히는 곳 없이 다 소통되었음을 크게 기뻐하였다.

유백영은 표를 올려 당 황제에게 자신의 전공을 알린 뒤, 옛 백제의 잔적을 모조리 소탕할 수 있도록 해달라며 원군을 요청하였다. 조정의 논의를 거친 당 황제는 조서를 내렸다.

"왜에서 원군을 보내기 전에 옛 백제의 잔적을 남김없이 토벌하는 일이 시급하다. 좌위위장군 손인사는 사가경 부여융과 함께 군사 칠천 인을 이끌고 바다로 나아가 웅진도독 유백영을 보충하라."

전선을 거느리고 서해로 내려오던 당 장수 손인사는 척후선으로부터 백여 척이 넘는 낯선 싸움배가 바다 남쪽에서 올라오고 있다는 보고를 받았다. 왜국이 옛 백제 땅으로 보낸 원군으로 짐작한 손인사는 해전의 태세를 갖추게 하였다.

"내 비록 수전에 능하지는 않으나, 어찌 저들이 무엄하게도 황상 폐하의 성지에 상륙하도록 내버려 둘 수 있으리."

손인사는 모든 전선에 영을 내려 적이 당군의 전선과 군사력을 쉽게 헤아리지 못하도록 안진을 형성하게 하며 북쪽에서 남쪽으로 곧장 내려오고 있었다.

왜군의 선발대 오천 인을 일백칠십 척의 싸움배에 나누어 태운 채 서해를 가로질러 백강의 어귀로 향하고 있던 왜장 대화하 오타시키와 아돈은 북쪽에서 내려오는 당군의 선단을 발견하고는 황급히 전투 채비를 하였다.

하지만 배의 바닥이 평평한 평저선인 왜군의 싸움배는 방향을 돌리기에 시간이 많이 걸리는 약점이 있는 터라, 이물을 재빨리 북쪽으로 돌려 당 수군과 싸울 태세를 갖추기 어려웠다. 더구나 각각의 배에는 군량과 군물이 한가운데에 무겁게 쌓여 있어 군사들이 배 안에서 마음대로 움직이기 불편하여 점차 당황하는 기색을 드러내었다.

왜군의 싸움배와 점차 가까워지자 당 장수 손인사는 장군선 망루에 올라 그들의 동향을 살폈다. 배마다 곡식 섬과 여러 짐짝이 가득 실려 있는 것을 보고는 단번에 그것이 옛 백제의 잔적을 지원할 군량과 군물이라는 것을 알아차렸다.

"속히 화전을 채비하라!"

때는 초가을이라 여름 내내 북상하던 해류도 약해져 있었고, 큰비를 몰고 오곤 하던 동남풍도 간간이 북동풍으로 바뀌어 불고 있었다. 손인사는 하늘이 당군을 돕는다고 여겨 안진을 장사진으로 바꾸어 공격 명령을 내렸다.

당 수군이 뱃전에서 불화살을 날려대자 왜의 싸움배는 순식간에 불이 붙어 타올랐다. 싣고 있던 볍씨와 옷감 탓이었다. 왜군은 뜨거운 불기운을 견디지 못하고 바다에 뛰어들었다가 빠져 죽기도 하였고, 불이 붙은 볍씨 섬과 옷감 짐짝을 바다에 빠뜨리려고 창 자루로 밀어내다가 불길이 더욱 세차게 오르자 더 가까이 다가갈 엄두를 내지 못하고 물러서곤 하였다.

손인사는 전선들을 왜군의 싸움배에 더 가까이 붙이지 않았다. 다만 길고 큰 낫을 든 군사들을 뱃전에 배치하여 혹시라도 바다에 빠진 왜군이 헤엄쳐 와서 기어 올라올 상황을 대비하였다.

왜군 오천 인이 탄 싸움배 일백칠십 척 중에서 불이 붙지 않고 온전한 채로 백강 어귀로 달아난 배는 고작 십여 척에 불과하였다. 그들은 주류성 밖 나루터에 이르자 서둘러 배를 버려둔 채 성안으로 들어갔다.

서해에서 우연히 마주친 왜의 선발대를 크게 무찌른 당 장수 손인사는 그들의 뒤를 쫓아 백강을 거슬러 올랐다. 그러고는 그들이 배를 버리고 달아나자 더 이상 추격하지 않고 그대로 웅진강까지 들어와 전선을 정박시켜 놓고는 의기양양하게 웅진도독부성으로 입성하였다.

대제는 대장군 유신을 비롯하여 신라의 여러 장수들과 웅진성주 유백영, 당 장수 유인궤와 함께 먼 바닷길을 건너오는 도중에 왜의 원군을 무찌른 그를 치켜세우고 큰 잔치를 베풀어 당의 칠천 원군을 위로하였다.

한편, 왜의 원군 오천 인 가운데 겨우 목숨을 건진 일백여 인이 패잔병처럼 걸어 들어가자 주류성은 군사와 백성들의 울분으로 눈물바다가 되었다.

"하늘이 정녕 백제를 버리려 하신단 말인가!"

"아, 이 원수를 어느 때나 되어야 다 갚을 수 있으리!"

"저놈들을 모조리 살육하지 않고는 죽어서도 두 눈을 감지 못하리라!"

왜왕 나카노오에를 대신하여 왜장 대화하 오타시키는 부여풍에게 새로 백제의 왕으로 인정하는 친서를 내렸고, 아돈은 귀실복신에게 금책만 전하였다. 비록 왕도 사비성과 고토의 대부분을 잃고 작은 성에서 항거 중이나마 부여풍이 왕위에 오르게 된다는 소식과 곧 왜국에서 원군의 본대가 도착할 것이라는 소식이 전해지자 군사와 백성들은 눈물을 흘리며 반겨마지않았다.

그런데 다만 한 사람 귀실복신만은 생각이 달랐다. 이미 주류성 내의 병권을 장악하고 있던 그는 이런저런 핑계를 대며 여러 날이 지나도록 부여풍의 취임례를 미루고 있었다. 왜국에서 본대가 오기 전에 거사를 치러야만 된다고 여기며 한 가지 계책을 마련하였다.

그즈음 부여풍과 먼저 와 있었던 왜장 대산하 쿄이렌과 소산하 신조가 원군의 선발대장 대화하 오타시키와 아돈을 만나 귀실복신

이 부여풍의 취임례를 미루고 있는 꿍꿍이에 대한 대책을 논의하였
다.

왜장들이 모두 모여 있다는 말을 은밀히 전해들은 귀실복신의 부
장 집득은 곰곰이 생각하였다.

조만간 귀실복신이 부여풍을 죽이고 왕위에 올라도 왜 원군의 본
대가 도착한다면 왜왕의 뜻을 어기고 반역을 저지른 그와 자신이
무사하지 못할 것만 같았다. 비록 귀실복신으로부터 달솔 벼슬을 받
기는 하였어도 그의 편에 있어서는 아무래도 안 되겠다고 결론을
내렸다.

집득은 몰래 왜장들에게 달려갔다. 그러고는 며칠 내로 귀실복신
이 함정을 파 부여풍의 목숨을 노리고 있다고 일러바쳤다.

그것을 모르는 귀실복신은 너무 늙어 병이 들었다는 구실로 성의
남쪽에 있는 굴방에 누웠다. 부여풍이 종조부가 되는 자신에게 병문
안을 오지 않을 리 만무할 것이고, 또 병든 사람을 위문하러 오는
차에 군사를 대동하지는 않을 것이라고 판단하였다.

굴방 안쪽 사방에 무장한 군사 십여 인을 숨겨 놓은 채 부장 집
득을 시켜 부여풍에게 자신이 병이 들었음을 알리게 하였다. 집득으
로부터 귀실복신의 계략을 사전에 파악한 부여풍은 왜장들과 칼 잘
쓰는 날랜 왜군 수십 인을 거느리고 굴방을 급습하였다.

그리하여 먼저 매복하고 있던 귀실복신의 군사들을 모두 베고 그
는 사로잡았다. 그 자리에서 손을 뒤로 돌려 손바닥에 구멍을 뚫어

가죽 끈으로 묶은 뒤, 밖으로 끌고 나와 군사와 백성이 보는 앞에서 그의 죄상을 밝혔다. 그러자 평소에 그를 따랐던 장수와 군사들이 하나같이 얼른 마음을 돌려 침을 뱉으며 역적이라고 호통까지 치는 것이었다.

더 이상 반역은 일어나지 않을 것이라고 여긴 부여풍이 여러 장수들에게 물었다.

"이미 귀실복신의 죄가 드러났으니 목을 쳐야 하겠는가, 아니면 목을 칠 것까지는 없겠는가?"

집득이 얼른 아뢰었다.

"이처럼 대역무도한 죄인을 절대 살려두어서는 아니 되옵니다. 당장 목을 치시어 신하와 백성이 경계하는 바로 삼게 하옵소서."

귀실복신이 머리를 들어 집득에게 침을 뱉으며 욕을 하였다.

"천하에 몹쓸 썩은 개와 같이 야비한 놈!"

그러자 대화하 오타시키가 귀실복신을 크게 꾸짖었다.

"네 이놈! 그러는 너는 얼마나 신의가 있는 놈이냐? 나라의 운명이 경각에 달려있는 때에 신하로서 충의를 다하기는커녕 오히려 그 틈을 노려 질손의 목숨을 빼앗고 왕위를 찬탈하고자 하였으니, 네놈처럼 간악무도한 놈이 천하에 또 있더란 말이냐!"

대화하 아돈이 부여풍에게 아뢰었다.

"참작할 것이 아무것도 없사오니, 속히 저놈의 목을 치소서."

부여풍은 명을 내려 귀실복신의 목을 치게 하고 그 머리를 소금에 절여서 큰 독에 담아 성내 백성들이 가장 많이 다니는 거리 한가운데에 놓아두도록 하였다.

종조부 귀실복신을 죽이고 나서야 비로소 왕위에 오른 부여풍은 왜장 대화하 오타시키, 대화하 아돈, 대산하 쿄이렌, 소산하 신조에게 의지하며 말하였다.

"내가 사려컨대, 이 주류성은 농토와 멀리 떨어져 있고 또 그나마 일굴 만한 토지도 턱없이 적고 척박하여 군사의 군량과 백성의 양식을 충분히 얻기에 적합하지 않다고 여겨지오. 여기에서 오래 머문다면 군사와 백성들이 굶주리게 될 것이 뻔하니, 피성으로 옮기는 것이 어떻겠소?"

아무도 대답이 없었다. 부여풍은 말을 이어나갔다.

"피성은 서북쪽으로는 띠를 두르듯 고련단경이 흐르고 동남쪽으로는 깊은 수렁과 커다란 둑으로 된 제방이 자리하고 있으며, 크고 작은 도랑을 터뜨리면 큰 가뭄에도 물이 쏟아져 농사를 짓기에 알맞을 것이며 그 밖에 산야에서 얻는 모든 산물이 삼한에서 기름지기가 으뜸일 것이니, 비록 땅이 다소 낮다고는 하나 어찌 그토록 좋은 곳으로 백성과 더불어 옮기지 않을 수 있겠소?"

왜장들은 여전히 입을 다물고 있었다. 하나같이 남쪽 먼 바다를 처음 건너온 왜장들이 옛 백제 땅의 지형과 지세를 알고 있을 까닭이 없었다. 잠시 후 소산하 신조가 아뢰었다.

"소장이 그간 틈이 날 때마다 변복을 하고 서조의 군사들이 웅거

하고 있는 여러 곳으로 나다니며 약간의 지형지세를 살펴본 바가
있었사옵니다.”

“오, 그러오?”

“피성은 적의 군영까지 하룻밤이면 오갈 수 있는 거리에 있사옵
니다. 그렇듯 서로 아주 가까운 탓에 행여나 많은 적의 급습을 받기
라도 한다면 돌이키지 못할 사태에 처하게 될지도 모르옵니다. 아뢰
옵건대, 군사와 백성이 먹는 것은 나중의 일이옵고 나라가 망하게
되는 것은 먼저의 일이옵니다.

지금 신라군과 당군이 함부로 쳐들어오지 못하는 것은 이곳 주류
성을 둘러싼 산이 다 험하여 그대로 모두 천혜의 방어기물이 되는
까닭이옵니다. 만약 성을 옮기어 낮은 땅에 머문다면 어찌 하늘의
도움 없이 남은 군사와 백성만으로 굳건히 방비를 할 수 있겠사옵
니까?”

“그렇지 않소. 군사와 백성이 먼저 먹어야 나라도 있는 것이오.”

소산하 산조의 말을 좇아 주류성을 떠나서는 안 된다는 왜장들의
충간을 끝내 곧이듣지 않고 부여풍은 피성을 새 도성으로 정하여
옮겼다. 왜장들은 신라군과 당군이 쳐들어올까 낮밤으로 불안해하며
왜왕 나카노오에가 보내기로 약속한 원군의 본대가 하루바삐 당도
하기를 간절히 바랐다.

도총 로겐, 전장군 슈무, 간진, 중장군 쿄세이, 산린, 후장군 아배,
오타쿠, 모츠부, 슈군이 왜 원군의 본대 이만칠천여 인과 함께 병선

일천여 척에 나누어 타고 바다를 건넌 뒤, 서해로 올라와 백강의 하구에서 멀리 떨어진 곳에 다다랐다는, 고대하고 고대하던 소식이 전해졌다.

부여풍은 그지없이 기뻐하며 왜장들과 백제의 여러 장수들에게 말하였다.

"지금 듣건대 동조에서 우리 서조를 구원하기 위하여 도총 로겐 장군이 날래고 굳센 군사 수만 인을 거느리고 크고 먼 바다를 건너왔다고 한다. 이에 어찌 우리가 그들과 호응하여 싸우지 않을쏜가. 그대들은 대화하 오타시키 장군과 아돈 장군과 더불어 최상의 군략을 마련하도록 하라. 짐은 몸소 주류성으로 돌아가 대승전보를 기다리며 연회를 베풀 채비를 하겠노라."

화람만해 火燄滿海

신라 대장군 유신은 일찍이 왜에서 돌아온 부여풍이 왜장들을 등에 업고 귀실복신의 목을 베고 칭왕을 하면서 옛 백제의 잔적들과 유민들의 사기를 드높이고 있다는 첩보를 입수하였다.

유신의 아룀을 들은 대제는 주류성으로 쳐들어가는 일을 더 이상 늦추어서는 안 되겠다고 판단하여 신라의 장수들과 당 장수들을 한데 모아 숙의케 하였다. 주류성을 공격할 방향을 두고 설왕설래하는 가운데 귀당총관 천품이 목소리를 높여 말하였다.

"주류성을 공격하기보다는 그에 앞서 수륙의 요충지인 가림성을 먼저 쳐야 하옵니다. 그리한다면 왜의 원군이 배를 타고 당도하더라도 기벌포 안으로 깊숙이 들어올 수 없게 되옵니다."

당 장수 검교 대방주자사 유인궤가 고개를 저었다.

"병법에 이르기를, 적의 강한 곳은 피하고 반드시 약한 곳을 공격해야 한다고 하였소. 가림성은 준험하고 견고한 성이므로 전면전을 펼친다면 군사들을 적지 않게 잃을 것이오."

"그렇다면 포위만 하고 감히 준동을 하지 못하게 하는 것은 어떻겠소?"

"군사력이 분산되어 적을 토벌하는 데에 있어서 시일이 오래 걸릴 것이오. 본장이 생각하기로, 주류성은 옛 백제의 잔적들이 몰려 있는 가장 큰 소굴이니, 만약 그곳을 깨뜨린다면 다른 여러 성은 더 이상 기약할 것이 없음을 깨닫고 스스로 항복해 오리라 믿는 바이오."

그때 유신의 부장 양부가 들어와 귀엣말을 하였다. 유신은 조금도 놀라지 않고 여러 장수들에게 말하였다.

"잔적들의 수장 부여풍이 주류성을 버리고 피성으로 옮겨갔다고 하오. 또한 왜의 원군 수만이 싸움배 일천여 척에 나누어 타고 백강 먼 바다에서 다가오고 있다는 소식이외다."

장수들이 놀라 한동안 수군거렸다. 그러는 동안 유신은 대제에게 진달을 하였고, 대제는 유신의 대장군영에 몸소 행차하였다. 군략을 논의한 결과, 육전에 능한 장수들과 수전에 뛰어난 지략을 가진 장수들로 나누었다. 그리하여 대제는 대장군 유신, 당 장수 좌위위장군 손인사와 웅진도독부성주 유백영 등을 거느리고 육전에 대비하기 위하여 나아가기로 하였고, 당 장수 검교 대방주자사 유인궤와 별군장군 두상, 그리고 당에 귀부한 사가경 부여융은 수군을 거느리고 웅진강에서 백강으로 내려가기로 하였다.

백강 상류인 미자진에 이르러 수륙 양군은 합세하여 머물렀는데, 신라와 당의 연합 전선은 일백수십 척, 수군은 일만에 이르렀고, 육군은 이만을 헤아렸다.

그때 바다를 건너온 왜의 싸움배 일천여 중에서 육백여 척은 백강 어귀 기벌포 앞바다에 머물러 있었고, 나머지 사백 척만이 강을 거슬러 올라와 위쪽의 가림성과 아래쪽의 주류성 사이 나루터 곳곳에 정박해 있었다. 또 가림성과 주류성에 있던 옛 백제의 기마군들이 강의 양안에서 왜의 싸움배 사백 척과 호응하며 지키고 있었다.

신라와 당의 군사들, 옛 백제와 왜의 군사들, 그렇게 사국의 군사들이 결전을 앞두고 있는 가운데 피성에서 주류성으로 돌아와 있던 부여풍이 옛 백제의 장수들보다는 왜장들을 더 신임하여 성의 수루에 올라 왜의 원군을 총지휘하고 있는 로겐에게 물었다.

"도총, 과연 승산이 있겠소?"

로겐은 기후와 풍향도 살피지 않고 대답하였다.

"소장의 휘하에 있는 장수들이 서로 전봉을 자청하여 앞다투어 싸우러 달려 나간다면, 저들이 어찌 감당하겠사옵니까. 아무 심려치 마옵소서."

로겐은 왜장 대화하 오타시키와 아돈, 대산하 쿄이렌, 소산하 신조를 불러 영을 내렸다.

"그대들이 장수로서의 명예를 잃은 지난날의 패배를 복수할 날은
바로 오늘이다. 이와 같은 날은 두 번 다시 오지 않을 것이니, 싸움
배들을 지휘하여 적들을 모조리 수장시키도록 하라!"

배에 오른 왜장들은 옛 백제의 정예 기마군들이 강의 양안에서
호응하고 있는 것을 고려하고, 싸움배들의 바닥이 평평한 점을 이용
해 물이 얕은 강의 양쪽 기슭으로 갈라져 신라와 당의 전선을 강의
한가운데로 몰아붙이며 좌우에서 협공을 하려는 전략을 세웠다.

유신은 강의 아래쪽에 있는 왜의 싸움배들이 강기슭으로 갈라지
는 것을 보고는 그 의도를 단번에 알아차렸다.

당과 신라의 전선은 바닥이 뾰족하게 길어서 얕은 물가로는 함부
로 저어갈 수 없었다. 배 밑이 강바닥에 닿아 모래 속에 파묻히거나
또는 암초에 부딪히기나 그 틈에 끼이기라도 한다면 오도 가도 못
할 것이기 때문이었다. 그러하기에 신라와 당의 수군이 탄 배는 강
한가운데로 나아갈 수밖에 없었다.

왜군이 노리는 것이 바로 그러한 약점이라고 판단한 유신은 육군
을 지휘하여 강 양안에 있는 옛 백제의 기마군을 먼저 섬멸하고자
노당의 연사노 군사들과 다사노 군사들을 선봉으로 진격시켰다.

"전 노사들은 쇠뇌를 발사하라!"

빗발치듯 날아드는 쇠뇌의 굵은 화살에 옛 백제의 기마군은 맥을
추지 못하였다. 먼 거리를 두고 날아드는데다가 큰 화살이 기병의
갑옷과 군마의 가리개를 거침없이 꿰뚫고 들어와 꼬꾸라뜨리는 것

이었다. 옛 백제의 기마군들은 신라와 당의 육군에 가까이 다가가지도 못하고 삽시간에 전멸지경에 이르렀다.

유신은 달아나는 그들을 추격하지 않고 그들이 진을 치고 있었던 강 양안에 신라와 당의 양국 육군을 능선을 따라 배치하였다. 그러고는 강기슭 가까이로 저어오는 왜의 싸움배에 먼저 거포노로써 돌덩이를 퍼부었다.

목공 구진천의 역작 거포노는 큰 위력을 발휘하였다. 위에서 아래로 날리기도 하거니와 긴 나무판을 나란히 붙여 이어 만든 왜의 싸움배들은 충격에 쉽게 부서지는 단점이 있었기에 하늘에서 쏟아지는 돌덩이에 속수무책으로 부서져갔다.

돌 세례를 견디다 못한 왜의 싸움배들이 강의 중앙으로 모여들었다. 당 장수 유인궤와 두상은 유신의 전략에 감탄하며 회심의 미소를 지었다. 모든 전선을 재빨리 좌우 두 갈래로 나누어 처음 왜의 싸움배가 그러하였듯이 양안으로 벌렸다가 강 한가운데에 몰려있는 왜선들을 들이받기 시작하였다.

"쿠쾅!"

"우두두두두!"

"콰콰콰쾅!"

신라와 당의 배는 긴 나무판을 겹쳐 잇댄 뒤, 판과 판 사이에 나무쐐기를 박아 이어 놓은 까닭으로 배가 물을 먹으면 쐐기가 부풀어 더욱 단단히 나무판들을 결속시키는 장점이 있었다.

왜의 싸움배들은 앞서 신라의 육군으로부터 거포노 공격을 받아 이물과 고물, 뱃전 할 것 없이 곳곳이 부서져 있는 상황에서 이번에는 신라와 당의 전선이 이물로 뱃전을 격렬하게 부딪혀들자 그대로 완파되어 침몰하기 일쑤였다. 게다가 다닥다닥 붙듯이 서로 몰려있었던 까닭으로 저희의 싸움배끼리도 서로 부딪혀 부서져서 침몰하기까지 하였다.

왜군들은 배와 배의 충돌로 몸이 떠 날아가기도 하였고, 배와 배 사이에 몸이 끼어 압사되기도 하였다. 수많은 왜의 수군들은 배가 부서지는 바람에 물에 빠져 허우적거리다가 부서진 싸움배의 잔해를 붙잡고 강물을 따라 흘러갔다.

"뱃머리를 하류 쪽으로 돌려라!"

"노를 저어라!"

왜장들이 장검을 뽑아들고 연신 노꾼들에게 소리를 질렀지만, 배를 돌려 하류로 빠져 나갈 수 있는 싸움배는 한 척도 없었다. 강에서는 신라와 당의 수군이, 강 양안 높은 곳에서는 육군이 지키고 있으면서 달아나려는 왜선에 거포노를 정신없이 퍼부어댄 까닭이었다.

왜장들이 탄 배도 차례로 침몰하였다. 오타시키와 아돈, 쿄이렌은 겨우 신라군과 당군 몇 사람을 죽이고는 목숨을 잃고 말았고, 오직 신조만이 피투성이가 된 채 반파된 배 위에서 많은 신라군과 당군에 둘러싸인 채 교전을 벌이며 수십 인을 죽이고는 눈을 부릅뜬 채 쓰러졌다.

전투의 막바지에 이르러 유신은 멀리 주류성 성첩의 한 수루를 바라보았다. 백강에서 사국의 군사들이 벌이는 전투를 바라보던 부여풍과 왜장들은 이미 성안으로 자취를 감춘 뒤였다. 그때 대제의 명이 떨어졌다.

"신병과 황군은 모든 군세를 몰아 기벌포로 나아가라!"

신라와 당 양국의 수군과 육군은 백강 어귀로 나아갔다. 가는 도중에 있는 주류성과 가잠성은 텅 비어 있는 듯하였다. 각 수루를 지키고 있는 몇몇 군사들만이 성대하게 진격하는 그들의 위용을 얼빠진 눈으로 바라볼 따름이었다.

주류성 깊이 몸을 감춘 부여풍은 이제 믿을 것은 기벌포에 정박해 있는 왜의 남은 수군뿐이라고 여겼다. 왜의 도총 로겐은 그들을 몸소 지휘하여 최후의 일전을 벌이기 위하여 부여풍에게 한마디 인사를 남기고는 휘하 왜장들과 성을 빠져나갔다.

기벌포 바닷가는 왜의 싸움배로 온통 뒤덮여 있다시피 하였다. 유신은 포구가 바라보이는 바닷가 낮은 언덕 위에 육군을 집결시킨 뒤, 왜선에서도 잘 보이도록 천보노 군사들을 늘 지어 세워 전투태세를 갖추었다. 그런 한편, 후방의 군사들을 시켜 짚공을 만들어 기름에 절이게 하였다.

왜의 도총 로겐은 유신이 이끄는 신라와 당의 육군이 언덕 위에서 쇠뇌 군사들과 거포노를 배치해 둔 것을 보고는 왜선들을 모두 기벌포에서 멀찍이 떨어진 바다 한가운데로 물러나게 하였다.

이미 백강의 전투에서 똑똑히 지켜보았던 바, 몸서리쳐지도록 두려운 신라군의 병기로부터 안전한 거리를 유지하면서 신라와 당의 전선들을 바다로 끌어내려는 전략이었다. 왜의 싸움배는 육백여 척, 신라와 당의 전선은 불과 일백수십 척이기에 넓은 바다에서 싸운다면 충돌전술도 충분히 피할 수 있다고 여겼다.

유신은 그러한 왜선의 동향을 살피고는 얼른 곁에 있던 군승을 시켜 막 기벌포에 이른 당 장수 유인궤와 두상에게 모든 전선을 기벌포에서 오 리 밖 바다로는 절대 나아가지 못하게 하고, 또 그 밖에 군령 몇 가지를 전하였다.

"단 한 치의 어김도 없이 신라 대장군의 모든 영에 따르겠다고 전하게."

군승을 돌려보낸 유인궤와 두상은 서로 바라보며 말하였다.

"과연 소국의 장수로 지내기엔 아까운 인물이구려."

"신라국에 저러한 장수가 하나만 있기에 망정이지 만일에 둘이라면 장차 우리 대국에도 크나큰 위협이 되지 않겠소"

왜 도총 로겐은 신라와 당의 전선이 기벌포 가까이에만 머물 뿐, 더는 멀리 나오지 않자 참을성 있게 기다렸다. 하지만 하루가 지나고 이틀이 지나도 당 장수 유인궤와 두상은 꼼짝도 하지 않고 제자리만 지키고 있었다.

먼저 초조해진 것은 왜 도총 로겐이었다. 바람이 점점 세차게 불어 싸움배 수백 척을 바다 위 한 곳에 정박시키고 있기란 쉬운 일이 아니었다. 언제 불현듯 해전이 벌어질지 모르는 터라 무턱대고 닻을 내리고 있을 수는 없는 일이었다. 배들이 조류와 파도에 밀려 흩어질세라 노꾼들을 독려하여 힘겹게 떠 있을 수밖에 없었다.

여러 배에서 노를 젓다말고 힘에 겨워 정신을 잃고 쓰러지는 노꾼들이 속출하자 전장군 슈무와 간진이 차례로 아뢰었다.

"도총 각하, 더 이상 바다 위에서 버티기 힘드옵니다."

"저 뒤 멀지 않은 섬에 정박하는 것이 좋겠사옵니다."

로겐도 별다른 묘안이 없어 허락하였다.

"그렇게 하도록 하지."

왜의 싸움배들이 바다 밖으로 좀 더 물러나 섬에 정박하려는 동태를 본 유신은 일단의 군사들과 함께 언덕에서 내려왔다. 그것을 본 당 장수 유인궤와 두상이 전선을 돌려 기벌포로 들어왔다.

유신은 전선을 나누어 전봉 일백이십 척은 유인궤가 이끌게 하고, 후위 오십여 척은 두상에게 맡겼다. 전봉으로 가는 전선에는 단병전에 능한 당군과 신라군을 가려 뽑아 나누어 타게 하였고, 후위로 따르는 전선에는 천보노와 거포노를 싣고 두 노당 군사들 중 일부를 적절하게 나누어 태웠다. 그러고는 다른 군사들도 노당 군사인 것처럼 차림을 꾸며 대거 태웠다.

"적들의 배가 쳐들어오고 있다!"

멀리 기벌포에 있는 신라와 당 수군의 움직임을 주시하고 있던 왜의 파수병들이 소리쳤다. 도총 로겐은 그러면 그렇지 하고 이를 악물었다. 드디어 해전을 벌일 때가 다가온 것이었다.

"전장군 슈무는 중장군 쿄세이, 후장군 아배, 후장군 오타쿠와 함께 선봉으로 나아가라. 또 전장군 간진은 후장군 모츠부와 좌위를 맡고, 중장군 산린은 후장군 슈군을 데리고 우위를 맡으라."

신라와 당의 전선이 점차 다가오고 있었다. 왜장 슈무는 선봉으로 나선 싸움배들을 이끌고 재빨리 나아갔다. 신라와 당의 전선들도 물러설 생각이 없는 듯 계속 돌진하여 왔다. 슈무는 장군선 높은 곳에 올라가 왜장검을 빼어들고 호령하였다.

화살을 날려대던 양 수군은 서로 뱃전이 부딪치자 얼른 상대편의 배에 올라 맞붙어 싸우기 시작하였다. 과연 왜 수군의 단병전은 강하였다. 날카롭고 긴 칼에 신라와 당의 수군은 더 이상 견디지 못하고 전선을 후퇴시키기 시작하였다.

"적 병선을 한 척도 놓치지 말고 추격하라!"

그때 신라와 당의 후위에 있던 전선에서 굵은 화살과 돌덩이가 하늘 높이 날아와 싸움배 옆 바다 여기저기에 떨어지는 것이었다. 왜장 슈무는 흠칫 놀라 추격을 멈추었다. 중군의 도총선에서 그 광경을 유심히 바라보던 로겐이 웃음을 터뜨렸다.

"이제야 저 신라 병기들의 사정거리를 알았노라. 천보노 화살은 듣던 것과는 달리 일천 보에 미치지 못하고, 거포노 돌덩이 또한 수백 보에 이르는 것이 고작이다. 제장은 적들의 굵은 화살과 돌덩이가 다 떨어질 때까지 수백 보 거리를 유지한 채 일부러 일진일퇴를 거듭하라!"

왜장들은 일정한 거리를 두고 추격을 하였다. 천보노와 화살과 거포노의 돌덩이가 날아오긴 하였어도 싸움배까지는 이르지 못하고 모두 앞바다에 떨어질 뿐이었다.

슈무는 용기를 내어 싸움배들을 좀 더 가까이 다가가게 하였다. 왜선이 사정거리 안으로 들어가긴 하였어도 쇠뇌의 화살 한 발만 뱃전에 박혔을 뿐 돌덩이는 다 빗나갔다. 그러자 신라와 당의 전선에서는 더 이상 쏘지 않았다.

로겐은 총공격 명령을 내렸다. 부장 사이토가 모종의 계략일지도 모른다고 조심스럽게 아뢰었다. 로겐은 그의 염려를 일축하였다.

"계략이 있는 것이 아니라, 계략이 있는 척하는 것이 분명하다. 실상은 화살과 돌덩이가 다하여 달아나려는 것이다."

"도총 각하, 그래도 만약에……."

"좋다. 선봉의 싸움배들 중에서 일백 척만 앞서서 맹추격하도록 하라. 적들이 달아나다가 말고 다시 쏘아댄다면 그때 우리의 싸움배를 돌려도 늦지 않다. 적들이 아무리 많이 쏘아댄들 이 망망대해에 떨어지는 것이 많겠느냐, 우리의 병선으로 날아드는 것이 많겠느냐?"

신라와 당의 전선들은 달아나는 듯하다가 멈추어 쏘다가, 또다시 달아나는 듯하다가 멈추어 쏘기를 여러 차례나 하였다. 그러는 동안 아침부터 시작된 해전이 한낮을 넘기도록 그치지 않고 있었다.

어느덧 해는 먼 수평선에서 두어 뼘 위에 머물었고, 기온이 떨어지면서 바람도 점점 세차게 불었다. 해상에서 쫓고 쫓기는 양 군도 지칠 대로 지치기에 이르렀다.

줄곧, 달아나다가 몇 발 쏘아대곤 하던 신라와 당의 전선들이 달아나기만 할 뿐, 더는 쏘는 것이 없자 도총 로겐은 마침내 적의 화살과 돌덩이가 다했음을 간파하고 전 싸움배에 영을 내려 총공격을 개시하였다.

신라와 당의 전선을 쫓아 기벌포가 차츰 가까워지자 로겐은 문득 낮은 언덕 위를 올려다보았다. 군사도 병기도 보이지 않았다. 로겐의 얼굴에 웃음이 번졌다. 천보노든 거포노든 전선에 다 싣고 나선 터에 남은 것이 있겠느냐 싶어서였다. 설령 신라 노당 군사들이 병기를 가지고 잠복해 있다고 하더라도 사정거리에는 들지 않을성싶었다. 앞서 그것도 모르고 싸움배들을 바다 밖으로 물린 스스로의 어리석음을 애써 달래었다.

로겐은 고개를 돌려 백강 어귀 쪽을 바라보았다. 기벌포에 다다르고 있는 적의 전선 일백수십 척이 다 바다에 무언가 쏟아내고 있었다.

"저것이 어인 수작이냐?"

"먹을 물조차 버리면서까지 배를 가볍게 하여 달아나려는 것이 아니겠사옵니까?"

"으음. 그렇다면 이때야말로 저놈들을 모조리 공멸시킬 절호의 기회가 아니겠는가? 추격의 속도를 늦추지 말게 하라!"

신라와 당의 전선들은 기벌포를 거쳐 한꺼번에 백강 안으로 들어가려 하였다. 좁은 강어귀에 적의 군선들이 몰려있는 것을 본 로겐은 화전을 채비케 하며 그들을 불화살의 사정거리 안에 두려고 맹추격을 하게 하였다.

"이제는 우리가 앙갚음을 할 때다. 화전을 쏠 채비를 하라!"

바로 그때 저 앞 언덕 너머에서 천둥이 치는 것과 같이 구르르 소리가 울리더니 위용도 당당한 신라의 신병기 거포노들이 늘 지어 나타나는 것이었다. 로겐을 비롯한 왜장들과 왜군이 미처 놀랄 새도 없이 어른의 머리통만한 불덩이들이 싸움배로 날아들기 시작하였다.

유신이 미리 준비해 둔, 기름을 먹인 짚공들이었다. 짚공들은 왜의 싸움배 안으로 떨어져 구르며 불을 옮겨 붙였다. 불길은 때마침 부는 바람을 타고 이내 거세게 타올랐다. 게다가 왜의 수군들이 우왕좌왕하다가 화전을 쏘려고 내다놓은 기름항아리를 엎지르는 바람에 어느 싸움배 할 것 없이 온통 큰 화염에 휩싸였다.

"후퇴하라! 어서 바삐 기벌포를 빠져 나가라!"

왜의 싸움배들은 불이 붙은 채 뱃머리를 돌려 기벌포 밖 바다로 빠져 나가기 시작하였다. 거포노의 짚공들이 미치지 못하는 곳까지 나오자 왜군들은 한숨을 돌렸다. 하지만 배에 붙은 불을 끄느라 임전태세를 갖출 엄두는 내지 못하였다. 그러한 때에 백강으로 들어갔던 신라와 당의 전선들이 몰려나와 공격을 한다면 꼼짝없이 당할

판이었다. 로겐은 서둘러 명령을 내렸다.

"불길이 거센 배는 버리고, 군사들을 속히 성한 배로 옮겨 태우도록 하라!"

거포노가 사라진 언덕 위에서 노사대 군사들이 나타나 화살에 불을 붙인 천보노를 일제히 겨누었다. 로겐은 안심하였다. 사정거리에서 멀리 벗어나 있다고 믿었기 때문이다. 하지만 기벌포 언덕 위에서 시위를 떠난 천보노 불화살이 다 왜선을 사정거리 안에 두고 있는 듯 불비처럼 날아들었다.

"이게 어찌된 일이냐!"

로겐은 아연실색하여 싸움배들을 이끌고 바다 밖 더 멀리 달아났다. 그리하여 겨우 안도를 하려는 찰나, 배에까지는 미치지 못하고 바다에 떨어지는 천보노 불화살들이 바닷물에 불을 붙이는 것이었다. 바로 눈앞에서 벌어지는, 믿기지 않는 광경을 바라보는 로겐은 혼비백산할 지경이었다.

"저건 대체 어찌된 조화이냐?"

문득 머릿속을 스쳐가는 것이 있었다. 로겐은 저도 모르게 도총선 위 지휘망루에 털썩 주저앉고 말았다. 그러고는 넋 나간 목소리로 중얼거렸다.

"아뿔싸, 아까 적들이 바다에 버리고 간 것이 먹을 물이 아니라 다 기름이었구나! 천보노, 거포노를 전선에 싣고 바다로 나와 짐짓 사정거리가 짧은 양 쏘아댄 것도, 못이기는 척 달아나다가 쏘곤 하면서 우리의 싸움배를 죄다 기벌포 가까이 끌어들인 것도, 그렇구나, 처음부터 끝까지 모든 게 저놈들의 전략이었어."

로겐은 급기야 투구를 벗고 고개를 떨군 채 흐느꼈다.

"아, 왜국 제일의 군장인 이 로겐이 어찌 오늘과 같은 이런 참담한 꼴을 당하였단 말인가!"

살아남아 도총선으로 하나둘 옮겨 온 그의 휘하 장수들도 다 투구를 벗고 꿇어앉아 우는 소리를 내었다.

"도총 각하!"

기벌포 앞바다에서 왜의 싸움배 사백여 척이 불타오르고 있었다. 조류와 바람을 타고 바다 위를 떠다니는 기름에도 함께 불이 붙은 채 타오르고 있어 그야말로 천리불바다를 이룬 듯하였다.

검은 연기가 불꽃과 함께 하늘로 가득 솟아오르고 있었고, 서녘 수평선 너머로 지는 붉은 해까지 유난히 붉게 타올라 눈으로 보이는 서해가 다 끝없는 대초열지옥이 된 것만 같았다.

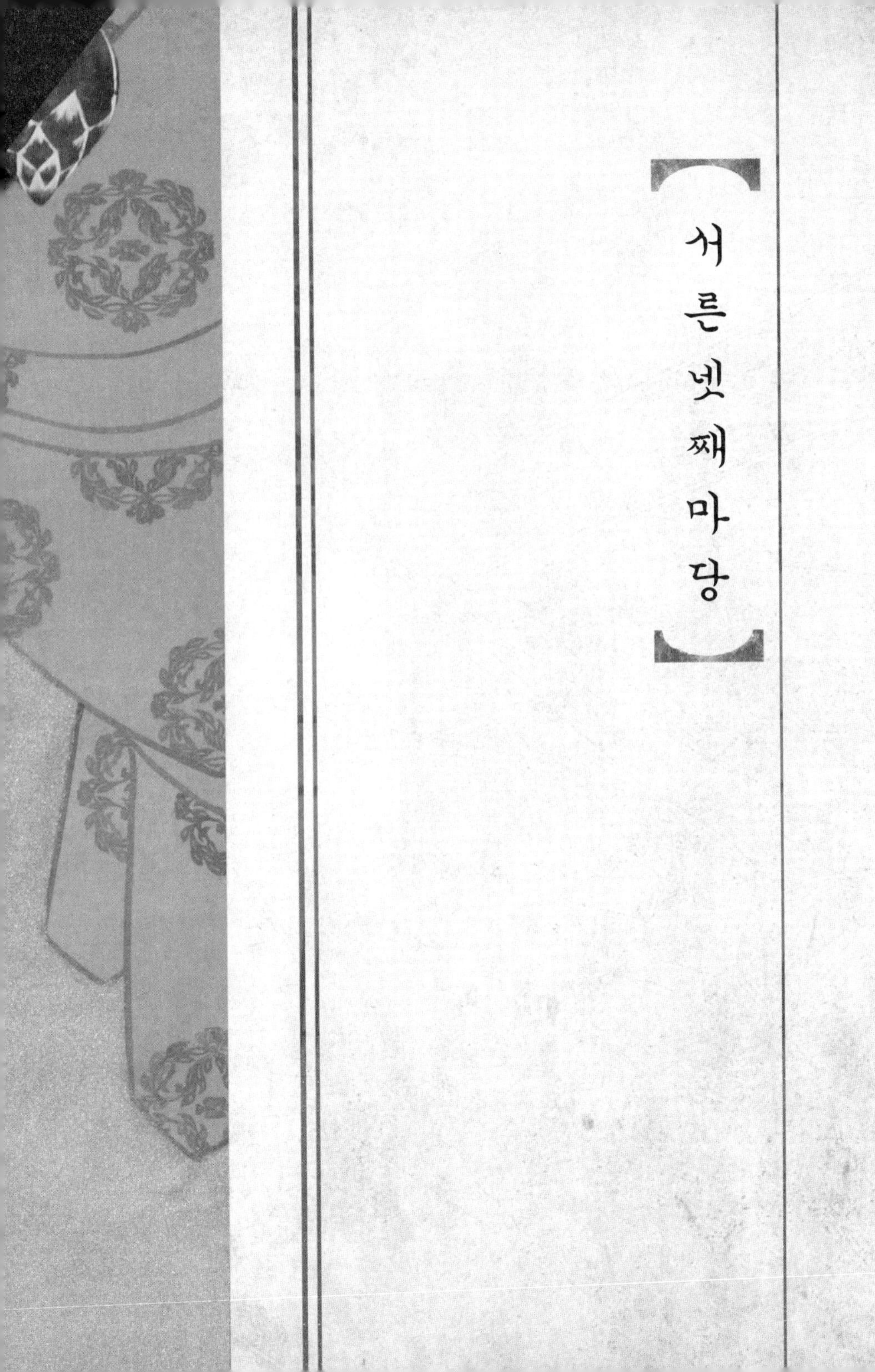
서른넷째 마당

왜장혈시 倭將血詩

　유신의 치밀한 지략으로 백강 상류와 기벌포 앞바다에서 왜의 원군을 크게 무찌른 신라와 당의 수군은 사기가 충천하고 전의가 넘쳐흘러 병선을 정돈하여 기벌포에서 다시 백강으로 거슬러 오르며 주류성으로 향하였다.

　육군은 신라의 용맹스러운 기병이 전봉이 되어 나아갔다. 그리하여 기마군이 주류성 밖에서 군진을 칠 곳을 확보하자 연사노, 다사노, 천보노 그리고 거포노의 노당 군사들이 전열을 갖추었다.

　맨 먼저 거포노로써 맹렬히 돌덩이를 날려 성책과 성첩을 깨뜨린 뒤, 연사노와 다사노를 날렸다. 그러는 가운데 신라와 당의 부월수들과 장창수, 도검수들이 재빨리 부서진 성벽을 타로 오르며 성첩을 넘어가 닥치는 대로 적을 무찔러 나갔다.

부여풍은 도저히 가망이 없음을 알고 몰래 탈신하여 어디론가 사라졌다. 당군이 뒤늦게 그가 숨어있었던 굴방으로 쳐들어가니, 달아나면서 허리춤에서 떨어뜨린 것으로 보이는 보검 한 자루만이 바닥에 아무렇게나 놓여 있을 뿐이었다.

"잔적의 수괴가 보검을 버리고 달아났다!"

굴방 밖으로 나온 당군들이 성의 망루 높은 곳으로 가 보검을 높이 들어 보이며 소리쳐대자 성안 곳곳에 숨어있던 군사들이 하나둘씩 나와 병장기를 던지고는 순순히 항복하였다. 이윽고 옛 백제왕 부여의자의 서자들인 부여충승과 부여충지 등이 남아있던 부여풍의 군사들을 모두 모으고, 왜의 군사들마저 딸리고 나와 항복하였다.

신라의 대장군 유신은 그로써 주류성이 완전히 함락되었음을 대내외에 널리 공표하였다. 성 아래 백강 가에 정박하고 있던 수군이 크게 환호하였다. 또한 해가 저물기도 전에 가림성을 비롯하여 곳곳을 점거하고 있던 잔적들이 스스로 성문을 열고 걸어 나와 투항하였다.

"아, 주류성마저……."

기벌포 밖 먼 무인도에서 신라와 당의 양군에 반격을 가할 전열을 가다듬고 있던 왜 원군의 도총 로겐은 주류성이 항복하였다는 소식을 전해 듣고 크게 낙담을 하였다. 하지만 곧 의연히 말하였다.

"채비를 하라. 목숨을 다하여 마지막 일전을 벌이리라."

전장군 간진이 단호히 아뢰었다.

"아니 되옵니다."

로겐은 그를 바라보며 쌍심지를 켜듯이 두 눈을 부릅떴다. 당장이라도 참수할 태세였다. 잠시 후 간진은 간원하듯이 말을 이었다.

"도총 각하, 우리가 만약 결전을 벌이다가 다 죽고 나면 다시는 동조에서 본국의 백성들을 구하러 올 수 없게 되옵니다. 그러니 본국 백성 한 사람이라도 더 우리의 남은 싸움배에 싣고 동조 땅으로 돌아가야 하옵니다."

후장군 슈군이 동조하고 나섰다.

"저희들이 도총 각하를 따라 결전에 임하여 목숨을 잃는 것은 하등 아까울 것이 없사오나, 그보다 먼저 부디 저 불쌍한 본국의 백성들을 사려하소서. 적들의 횡포를 피하여 식솔들을 거느리고 탈출을 하려고 하여도 물고기나 잡는 작은 배로 어찌 동조의 땅까지 갈 수 있겠사옵니까?"

"그러하옵니다. 남은 싸움배가 그나마 이백 척에 이르옵니다. 밤마다 한두 척씩 적들의 감시가 미치지 않는 해안가 곳곳에 띄웠다가 작은 배를 타고 오는 유민들을 옮겨 실어야 하옵니다."

"본국의 국토를 다 빼앗겼다고 해서 백성들까지 모두 잃을 수는 없사옵니다."

휘하 장수들의 판단이 틀렸다고 할 수만은 없었다. 로겐은 신라와 당에 복수를 하지 못하게 되자 치미는 울분을 참지 못하고 땅을 치며 통곡하였다. 그러다가 갑옷과 투구를 벗고 허리에 차고 있던 칼

마저 고이 끌러놓았다. 얇은 왜사로 지은 적삼을 벗어 잘 펴놓고는
손가락을 깨물어 혈서를 써 내렸다.

　　주류성이 투항하였으니, 더 이상 섬길 수 없게 되었도다.
　　백제라는 국명이 오늘에 이르러 끊어지게 되었으니,
　　조상의 무덤이 있는 그곳으로 언제나 돌아갈 수 있으리오.

　다 쓰고 난 로겐은 살아남은 왜장들에게 나직이 일렀다.
　"그대들은 본국을 떠나 동조 땅으로 가고자 하는 백성들을 찾아
돌아가도록 하라. 본국을 구원하지 못하고 오늘과 같은 참혹한 지경
에 이른 죄는 다 나에게 있다. 돌아가거든 자비로운 우리의 왕께 혈
시를 적은 적삼을 바치거라. 또 이 로겐이 죽음으로써 용서를 구하
노니, 부디 가문의 명예만은 보전해 달라고 청원하더라고 아뢰거
라."
　"도총 각하?"
　왜장들이 말릴 새도 없이 로겐은 곁에 놓아둔 칼을 뽑아 스스로
의 목을 베었다. 왜장들은 잠시 꿇어앉아 그의 명복을 빈 뒤에 시신
을 깨끗이 수습하였다.
　로겐이 죽은 뒤로 왜의 군장 역할은 서열이 두 번째인 전장군 간
진이 하게 되었다. 그는 휘하 장졸들에게 밤이 이슥할 무렵, 해안가
여러 곳으로 가 옛 백제 땅을 탈출하려는 백성들을 다 옮겨 실어오

게 하였고, 자신은 군장선 한 척만 이끌고 먼저 저례성으로 가 기다렸다.

왜군은 싸움배 이백 척에 더 이상을 사람을 태울 자리가 없기에 이르자 한밤을 틈타 신라와 당의 수군이 눈치 채지 못하도록 저례성으로 향하였다.

왜의 싸움배에 탄 옛 백제의 조관으로는 좌평 여자신, 달솔 답본춘조, 목소귀자, 곡나진수, 억례복류 등이었다. 그들은 앞서 침복기성에 있는 처자들에게 옛 백제 땅을 떠나 왜로 갈 뜻을 알리고는 주위 사람들에게 소문이 나지 않도록 입단속을 한 뒤에 성을 몰래 빠져 나와 배에 탄 사람들이었다.

왜의 수군과 수많은 옛 백제 유민들이 함께 탄 싸움배 이백 척은 안개가 자욱한 속에서 노 젓는 소리도 내지 않고 소리 없이 저례성에 이르렀다. 군장 간진이 그들을 반갑게 맞이하였다. 그러고는 영을 내렸다.

"며칠간은 해안가를 따라 갈 터이니, 각 배의 수장은 장차 오랜 항해를 하는 동안에 배에 타고 있는 군사와 백성들이 먹을 식수와 양식을 구하여 싣도록 하라."

군장 간진은 모저 해안가에 이르러 모든 배들이 채비를 마쳤음을 알고, 그 다음날 날이 밝기 전에 동조의 땅 왜국으로 출발하였다. 바다를 건너는 도중에 큰 섬 두 곳에서 필요한 것들을 보충하며 두 달 남짓 항해를 한 뒤에 드디어 왜국에 도착하였다.

“로겐, 로겐, 못난 사람 같으니!”

왜왕 나카노오에는 기벌포 먼 바다 외딴 무인도에서 일어난 일을 듣고 탄식을 하였다. 도총 로겐이 죽기 전에 혈서로 시를 쓴 적삼에 몸소 그의 충심을 치하하는 글, ‘양조충신’ 넉 자를 적고 어보를 찍게 한 뒤에 그의 가문에 내려 대대로 보존하게 하였다.

“신라와 당 양군의 협공으로 서조 본국이 망하였다. 우리 동조라고 무사할 수 있겠는가?”

“적들의 침공에 마땅히 대비를 해야 하옵니다.”

왕과 군신들이 다 겁을 집어먹고 있었다. 왜왕 나카노오에는 옛 백제에서 온 달솔 답본춘조에게 명하였다.

“그대에게 대산하의 벼슬을 내리고 지휘전권을 주노니, 서쪽 바닷가 요충지 수십 곳을 골라 성을 높고 견고하게 쌓으라.”

그러고도 마음이 놓이지 않은 왜왕 나카노오에는 며칠 지나지 않아 오사카의 나니와 궁에서 좀 더 동쪽 내륙에 있는 시가의 오오츠 궁으로 천도를 하였다. 그는 신라와 당의 군사들이 쳐들어오지나 않을까 나날이 불안감에 휩싸였다.

‘그들의 동태를 정탐할 간자를 여러 갈래로 보내두어야겠어.’

한편, 옛 백제 땅에서는 주류성과 가림성을 비롯한 거의 모든 성들이 항복을 하였지만 오직 지수신이 홀로 임존성을 굳게 지키며 투항하지 않았다. 신라와 당의 양군이 여러 차례나 협공을 하여 깨뜨리려고 하였지만, 그때마다 성안 사람들이 죽을힘을 다하여 방어를 하므로 도저히 함락시키지 못하였다.

당 장수 별수 두상이 신라의 대장군 유신에게 넌지시 말하였다.

"대장군 존하, 황상폐하께서 미리 내리신 칙명을 받들자면, 옛 백제 땅에서 발호하는 잔적을 토벌한 뒤에 함께 회맹을 하라고 하시었으니, 비록 임존성 한 성이 아직 항복하지 않았지만 회맹부터 시행하는 것이 어떻겠사옵니까? 그렇게 한다면 저들도 마음이 달라질 것이 아니겠사옵니까?"

"그건 아니 될 말씀이오. 장군은 대국의 신하로서 어찌 감히 칙명을 어겨 죄를 얻으려 하시오?"

"예엣? 거 어인 말씀이옵니까?"

"당 황상께옵서 내리신 칙명은 옛 백제 땅을 다 평정한 뒤에 서로 회맹을 맺으라는 것인데, 임존성이 아직 항복하지 않았으므로 다 평정하였다고 할 수 없고, 또한 백제인들은 본디 간사하고 속임수로써 배신하는 바가 끝이 없으니, 지금 비록 화친의 회맹을 맺는다 하더라도 머잖은 뒷날에 반드시 배꼽을 깨물어 씹을 근심이 생길 것이오."

유신의 말을 들은 두상은 더 이상 입을 열지 못하였다. 유신은 여러 장수들을 불러 놓고 임존성을 함락시킬 묘책을 논의하였다. 당 장수 유인궤가 나서서 임존성주 흑치상지를 회유하여 지수신을 사로잡겠노라고 장담을 하였다. 유신은 그의 계책을 허락을 해주었다.

군략회의를 마친 유인궤는 대장군 유신의 군영에서 나오자마자

친서를 써 사자에게 주어 임존성으로 보냈다. 임존성주 흑치상지는 유인궤의 서찰을 읽어 본 뒤, 사자에게 잘 알았다고 아뢰라 이르고는 별부장 사탁상여를 불러 의논하였다.

"과연 이것이 당장의 진심이겠소?"

"갑옷과 병기는 물론이거니와 군량까지 보내겠다고 하니, 두고 볼 일 아니겠사옵니까? 만약에 허언이라면 보내지 않을 것이고, 보내더라도 적은 양을 보내온다면 진심이라고 믿지는 못할 바이옵니다."

"그건 어찌하여 그렇소?"

"우리 임존성이 갑옷과 병기와 군량을 충분히 얻는다면, 그것으로써 더욱 굳건히 지킬 것을 염려하여 적은 양을 보내옴으로 하여 진심의 흉내만 내려는 속셈이 아니고 무엇이겠사옵니까?"

유인궤가 수레 열 대에 실어 흑치상지에게 약속한 것을 보내려고 하자 손인사가 만류하였다.

"저들을 어찌 믿고 많은 군물을 보내려 한다는 말씀이오? 만일에 저들이 유 장군께서 보낸 군물을 얻은 뒤에 다른 마음을 지어먹는다면, 궁지에 몰린 잔적들에게 오히려 큰 도움을 주는 바가 되지 않겠소?"

"본장이 임존성주와 별부장의 인품을 헤아려 보건대, 지수신과는 다른 사려를 하고 있는 자들임이 틀림없소. 그렇지 않고서야 잘 알았다는 한마디 말로 사자를 돌려보낼 리가 있겠소?"

"유 장군은 보기와 달리 참으로 순진하시구려."

"저들에게 기회를 주면 반드시 공을 세울 것이니, 한번 두고 보시오."

유인궤가 약속한 장소로 군물을 실은 수레를 보내자 흑치상지와 사탁상여가 받아서 성안으로 들어갔다. 그러고는 자신을 따르는 군사들을 무장시킨 뒤에 지수신을 쳤다. 믿어 따르고 있던 성주 흑치상지로부터 뒤통수를 얻어맞은 지수신은 처자를 임존성에 그대로 내버려둔 채 홀로 성 밖으로 달아나 고구려 땅으로 들어갔다.

흑치상지는 별부장 사탁상여를 시켜 백기를 망루 높은 곳에 내어걸었다. 그것을 본 유인궤는 군사를 이끌고 임존성 안으로 들어갔다. 그로써 큰 위협이 되는 마지막 잔당까지 모두 평정되기에 이르렀다.

이에 당 장수 유백영과 손인사는 서둘러 장졸들을 정돈한 뒤, 흑치상지와 사탁상여를 비롯한 포로들을 데리고 당나라 장안으로 돌아가 황제를 알현하였다. 당 황제는 키가 칠 척이 넘는 거구인데다가 용맹한 풍모가 넘쳐흘렀으며, 깊은 지략까지 감추고 있는 듯한 흑치상지에게 눈길을 주었다.

"그대는 누구인고?"

"약관 스물에 달솔이 되었고 곧바로 풍달군장을 겸하였소. 그 뒤에 바다 밖 임지로 갔다가 나라가 망하게 되었다는 소식을 듣고 달려왔더니, 이미 사세가 부득한 지경에 이르러 이 몸이 스스로 임존성의 주인이 되어 때를 도모하려 한 망국의 장수이외다."

당 황제는 흑치상지의 호기로움을 높이 샀다.

"허허, 그렇다면 벼슬이 우리 당의 자사와 같은 자리에 이르렀구나. 짐이 그대에게 좌령군 원외장군 사양주자사의 벼슬을 내리니, 이후로는 옛 나라는 잊고 새로 대국을 섬기며 힘써서 만방에 그대의 성명을 떨쳐보라."

흑치상지는 잠깐 생각하더니 당 황제에게 충성을 맹세하였다.

"또 사가경 부여융을 웅진도독으로 삼아 옛 백제의 땅을 다스리게 할 것이니, 부여융은 속히 돌아가 신라와 묵은 감정을 풀고, 뿔뿔이 흩어진 유민들을 불러 위로하라."

당 황제는 유인궤에게 당군을 감독하며 부여융을 보좌하게 하였다. 결국 병권은 다 유인궤가 차지하도록 한 처사로 보아 옛 백제의 백성들이 당에 반발하여 들고 일어나지 않도록 망국의 왕자 부여융을 명목상의 도독으로 삼은 것일 뿐이었다.

옛 나라로 돌아와 피폐해진 백성들과 강역을 살펴본 부여융은 가슴이 쓰라렸다. 오랜 전쟁을 치르는 동안 성시고 산림이고 집이란 집들은 다 허물어지고 산야에는 시체가 풀 더미처럼 흩어져 쌓여 있었다.

부여융은 명령을 내려 해골이 다 되어가는 주검부터 막 썩어 들어가고 있는 시신을 다 수습하여 양지바른 곳을 찾아 묻갈게 하고, 호구를 새로 정비하여 등록하도록 하였으며, 고을과 고을의 경계를 정하고 향관들을 임명하였다.

또 백성들을 동원하여 길을 치우고 닦아나갔고, 강에는 부서진 다리를 새로 놓았으며, 무너진 제방은 튼튼히 다시 쌓아 저수지를 복구하였다. 그런 뒤에 비로소 논밭을 갈아 씨를 뿌리고 가꾸어 곡식을 거두어들이게 하였고, 백성들이 바치는 세곡으로는 빈한한 자들과 사고무친에 처한 고아와 과부와 노인을 구제하였다.

그런 뒤, 부여융은 드디어 웅진도독부성 안에 당나라의 사직을 세우고 당 황제의 정삭과 묘휘를 반포하여 백성들이 다 따르게 하였다.

웅진도독 부여융의 헌신적인 노력으로 옛 백제의 강역이 안정되었다는 진달을 받은 대제는 잔치를 베풀어 그동안 백제와 전쟁을 치른 장졸들의 고초를 위로하였다. 하지만 그 자리에서 유신만은 여전히 술을 들지 않았다.

"대장군, 이제는 술잔을 들어도 되지 않소?"

"성상폐하! 아뢰옵기 황공하오나, 아직 백제가 망한 것이 아니옵니다."

유신이 외치듯 내뱉은 큰 소리에 떠들썩하던 잔치판이 그대로 얼어붙은 듯하였다.

"거 어인 말씀이오?"

"당제의 속셈을 잘 헤아려 보옵소서. 포로로 끌려갔다가 귀부한 백제인에게 당나라 옷을 입히고 당나라 관을 씌웠으며 당나라 벼슬을 주어 옛 백제 땅으로 보냈사옵고, 허수아비 같은 그의 뒤에 병권을 쥔 당 장수를 두어 보란 듯이 다스리고 있지 않사옵니까?”

“…….”

“이는 우리 신라가 백제를 쳐 당나라에 내준 꼴이 아니고 무엇이 겠사옵니까? 이것이 과연 선제 태종무열대왕께서 꿈꾸셨던 바이겠 사옵니까?”

봉호거절 封號拒絶

당장은 옛 백제 땅에 있는 당군을 몰아낼 수 없는 형편이었다. 아직 고구려를 멸하지 못하고 있었고, 또 당군을 몰아내려면 옛 백제 땅에 사는 백성들의 호응이 절대적으로 필요한데, 당 황제는 교묘하게도 자신의 신하가 된 옛 백제의 왕자 한 사람을 도독으로 보내어 그들을 다 당의 백성으로 삼을 의도를 드러내고 있었다.

웅진도독부성에서 일어나고 일들을 낱낱이 알고 싶었다. 그래야만 훗날에 대비책을 세울 수 있을 듯하였다. 하지만 도독 부여융이나 당 장수 유인궤가 획책하고 있는 일들을 알아내어 첩정을 해줄 만한 사람이 없었다. 신라인으로서 그들 가까이에 상시로 머물 사람이 절실히 필요하였다.

대제는 유신을 독대하여 속에 있는 고민을 털어놓았다.

"성상폐하, 신도 그에 관하여 줄곧 고심해 왔사옵니다. 삼가 밀명을 받들어 비책을 찾아보겠사옵니다."

"고맙소. 짐은 경을 한결같이 믿소."

전란의 불씨가 삼한 땅 곳곳에 남아있는 가운데 또다시 새해가 밝았다. 대제는 조원전으로 나아가 만조백관으로부터 하례를 받은 뒤에 신년대연을 베풀었다. 웅진도독 부여융이 하례사절로 당에서 와 있던 악공들을 보내왔다.

여러 군신과 함께 그들의 연주를 지켜보던 유신은 문득 좋은 생각이 떠올랐다. 그 자리에서 즉시 먼 자리에 있는 장수 계금제감 용문을 불렀다. 선도산 선인이라고 불렸던 마령간의 아들이자 거문고의 명인 백결선생의 고손자였다.

"자네도 거문고를 탈 줄 아는가?"

"그저 겨우 줄이나 고르는 정도이옵니다."

"당 악공들이 연주를 마치면 자네가 거문고를 타도록 하게. 우리 신라악의 정수를 보여서 반드시 저들의 귀가 놀라도록 해야 하네."

"상거 존하의 기대에 못 미칠까 두렵사옵니다만, 엄히 하령하시니 몇 줄 골라 보겠사옵니다."

당 악공들의 연주가 끝나자 유신은 대제에게 용문이 백결선생의 후손임을 아뢰며 답곡을 연주할 것을 주청하였다. 대제는 군문에 그런 훌륭한 가문 출신의 장수가 있었나 하며 흔쾌히 윤허하였다.

용문은 한쪽에 둘러앉아 있는 음성서 악척들에게 다가가 삼현의 하나인 거문고를 받아들고 나왔다. 그러고는 중앙의 넓은 곳에서 조금 아래쪽에 자리를 잡고 앉아 거문고를 타 나갔다.

우식악이었다. 실성대왕 때 고구려와 왜에 볼모로 잡혀있던 복호와 미사흔이 눌지대왕 때에 이르러 삽량주 간장 박제상이 차례로 데리고 귀환하자 그 공을 치하하기 위하여 베푼 연회에서 눌지대왕이 묵은 근심이 그쳐 기쁘기 한량없는 감흥을 나타내기 위하여 친히 지은 악곡이었다.

용문이 거문고 독주를 마치자 신년대연에 모인 모든 군신들이 탄복하였고, 당 악공들은 저마다 자리에서 일어난 뒤 우러러 표례를 하였다. 당 악공들을 이끌고 온 악사가 대제에게 아뢰었다. 용문을 웅진도독부성으로 초청하여 당악과 신라악을 서로 깊이 교류하고 싶다는 진달이었다. 유신의 눈빛을 읽은 대제는 하명하였다.

"계금제감 용문은 예부의 사람이 아니고, 병부의 사람이니 대장군은 어찌하면 좋겠소?"

"비록 용문이 뛰어난 장수이기는 하나, 이 기회에 웅진성으로 보내시어 양국이 악곡과 음률로써 결속을 더욱 다지는 것도 전쟁을 수행하는 것만큼이나 뜻 깊은 일이라고 여겨지옵니다."

"옳은 말씀이오. 그에 관해서는 대장군이 알아서 처리하도록 하오."

군정 치하나 다를 바 없는 상황 속에서 새해맞이 풍경이 한 차례 사람 사는 그림을 그린 듯 지나가자 유신은 마음속에 넣어둔 비책을 실현하기 위하여 풍류당주 세아를 불렀다.

"오랜만일세. 청연곡 사람들은 다들 잘 있는가?"

"대장군 존하의 덕분으로 다들 잘 지내고 있사옵니다."

"때마다 전장을 따라다니며 군사들에게 밥을 지어 먹이느라 노고가 크네."

"어찌 저희들의 조그마한 보탬이 목숨을 내놓고 싸우는 군사들에 비하겠사옵니까."

"어린 유화들이 많이 들어왔다고 들었네만?"

"전란에 부모와 형제자매를 잃고 천애고아가 된 아이들을 하나둘 거두다 보니 그렇게 되었사옵니다. 명칭도 유화에서 풍류화로 고쳤사옵니다."

유신은 고개를 끄덕인 뒤, 비로소 속에 있는 말을 하였다. 세아는 돌아가 곧 계집아이 하나를 데리고 돌아왔다. 어리지만 영특해 보이는 아이로 이름은 보경이라고 하였으며, 피리를 잘 분다는 것이었다.

유신은 우선 보경을 예부에 딸린 관아인 음성서에 넣은 뒤에 용문을 악척감으로 삼고, 음성서 악척 성천과 구일을 비롯한 이십팔 인을 뽑아 웅진도독부성으로 보내었다. 그런 뒤에 그러한 사실을 대제에게 아뢰었다. 대제는 유신의 노고를 치하하였다.

"대장군이 없으면 우리 신국 신라도 없을 것이오."

"그렇지 않사옵니다. 이제 신은 노쇠하여 더는 정사와 병문의 일을 돌볼 수 없사오니 이만 벼슬에서 물러나고자 하옵니다.”

“그건 아니 될 말씀이오!”

대제는 버럭 화를 내듯이 하여 전혀 윤허할 생각이 없음을 밝히고는 유신에게 안석과 지팡이를 내려주었다. 유신은 하는 수 없이 물러나오고 말았다.

다음달, 피리를 부는 악척으로 위장하여 웅진도독부성으로 들어가 있는 보경으로부터 첫 첩정이 도착하였다.

“풍류화 보경이 이제야 상거 겸 대장군 존하게 문안을 올리옵니다. 소녀는 웅진성에 도착한지 열흘쯤이 지난 뒤에 도독 부여융의 잠지기로 뽑혔다가 그날로 안잠이가 되었사옵니다. 뜻하지 않게 도독 곁에 있는 몸이 되었사오니, 앞으로 존하의 영을 받들기가 악척으로 있는 것보다 좀 더 수월할지 모르겠사옵니다.

소사는 이만 각설하옵고, 얼마 전에 웅진과 당을 오가는 사자의 입에서 나온 말이 있사옵니다. 당 황제가 아직도 우리 신국 신라의 신물인 금척에 미련을 버리지 못하고 있다 하옵니다.

당제가 예전에 황후에게 금척을 가져다가 주겠다고 약속한 바가 있었는데, 그 약속을 지금까지도 지키지 못하고 있는 것을 안타깝게 여기고 있다는 것이옵니다. 그러자 황후가 말하기를, 그까짓 손톱만한 신라 땅을 전부 파보면 될 것 아니냐는 소리까지 하였다고 하옵니다.

그 말을 들은 당제는 아무 말도 하지 않았다고 하옵는데, 심려되는 것은 이곳의 도독 부여융과 병권을 쥐고 있는 당장 유인궤이옵니다. 그자들이 당 황후에게 잘 보이고자 조만간 모종의 일을 벌일지도 모르겠사옵니다.

안잠이가 된 저에게는 물론 신라에서 온 악척들 한 사람 한 사람에게 따로따로 접근하여 분에 넘치는 호의를 베풀면서 슬그머니 금척의 행방을 탐문하는 일이 잦아졌기 때문이옵니다.”

밀계를 다 읽고 난 유신은 대제에게 아뢰었다. 대제는 크게 진노하여 엄명을 내렸다.

“날래고 용맹한 군사들을 뽑으라. 그리하여 그들을 여느 백성처럼 꾸며 왕경 내외에 있는 모든 능원에 각 이십 민호씩 고을을 이루고 살게 하면서 만약의 불경한 일에 대비토록 하라.”

그런데 불경한 일은 도독 부여융과 당 장수 유인궤가 일으킨 것이 아니라 옛 백제의 잔적들로부터 일어났다. 그들이 또다시 세력을 모아 사비성 부근에서 반란을 일으킨 것이었다.

웅주도독 사가경 부여융과 검교 겸 대방주자사 유인궤가 당군을 보내어 그들을 공격케 하였으나, 사비성 부근이 여러 날 동안 자욱한 안개에 휩싸여 있어 바로 옆에 있는 사람과 사물을 다 분간하지 못할 정도였다.

원래 지리를 잘 모르는데다가 눈감은 장님 처지가 된 당군에 비하여 잔적들은 마치 제 집 마당처럼 전장을 누비고 다녔다. 제대로 싸워보지도 못하고 연전연패를 거듭하던 당군은 날로 손실을 더해

갔다.

웅주도독 부여융이 사자 백산을 시켜 그와 같은 형편을 유신에게 알렸다. 고민하던 유신은 구진천을 찾았다. 그는 여전히 심심이를 데리고 신병기 제작에 몰두하고 있었다.

"발연거 말일세. 그 병기에 횟가루를 넣지 않고, 그러니까 아무것도 넣지 않고 그냥 있는 그대로 물레를 돌리면 어찌 되는가?"

"그야 바로 돌리면 뒤바람이 앞으로 지나가게 되옵고, 거꾸로 돌리면 앞바람이 뒤로 나가게 되옵지요."

"만약 안개 속에서 돌린다면, 안개도 걷히게 할 수 있는가?"

"안개란 것이 가만히 멈추어 있는 것 같아도 흐르는 구름과도 같은 물종이옵니다. 만약 발연거를 그 속에서 쓰고자 하신다면 안개가 흘러가는 방향으로 놓고 바로 돌린다면 가만히 손 놓고 있는 것보다는 훨씬 더 빠르게 안개를 걷어낼 수 있사옵니다."

유신은 사설당 가운데 충당에 속해 있는 발연거 부대를 소규모로 편제하여 웅진성으로 보내었다. 아직 횟가루를 날리는 것을 아무도 보지 못하였으므로 당군이 발연거의 숨은 위력은 알지 못할 것이었다. 하지만 안개를 걷어내는 병기라는 것만 알아도 상당히 놀랄 것이라고 믿었다.

사비성 부근 전장에 투입된 발연거들의 물레가 세차게 돌아간 지 오래지 않아 거짓말처럼 안개가 걷히는 것이었다. 잔적들은 자신들이 고스란히 노출되자 뒤도 돌아보지 않고 달아났다. 웅주도독 부여융과 당 장수 유인궤는 여러 위력적인 쇠궁에 이어 또 한 가지 낯선 신라의 비밀병기의 위용을 새삼 실감하고는 놀라움을 금하지 못하였다.

잔적을 물리친 뒤, 조금도 지체하지 않고 신라로 다시 돌아가는 발연거 부대를 부여융과 유인궤는 그저 부러운 눈으로 바라볼 따름이었다. 안개를 걷어내는 병기를 보유하고 있는 것으로 보아 신라가 어쩌면 호풍환우하는 병기들까지도 다 숨기고 있지 않을까 하는 생각마저 들었다.

풍류화 보경으로부터 신라의 발연거라는 신묘한 병기가 당 황제에게 비밀리에 보고되었다는 밀계가 당도하였다.

유신이 노린 바, 바로 그것이었다. 당이 상상할 수조차 없는 병기들을 신라는 과연 얼마나 많이 비장하고 있을까 하고 상기시키는 것, 그리하여 당 황제나 장수 그 어느 누구도 신라를 만만하게 여기지 못하게 하는 것, 더 나아가 나라의 보물을 탐내는 것에서부터 툭하면 군사와 군량과 군물을 동원하라는 것에 이르기까지 이제 더 이상 불합리한 요구를 함부로 하지 말라고 유신이 무언으로 보내는 엄중한 경고였다.

비록 동쪽 변방에 있는 작은 나라의 늙은 장수가 말없이 보내는 당부이기는 하였지만 유신은 머지않아 당 황제로부터 그에 대한 회답이 오리라 여겼다. 영특하기로 천하에 이름난 대국의 주인이기 때문이었다.

대제는 서제인 이찬 문왕이 죽자 특지를 내려 왕자의 예로써 장례를 치렀다. 당 황제가 사신 양동벽과 임지고를 보내와 조문을 하였다. 그런 뒤, 양동벽이 특별히 당 황제의 칙명을 읽었는데, 유신을 봉상정경 평양군 개국공에 책봉하며 식읍 이천 호를 내린다는 내용이었다.

누가 보아도 유신을 당의 신하, 곧 당 황제 자신의 신하로 삼아 장차 고구려를 친 뒤에 그 강역을 다스리게 하겠다는 뜻이었다. 유신은 발연거의 위력을 알게 된 당 황제가 자신을 두려워하여 회유하는 것이 분명하다고 여겼다. 유신은 당 사신들에게 한 걸음 앞으로 나아가 황제를 목전에서 대하듯 지극히 공손히 아뢰었다.

"대국의 황은이 황공하기 이를 데 없사오나, 신은 이미 늙었고 이제 죽을 때가 가까운지라 감히 과분한 봉호를 받들지 못하겠사옵니다. 아뢰옵건대, 황명을 거두어 주옵소서."

두 사신이 번갈아가며 칙명을 받들 것을 종용하였으나 유신은 일관된 핑계를 대며 끝까지 사양하였다.

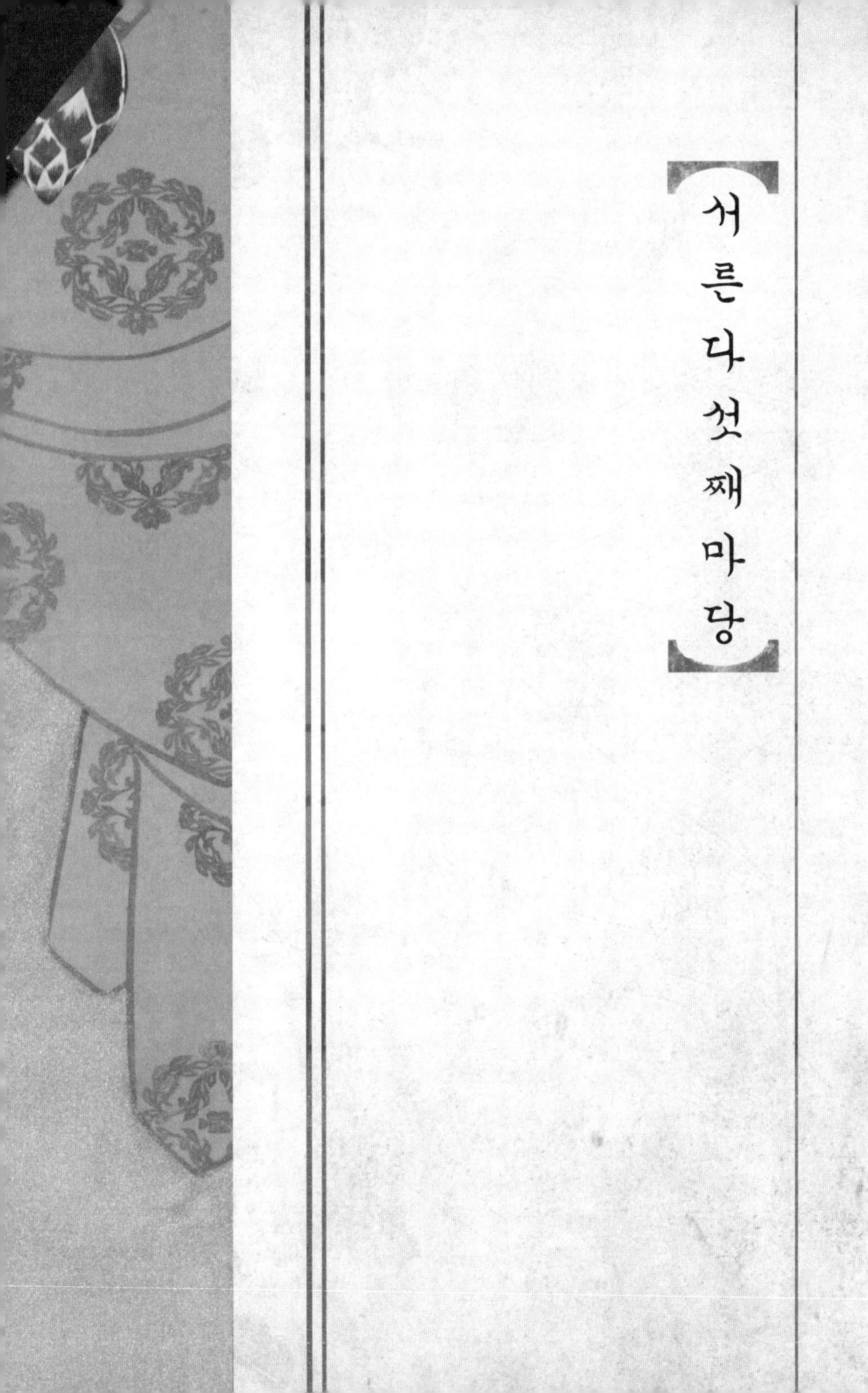

서른다섯째 마당

삽혈맹약 歃血盟約

백마의 피를 나누어 마시며 맹세하다

당 황제가 내린 봉호를 거절한 유신에게는 남모르는 걱정이 있었다. 당과 협력을 하여 백제를 멸하긴 했지만, 옛 백제 땅은 고스란히 당의 관할이 되어 왕자 부여융이 당의 벼슬을 받고 다스리게 되었기 때문이었다. 깊이 생각해 보면, 백제는 망한 것이 아니라 당의 자치주로 탈바꿈한 것이었다.

그런 백제의 경우를 놓고만 보더라도 상황이 거기서 그칠 것 같지 않았다. 장차 신라도 그렇게 되지 않으리란 법이 없을 것이라는 우려가 자꾸 들었다.

"대장군 존하, 우리 신국 신라가 당과 동맹을 맺지 않고 고구려와 손을 잡는다면? 오히려 당을 칠 수도 있지 않겠사옵니까?"

부장 양부가 유신의 속을 훤히 들여다보고 있는 듯이 말하자 유신은 고개를 저었다.

"그건 있을 수 없는 일이네. 백제와 고구려는 그 뿌리를 같이하는 한 갈래의 나라라, 고구려는 예로부터 백제와 한집안처럼 지내왔고, 또 백제가 망한 뒤로는 우리 신국 신라에 더욱 적개심을 품고 있으니 하늘이 두 쪽이 나도 불가한 일이네."

유신은 한숨을 내쉰 뒤에 말을 이어 붙였다.

"우리 신라와 백제와 고구려, 삼한이 애초부터 삼국동맹을 굳건히 맺어 한집안처럼 살았더라면 어찌 전란을 두려워하며, 안민을 염려하며, 더 나아가 당 따위를 걱정하리오."

"결국 고구려를 치지 않고는 끝나지 않을 전쟁이군요."

"어디 고구려뿐이겠는가? 그 다음에 더 큰일이 닥칠 것을."

연개소문이 있는 한 고구려를 멸하기란 지극히 어려운 일이지만, 고구려를 치고 나서 그 땅에도 도독부를 설치할 것이 뻔한 당을 어떻게 삼한의 강역에서 몰아내는가 하는 것이 더 큰 난제일 것이었다.

유신은 늙은 몸으로 언제까지 전장에 나아갈 수 있을지, 태종무열대왕이 못 다 이룬 꿈을 과연 자신이 이룰 수 있을지, 그리고 그날이 올 때까지 살 수 있을지…… 바로 그러한 생각들로 남몰래 수심을 쌓아가고 있었다.

유신이 봉호를 거절한 뒤부터 당 황제는 방법을 달리 해왔다. 당군이 옛 백제 땅에 도독부를 설치하여 부여융을 보내어 다스리고 있는 것을 유신이 크게 탐탁찮게 여기고 있다고 판단한 그는 유신이 어느 때 돌연 신라의 비밀병기들을 동원하여 옛 백제 땅은 삼한 일족의 땅이라는 명분을 앞세워 도독부를 깨뜨리고 당군을 몰살시킬 것을 염려하여 서로 회맹을 맺기를 종용해 오는 것이었다.

앞서 부여융이 웅진도독으로 부임해 온 뒤에 곧바로 회맹을 맺기를 바라던 것과는 그 말의 무게가 사뭇 달라지고 있었다. 그 역시 유신의 마음을 속속들이 꿰뚫어 보고 있다는 방증이었다.

유신은 몹시 내키지 않아 차일피일 미루었다. 마침내 당 황제가 칙사 유백영을 보내와 신라를 엄히 꾸짖었다. 당장은 당 황제의 명을 거절할 만큼 힘이 없는 신라이기에 대제와 유신은 칙명을 따르지 않을 도리가 없었다.

대제가 친히 신병을 이끌고 웅진도독부성으로 행차하였다. 웅주도독 부여융이 가왕의 차림으로 성 밖으로 마중을 나와 서로 만났다. 신라에서 보낸 악척단과 풍류화 보경도 마중행렬의 뒷줄에 들어 있었다.

당 장수 유인궤가 당군을 동원하여 웅진도독부성 안에 있는 취리산에 제단을 만들었다. 그러고는 칙사 유백영, 탐라와 왜의 사신들, 신라와 당의 군신과 장졸들이 지켜보는 가운데 회맹례가 거행되었다.

먼저 당 칙사 유백영이 각각 다섯 가지씩 곡식과 과일과 길짐승의 고기와 날짐승의 고기와 물고기를 올려놓은 제단의 상 앞에서 향을 피웠다. 그러자 신궁봉사 소영이 나와서 웅진강 가에서 깨끗이 목욕을 시켜 대기시켜 놓은, 털이 눈부시도록 흰 말 한 마리의 목을 찔러 잡았다.

유사 유인궤가 외치는 봉제사 절차의 말에 따라 대제와 부여융은 제단 앞에서 나란히 천신과 지신과 산천의 모든 신령에게 제사를 올렸다. 유신은 피가 거꾸로 솟는 듯하였다.

‘우리 신국 신라의 성상폐하와 당의 신하 도독이 감히 한자리에 나란히 서다니!’

제사가 끝나자 신궁봉사 소영이 말의 피를 그릇에 담아다가 대제와 부여융의 입가에 차례로 그 피를 발랐다. 두 사람이 다시 제단을 향하여 돌아섰다. 유사 유인궤가 미리 직접 쓴 회맹의 글을 읽어나갔다.

“이제 돌이켜보니, 지난날 백제국의 선왕은 천자께 순종과 반역을 헤매며 많은 나날 밖으로는 이웃나라와 사이좋게 지내는데 힘쓰지 못하였고, 안으로는 친척과 사돈 간에도 화목하지 못하였다.

더욱이 승냥이와 같은 고구려에 기대고 쥐와 같은 왜국과 서로 통하여 그들과 함께 마음속에 잔인함과 포악함을 키워서 틈만 나면 오직 이웃나라 신라를 침략하여 여러 순박한 고을을 위협하고 해를 끼치며 성을 깨뜨리고 도륙하여 편안한 때가 거의 없었다.

이에 대국의 천자께서는 사소한 물건 하나라도 그 놓인 자리를 잃는 것처럼 신라를 가엾게 여기고 백성들이 죄 없이 전란의 고초를 겪는 것을 불쌍히 여겨서 자주 사신을 보내어 두 나라가 사이좋게 지내도록 명령을 하였다.

그러나 백제는 나라의 지세가 험준하고 길이 먼 것을 믿고서 포덕을 하시고자 하는 대국 천자의 가르침을 깔보고 업신여겼다. 이에 천자께서는 크게 한 번 진노하시어 백제의 죄를 물어 정벌하시고자 하였으니, 큰 싸움 한 번으로 평정되었다.

그간 백제가 지은 죄를 묻고자 한다면, 진실로 궁궐을 부수어 웅덩이로 만들고 집을 연못으로 만들어 천하의 경계로 삼고, 잔적이 발호할 근원을 막고 뿌리를 뽑아 후손들에게 가르침을 보였어야 옳았다.

하지만 복종하는 자를 너그러이 품고 배반하는 자를 엄중히 치는 것은 선황들이 널리 보이신 아름다운 법도요, 망한 것을 일으키고 끊어진 것을 이어주는 것은 성현들의 한결같은 가르침이다. 오늘의 모든 일에 있어서 반드시 옛 것을 본받아야 함은 여러 옛 책에 전해지고 있다.

그러한 까닭으로, 이전에 백제의 왕자였던 대사가정경 부여융을 웅진도독으로 삼아 그 조상의 제사를 잇게 하고 또 그 옛 땅을 지키게 하고자 하니, 융은 옛 나라가 망한 이유를 깊이 돌아보고 앞으로는 신라에 의지하고 기대어서 길이 좋은 이웃이 되어야 할 것이다.

다시 한 번 당부하노니, 김법민과 부여융은 각각 지난날의 묵은 감정을 모두 털어버리고 주위의 여러 나라가 다 부러워하는 화친을 맺을 것이며, 이러한 천자의 명령을 깊이 새기고 높이 받들어 길이 번국으로서 대국에 복종을 해야 할 것이다.

이에 우위위장군 노성현공 유백영을 보내어 친히 임석하도록 하고 짐의 뜻을 널리 선포하노니, 두 나라는 혼인으로써 약속을 하고 맹세로써 뜻을 보여서 희생 제물을 잡아 피를 나누어 마신 뒤부터는 그 관계를 도탑게 하여 재앙은 서로 나누고 곤란은 서로 도와 은의를 쌓아가기를 피를 나눈 형제처럼 하여야 할 것이다.

짐의 명을 공경히 받들어 감히 그 뜻을 함부로 떨어뜨리지 말 것이며, 서로 맹세한 뒤에는 반드시 두 나라가 변함없이 맹세를 지켜야 한다. 만약 누구라도 이를 어겨 군사를 일으키고 무리를 움직여 남의 변경을 침범한다면, 짐이 친히 그것을 살펴보고 즉시 응징하여 자손을 기르지 못하고 할 것이고 사직을 지키지 못하게 할 것이며 후예가 한 사람도 없도록 하여 제사를 끊어지게 할 것이다.

이제 이러한 것을 서수필에 금가루를 묻혀서 바른 필체로 비단에 적고, 그 적은 것을 다시 무쇠판에 금으로 새겨 책을 만든 뒤, 신라의 종묘에 보관하여 자손만대에 이르도록 명하노니 감히 어기지 말지어다.

삼가 아뢰노니, 천지신명과 산천제신은 오늘의 이 맹세를 들으시고 차린 음식을 드시며 홍복을 내리소서!”

대제와 부여융은 신궁봉사 소영이 옥배에 부어 올리는 백마의 피를 나누어 마셨다. 제단 아래 북쪽 땅 깨끗한 곳을 파 희생 백마와 폐백 음식을 묻고, 맹세의 글은 금서철계를 하여 종묘에 보관하기 위하여 유신이 받아들었다.

맹세를 맺은 취리산 정상에는 영원히 신라와 백제 두 나라의 국경으로 삼는다는 푯말을 세운 뒤에 회맹례를 모두 마치고 둘러앉아 제단에 차린 음식을 내려 음복을 하였으며, 여러 장졸과 백성들에게는 따로 마련한 음식을 내려주었다.

웅진성 취리산에서의 회맹례와 회맹연을 모두 마친 당 칙사 유백영은 신라의 인문과 웅진도독부의 유인궤 그리고 탐라와 왜에서 보낸 사신들을 거느리고 당나라 황제가 올리는 봉선에 참여하고자 배를 타고 돌아갔다.

유신이 대제를 모시고 웅진성에서 왕경으로 돌아온 지 얼마 지나지 않아 풍류화 보경으로부터 밀계가 올라왔다.

'웅진도독 사가경 부여융이 자신을 지켜주던 당 장수들이 다 돌아가고 홀로 남은 듯하자 대장군 존하께서 군사를 일으켜 쳐들어올까 두려워하여 곧 당나라 장안으로 돌아가고자 하옵니다. 저도 함께 떠나기를 강요하며 같이 가지 않으면 죽이겠다고 협박을 하니 따라가지 않을 수 없게 되었사옵니다.'

유신은 보경이 부여융의 협박에 못 이겨 당으로 가게 된 것을 안타깝게 여기면서도 한편으로는 부여융의 성품이 담력이 적고 용렬함을 알고 크게 다행으로 여겼다. 그런 자가 도독이라면 설령 수백 인이 있다고 하더라도 고구려를 친 뒤에 옛 백제 땅에서 당의 세력을 남김없이 몰아내는 데에는 큰 어려움이 없을 듯하였다.

당 칙사 유백영을 따라 당나라로 간 인문은 황제의 행차를 따라 장안에서 태산으로 가서 산정에 올라 봉선에 참여하였다. 그 자리에는 고구려왕 보장이 보낸 태자 복남도 있었다. 봉선을 마친 당 황제는 부여융이 말석에 있는 것을 보고는 물었다.

"사가경이 어찌 여기에 와 있는가?"

"신, 신도 참여하는 것이 도리일 것 같아서 잠시 귀국하였사옵니다."

당 황제는 기가 차다는 표정을 지었다.

"경이 잠시라도 웅진도독부를 비울 처지인가? 우리 당의 장수가 없으면 한시라도 마음을 놓지 못할 만큼 김유신이 그렇게 두려운가?"

사가경 부여융이 머리만 조아릴 뿐 아무 말도 하지 못하자 만국에서 온 뭇 사신이 고소를 자아내었다.

그때 부리나케 달려오는 사람이 있었다. 그는 당 황제 앞에 엎어지듯 꿇어앉자마자 가쁜 숨을 몰아쉬며 아뢰었다.

"황상폐하, 고구려 대막리지 연개소문이 돌연 졸도하였다가 깨어나지 못한 채 죽었다고 하옵니다."

"뭣이?"

당 황제가 놀라는 것과 동시에 산정에 모인 사람들의 입에서 마치 태산이 꺼질 듯한 탄성이 터져 나왔다. 당 황제는 서둘러 태산에서 내려와 황궁이 있는 장안성으로 길을 재촉하였다. 인문은 돌아가는 행차 도중에 사람을 시켜 얼른 그 소식을 신라에 알리게 하였다.

"연개소문이 죽었다니……."

그가 도착하기도 전에 신라에는 고구려 밀정 철후를 통하여 그 첩보가 전해졌다. 대제는 조회를 열어 대책을 논의하였다. 연개소문이 죽었으니 고구려 조정이 곧 혼란에 빠질 것이니 다시 군사를 일으켜 쳐들어가야 한다는 것이 신하들의 중론이었다.

대제는 옳게 여겨 당 황제에게 표를 올려 고구려를 칠 뜻을 밝히고 군사를 요청하였다. 하지만 당 황제로부터 아무런 답신이 없었다. 그 까닭을 궁금히 여기고 있는데 뜻밖의 명이 전해졌다.

황제가 조서를 내려 유신의 큰아들인 대아찬 삼광을 좌무위익부 중랑장에 임명하니 당에 들어와 숙위를 하라는 것이었다. 누가 보아도 당 황제가 볼모로 붙잡아 두려는 속셈임을 알 수 있는 일이었다. 대제가 유신을 위로하였다.

"둘째나 셋째를 대신하여 보낼 방도는 없겠소? 관례에 없이 장자를 보내라니……."

귀당총관 품일이 아뢰었다.

"그것만 보더라도 당제가 유신공을 얼마나 두려워하고 있는가를 짐작하고도 남음이 있사옵니다."

대제는 유신의 뜻을 좇아 대당장군 천존의 아들 한림과 유신의 맏아들 삼광 둘 다 나마의 지위로서 당나라에 가 숙위케 하였다. 그런 뒤, 다시 표를 올려 청병을 하자 당 황제가 좋은 말로 비답을 내리는 것이었다.

분형지훈 分荊之訓

형제는 반목해서는 안 된다는 교훈을 가르치다

고구려왕 보장은 연개소문이 죽은 뒤에 곧바로 신하들의 주청을 받아들여 그의 맏아들 연남생을 막리지로 삼았다.

연남생은 어릴 적부터 연개소문의 후광을 입고 벼슬길에 올랐는데, 중리소형과 중리대형을 거치며 신하들이 왕에게 올리는 장계와 왕이 신하들에게 내리는 사령을 차례로 관장하면서 경외에 두루 자기 심복을 심을 수 있었다.

연개소문이 죽었을 때에는 중리위두대형에 있었다가 조정에 있는 그의 무리들이 한목소리로 천거하기에 고구려왕 보장이 거절하지 못하고 막리지로 삼은 것이었다. 막리지가 되어 국정을 손에 넣은 연남생은 스스로 삼군대장군을 겸하여 병권까지 수중에 넣었다.

이에 고구려왕 보장은 그의 세력을 두려워하여 관작을 더하여 대막리지 벼슬을 내렸다. 연개소문이 가졌던 권력을 고스란히 물려받기에 이른 것이었다.

대막리지가 된 연남생은 자신의 세도를 과시하고자 군사들을 대거 이끌고 외지 여러 성을 순행하고자 하였다. 그는 왕도 평양성을 떠나기에 앞서 두 아우 연남건과 연남산을 불러 조정의 중요한 일들을 맡겼다.

연남생이 평양성을 떠난 지 얼마 지나지 않아 평소 국정을 전횡하던 연개소문 가문을 몰아낼 기회만 노리고 있던 태자 복남이 아우 덕남에게 계책을 주어 연개소문의 아들들을 이간시키게 하였다.

왕자 덕남은 연남건과 연남산을 불러 술을 하사하며 은근히 말하였다.

"들으니, 대막리지가 평소에 두 분 아우가 자꾸 대든다고 역정을 자주 내었다고 하는데 그것이 사실이오?"

"대드는 것이 아니옵고 나랏일을 사사로이 보지 말라는 뜻에서 충고를 가끔 하였을 뿐이옵니다."

"그런데 어찌하여 조정 일각에서는 대막리지가 두 분 아우가 따로 세도를 키우려고 한다고 하면서 머잖아 먼 변방으로 내칠 것이라는 소문이 돌고 있을꼬."

"허허, 그럴 리가 있겠사옵니까."

"그러하옵니다. 대막리지 형님과의 우애는 그 어느 동기간보다도 돈독하옵니다."

연남건과 연남산이 조금도 의심치 않는 웃음을 띠면서 차례로 말을 하자 왕자 덕남은 가만히 한마디 덧붙였다.

"무릇 권력은 부자간에도 나누어 가지지 않는다는 말이 있소. 나나 두 분이나 다 위로 맏아들인 형님이 있어 뜻을 크게 펼치고 싶어도 그러지 못하는 신세이니 앞으로 이렇게 자주 만나 흉금을 털어놓으면서 술이나 한 잔씩 나누십시다."

왕자 덕남과 헤어진 뒤, 두 사람은 형 연남생에 대하여 곰곰이 돌이켜보았다. 아무리 생각해도 자신들을 핍박할 이유를 찾을 수 없었다.

"누군가 우리 형제들을 시기하는 것이 틀림없네."

"그러하옵니다. 그자들을 하루 속히 잡아내어야 하옵니다."

"형님이 돌아오시면 의논하도록 하세."

태자 복남은 또 외지를 순행하고 있는 연남생에게 자신의 심복 장수 아마를 보내었다. 아마는 연남생이 머물고 있는 수임성으로 갔다.

"대막리지 합하, 지금 왕도에서 연남건과 연남산 두 아우님이 합하께서 돌아오시어도 왕도에 들이지 않으려고 계략을 꾸미고 있사옵니다."

"뭣이? 나의 두 아우가?"

연남생도 누군가 이간질을 하는 게 아닌가 의심하였다. 장수 아마가 얼른 말을 이었다.

"태자 전하께옵서 맏아들은 맏아들끼리 통하는 바가 있는 법이라며 소장을 시켜 속히 달려가 아뢰라 하셨사옵니다.”

연남생은 여러 날 고심하다가 부장 검모잠을 왕도 평양성으로 보내어 두 아우의 동정을 몰래 살피게 하였는데, 그만 그들의 부하에게 발각되어 붙잡히고 말았다. 검모잠이 연남생의 심복임을 잘 알고 있는 두 아우는 그로써 왕자 덕남의 말을 전적으로 믿게 되었다.

왕도를 가까스로 탈출한 검모잠이 연남생에게 가서 두 아우가 과연 불순한 마음을 먹고 있다고 아뢰었다. 고문당한 흔적까지 확인한 연남생은 검모잠의 공을 위로하며 수임성 대형의 벼슬을 내렸다.

연남생이 없는 조정을 손쉽게 장악한 두 아우가 고구려왕 보장의 명으로 그를 왕도로 불러들이는 조서를 내렸지만 연남생은 그것이 두 아우의 계략임을 간파하고 돌아가지 않았다. 그러자 두 아우는 왕도에 남아있던 연남생의 아들 연헌충을 비롯한 가족을 몰살하였다.

그 소식을 들은 연남생은 땅을 치며 울부짖었다. 당장이라도 왕도로 달려가 두 아우를 갈기갈기 찢어죽이고 싶었지만 순행 차 데리고 있는 군사들로는 역부족이었다. 연남생은 수임성을 비롯한 여러 성주에게 도움을 요청하였다.

수임성 뿐만 아니라 변방 여러 성의 성주들은 왕명이 없으면 절대 발병을 하지 말라는 조서를 이미 받았고, 연남생이 처한 형편을 짐작하고 있는 터인지라 아무도 군사를 선뜻 내어주지 않았다. 그리하여 연남생은 왕도로 돌아가지도, 외지를 떠돌지도 못하는 진퇴양

난의 신세가 되고 말았다.

"아, 어쩌다가 내가 이 꼴이 되었단 말인가!"

고구려왕 보장은 태자 복남의 건의를 받아들여 연남건을 막리지로 삼아 내외의 병마에 관한 일을 맡아보게 하였다. 그로 하여금 연남생을 치게 하려는 것이었다. 연남건은 지체 없이 군사를 일으켜 연남생을 추격하여 토벌하고자 하니 연남생이 감히 맞서 싸우지 못하고 국내성으로 달아나 성문을 굳게 닫고 지켰다.

하지만 언제 함락되어 목이 달아날지도 모르는 터라 급기야 아들 연헌성을 당나라 장안으로 보내서 당 황제에 원통함을 호소하였다. 당 황제는 기쁜 마음으로 연남생의 아들 연헌성을 우무위장군으로 삼았다. 그러고는 수레를 비롯한 하사품을 크게 내려 주고 국내성으로 돌아가 연남생에게 보고하도록 하였다.

"황상폐하, 연남생이 곧 우리 당으로 투항해 올 것이옵니다."

"암, 그래야 하고말고."

당 황제는 고구려 정벌이 목전에 있는 것만 같아 속으로 기쁜 마음을 주체할 길이 없었다. 그러나 겉으로는 엄한 표정을 지으면서 말하였다.

"짐이 이제 마땅히 고구려에 분형의 교훈을 똑똑히 가르쳐 주리라."

분형의 교훈이란 한나라 때의 사람 전진 삼형제에 관한 일화였다. 부모가 다 돌아가시자마자 두 아우 전광과 전경이 맏형 전진에게 유산을 나누어 갖자고 요구하였다. 그리하여 전진이 부모가 남긴 모든 재산을 셋으로 공평하게 나누었는데, 맨 마지막으로 마당에 심어져 있는 싸리나무까지 셋으로 쪼개었다.

삼형제가 그 쪼갠 싸리나무를 제각각 가지고 가 자신들의 마당에 심었더니 다 시들어 죽기에 이르렀다. 그것을 본 전진이 탄식하여 말하기를, 이 싸리나무는 원래 그 뿌리가 하나인데 셋으로 찢어 놓았으니 어찌 살 수 있겠는가. 사람 된 우리 삼형제가 이 나무만도 못하구나 하였다. 그 말을 들은 두 아우도 크게 깨닫고 각자의 집 마당에 있는 나무를 캐다가 맏형의 집 마당에 다시 합쳐 심고 물을 주었더니 얼마 지나지 않아 되살아났다는 것이었다.

"연남건과 연남산을 잡아다가 반드시 싸리나무 회초리로 매를 치리라."

당 황제는 좌효위대장군 계필하력과 방동선에게 하명하여 고구려 국내성을 포위하고 있는 연남건의 군사를 일거에 섬멸하여 연남생을 구해주었다. 연남생은 어쩔 도리 없이 성안에 있던 거란과 말갈의 군사들과 더불어 당나라에 투항하였다.

당 황제는 연개소문이 죽은 데 이어 그의 분신이라고 할 수 있는 연남생까지 항복해 오자 그지없이 기뻐하며 조서를 내려 그를 특진관 요동도독 겸 평양도 안무대사로 삼고 현도군공으로 책봉하였다. 또 특별히 장안에 저택 한 채를 마련해주었다.

그리고 드디어 때가 이르렀다고 판단하였다. 고비사막을 넘어 설

연타 지역까지 평정하였을 만큼 병법과 용병에 뛰어난 영국공 이적을 요동도 행군대총관 겸 안무대사로 삼았다.

그리고 사열 소상백과 안륙 사람 학처준으로 그 부장으로, 계필하력과 방동선을 아울러 요동도 행군부대총관 겸 안무대사로, 연남생을 평양도 행군대총관 겸 지절안무대사로, 두의적을 수륙제군총관병 전량사로, 독고경운을 압록도 행군총관으로, 곽대봉을 적리도 행군총관으로, 유백영을 필렬도 행군총관으로, 금대문을 해곡도 행군총관으로 삼고 모두 대총관 이적의 명령을 따르게 하였다.

그러고는 황하 이북에 있는 여러 주의 군량과 조세를 모두 요동으로 보내어 군용으로 쓰도록 하명하고, 드디어 고구려 정벌을 선포하였다.

"삼십만 황병은 진격하여 고구려의 왕도 평양성으로 가서 가장 높은 곳에 짐의 깃발을 꽂으라!"

대총관 이적은 평양도 행군대총관 연남생을 선봉으로 삼았다. 연남생이 먼저 항복을 권하는 글을 전한 뒤, 당의 군사를 이끌고 나아가자 고구려의 가물성, 남소성, 창암성이 차례로 수루마다 백기를 내어걸었고 성문을 활짝 열어 투항하였다.

대총관 이적은 군사 한 사람 다치지 않고 연남생의 효과를 톡톡히 보아 고구려의 여러 성을 얻은 바를 황제에게 아뢰었다. 당 황제는 서대사인 이건역을 연남생에게 보내어 그 노고를 치하하고 황금을 비롯한 일곱 가지 하사품을 내려주었다.

고구려의 상신이자 고 연개소문의 아우인 연정토도 조카 연남생의 회유를 받아들여 자신이 다스리고 있던 열두 성을 바치며 항복하였다. 당 황제는 그 즉시 연정토와 그의 부하 이십사 인에게 의식주를 제공하고 장안을 비롯한 여러 곳에 마음대로 가서 살게 하였다.

또한 연정토가 바친 열두 성 중에서 고구려 평양성을 치는 데 큰 도움이 될 만한 여덟 성을 골라 군사를 주둔시켰다.

연남생을 앞세워 나아가던 대총관 이적은 고구려 요충의 하나인 신성을 앞두고 군영을 설치하고 군사들을 모두 쉬게 하였다. 그러고는 여러 장수들을 모아 군략회의를 열었다.

"저 신성은 고구려 서쪽 변경의 요충임을 잘 알고 있을 것이오 신성을 반드시 함락시키지 않으면, 다른 성을 공격하기도 용이하지 않을뿐더러 공격을 하더라도 신성과의 호응을 기대하여 거세게 저항할 것이오."

연남생이 말하였다.

"소장이 먼저 항복을 권해 보겠사옵니다."

"저들이 항복할 것 같았으면, 행군해 오는 우리의 위용을 성의 망루에서 바라보고 벌써 항복했어야 하오."

"그렇다면 성을 쳐부술 묘책을 말해 보오."

다시 연남생이 입을 열었다.

"신성 서남쪽에 낮은 야산이 있사옵니다. 그 산정에서부터 신성에 바짝 닿도록 성벽을 쌓아올린다면 필시 저들이 놀라고 두려워하여 성문이 저절로 열릴 것이옵니다.”

연남생의 말대로 하자 과연 성안에 있던 백성 사부구를 비롯한 수십 인이 그들의 성주를 꽁꽁 묶은 채로 성문을 열고 나와 항복하였다.

대총관 이적은 연남생의 무략을 높이 여겨 계속하여 선봉에 세웠다. 그리하여 그 후 열여섯 성을 빼앗으며, 점차 평양성과의 거리를 좁혀나갔다.

한편 그 무렵, 적리도 행군총관 곽대봉은 당 수군을 이끌고 서해를 건너 평양성 밖을 흐르는 패강으로 향하고 있었다.

서른여섯째마당

당교향전 唐橋鄕傳

당교에 얽힌 이야기가 전해지다

　대제는 칠월 칠석날을 맞이하여 왕경 서라벌을 비롯하여 온 나라에 사흘 동안 큰 잔치를 베풀었다. 고구려를 치러 가기 전에 군사들의 사기를 드높이고자 하는 의도도 있었지만, 오랜 전쟁으로 나라 안에 홀로 된 여인들이 많아 남녀가 서로 어울려 마음껏 즐기게 하기 위한 배려도 없지 않았다.

　왕경은 사흘 밤낮으로 불이 환히 밝았고, 군사들은 군영에서, 백성들은 시가에서 먹고 마시며 노닐었다. 화랑들은 제각각 휘하 낭도들을 데리고 온 서라벌을 돌아다니며 백성의 이목을 찌푸리게 하는 못된 짓을 저지르곤 하였는데 감히 나서서 말리는 사람이 없었다.

　이때 흠돌의 뜻으로 아찬 한산주 총관 군관의 아들 천관이 풍월주가 되었다. 그의 처가 바로 흠돌의 딸이기 때문이었다. 흠돌은 또 천관에게 흠언을 부제로 삼게 하였다. 흠언은 흠돌의 서자로 첩 언원으로부터 얻은 아들이었다. 그리하여 낭정이 흠돌의 무리에게 돌아가게 되었다.

대제는 당 황제의 칙명을 따라 지경과 개원을 각각 파진찬과 대아찬의 관등을 주어 장군으로 삼고 요동의 싸움에 나아가게 하였다. 또 대아찬 일원은 운휘장군으로 삼아 보내었다.

그러고는 대감 보가에게 바닷길로 가서 대총관 이적에게 신병의 출정 경로를 문의하라고 일렀는데, 이적은 신라군에게 군사를 두 갈래 나누어 한성정에서 평양성으로 갈 수 있는 두 길인 다곡로와 해곡로를 따라 행군하여 평양성 가까이에 와서 합군하라는 처분을 내렸다.

대제는 팔월에 대장군 유신과 장수 삼십 인을 거느리고 왕경을 출발하여 이듬달에 한성정에 도착하였다. 대제는 또다시 사자를 보내어 영국공 이적에게 평양성에서 만날 날을 물었다.

이적은 평양성 북쪽으로 이백 리 되는 곳에 이르러 군영을 설치하고 있었는데, 대제가 한성정에 도착하였다는 말을 듣고 사자 이동혜 촌주 강심에게 거란의 기마군 팔십 인을 주어 보냈다. 강심은 아진함성을 거쳐 한성에 이르러 서계를 전하여 신라군의 참전 시기를 알리고 독려하였다.

그즈음 당 장수 방동선과 고간이 이적의 영을 받아 아직 요동의 신성에 머무르고 있었는데, 경계가 느슨한 틈을 타 고구려 막리지 연남건이 군사를 보내 급습을 하였다. 그러자 맹장으로 이름 높은 당의 좌무위장군 설인귀가 군사를 이끌고 가 쳐부수었다.

이에 사기를 높인 고간이 신성에서 나와 진격하여 금산에 이르렀다가 고구려 군사들과 싸웠는데 이기지 못하고 패퇴하였다. 고구려군이 기세를 타고 북쪽으로 달아나는 고간을 추격하였는데, 그 절박한 상황을 들은 설인귀가 길목에서 매복하고 있다가 고구려군을 좌우 측면에서 공격하여 오만여 인을 죽인 뒤, 거침없이 군사를 몰아 남소성, 목저성, 창암성까지 빼앗고 연남생과 합류하였다.

"대총관 존하, 적리도 행군총관 곽대봉 장군이 수군을 거느리고 평양의 패강 어귀에서 십 리 거리에 도착하였사옵니다. 하온데, 바다를 건너오는 도중에 거센 풍랑을 만나 군량을 거의 다 손실하였다고 하옵니다."

대총관 이적은 별장 풍사본에게 군량과 병기를 군선에 싣고 가서 공급케 하였지만, 곽대봉의 수군에 이르기도 전에 풍사본의 선단이 거친 파도에 부서져서 곽대봉의 수군이 바다 한가운데에서 굶주림으로 큰 어려움을 겪게 되었다.

총관 곽대봉은 그러한 사실을 절절히 글로 적어 대총관 이적에게 주려고 하다가 전하는 도중에 적의 수군에게 빼앗겨 당 수군의 실상이 노출될까 두려워 이합시라는 암호문으로 적어 보내었다. 이합시는 한 글자 안에서 분리될 수 있는 낱글자를 떼어내기도 하고 다른 글자에 가져다 붙이기도 하여 글이 되게 하는, 문사들 사이에 심심풀이로 즐기는 시 작법의 하나였다.

이적은 사자로부터 글을 받아보고도 무슨 뜻인지 헤아리기 어려워 고개를 갸웃하다가 화가 나서 구겨서 내던져버렸다.

"군의 일이 다급한데 어찌 이런 시 따위로써 형편을 알리려고 하는가? 내 반드시 곽대봉을 군율로 다스려 목을 베고 말리!"

곁에 있던 행군관기통사사 원만경이 다시 주위 얼른 해석해서 아뢰자 이적이 화를 가라앉히고 군량과 여러 군물을 다시 곽대봉에게 보내주었다.

대총관 이적이 군사를 이끌고 마자수에 이르렀는데 강 건너편에서 연남건이 지키고 있었다. 원만경이 나서서 격문을 지어 연남건에게 보내어 조롱하였는데 연남건이 글 내용 중에 '강의 요처를 지킬 줄 모르는구나.'라는 대목에 정신이 퍼뜩 들어 군사들을 옮겨 나루터 근처에 군영을 쳤다.

그러고는 답서에 '삼가 충고를 받아들이겠다.'는 글귀를 넣어 보냈다. 이적이 가만히 강 건너편을 바라보니, 이전까지와는 달리 고구려군이 나루터가 될 만한 요충지를 다 장악하여 점거하고 있어 당군이 건널 만한 곳이 없었다.

당 황제는 이적이 마자수에 이르러 행군을 멈추고 여러 날 강을 건너지 않고 있다는 전령의 말을 듣고 속히 진군하라는 명을 내렸다가 이적이 올린 장계를 읽고는 크게 진노하여 원만경을 압송하여 오령 밖 영남으로 유배시켰다.

부장 학처준의 군사들은 요동의 안시성 아래에서 미처 전열을 갖추지 못하고 있었는데, 성안에 있던 고구려군 삼만 인이 그때를 노려 갑자기 성 밖으로 나와 들이닥쳤다. 당군이 크게 놀라 어쩔 줄 모르고 우왕좌왕하자 학처준이 군막 안에서 호상에 앉아 마른 밥을 먹으려다 말고 정예군을 지휘하여 패퇴시켰다.

대제가 한성정에서 행군을 재개하여 장새에 이르렀는데, 당의 대총관 이적이 마자수까지 이르렀다가 강을 건너지 못하여 군사를 물렸다는 말을 듣고 대제도 또한 신병의 행군을 되돌려 한성정으로 돌아왔다.

당에 가 있던 인문이 신라 사람을 사자로 보내왔다. 그는 대제와 유신에게만 은밀히 전하라는 밀령을 받고 왔다며 한사코 조당에서 아뢰기를 거부하였다. 유신의 부장 양부가 그가 혹시 당에서 보낸 자객이 아닐까 하고 자신만은 시립을 하겠다고 하였지만 유신은 자신이 아직도 자객 하나쯤은 제압할 수 있다며 만류하였다.

"우리 신국 신라가 실로 사직이 위태로운 위중한 처지에 있사옵니다."

그 첫 마디에 대제와 유신은 크게 놀라며 인문이 전하라는 말이 몹시 궁금하였다.

"단 한 마디도 빠뜨림 없이 소상히 아뢰어보라."

사자는 침을 한 차례 꿀꺽 삼킨 뒤 다시 입을 열었다.

"당 황제가 고구려를 치는 동시에 신라까지 치기로 하였사옵니다.

그렇게 하지 않고 후일을 기약하다가는 신라를 칠 기회가 쉽게 오지 않을지도 모른다고 여겨 한 가지 계략을 꾸몄사옵니다.

그리하여 지금 우리 신국 신라의 모든 군사력이 고구려와의 국경 지역에 집결해 있는 틈을 노려 당 장수 소열에게 일만 군사를 주어 보냈사옵니다. 명분상으로는 이따금 일어나는 옛 백제 잔적의 발호를 진압하여 웅진도독부를 안정시키고자 하는 것이옵니다.

그러나 정작은 웅진도독부성을 거쳐서 내륙 깊이 들어가 고사갈이에 있는 고모성에 몰래 진영을 칠 작정이옵니다. 그 까닭은 고구려를 치고 나서 왕경 서라벌로 돌아가는 신라군이 반드시 계립현을 넘을 것인데, 바로 그때 큰 전쟁을 치르고 나서 먼 길 행군에 지칠 대로 지쳐 있는데다가 높은 고갯길을 오르느라 기진맥진해 있을 신라군을 급습하여 몰살한다는 계략이옵니다.”

대제는 입술을 떨었고 유신은 길고 흰 눈썹이 다 뽑혀 나갈 듯한 노기를 띠었다.

“네 말을 어찌 믿느냐?”

“수일 내로 소열이 군사를 이끌고 바다를 건너 웅진성에 도착할 것이옵니다. 사람을 웅진성으로 보내어 알아보옵소서. 또한 곧 칙명이 도착할 것이옵니다.”

유신은 사자를 붙잡아 놓고 군승을 시켜 웅진성에 다녀오게 하였다. 과연 사자의 말대로 당에서 사신이 와 칙명을 전하였다. 웅주를 안정시키고자 소열에게 약간의 군사를 주어 보내니 군량을 공급하라는 것이다. 대제는 간담이 서늘하였다.

웅진성으로 갔던 군승은 이틀도 걸리지 않아 돌아왔다. 과연 소열이 대군을 이끌고 웅진성으로 들어가는 것을 성내에 있는 취리산에 직접 숨어들어가서 목격하였다는 것이었다. 믿기지 않는 사자의 말이 점차 진실을 더하고 있었다.

"그 밖에 인문이 전하라는 말은 없었느냐?"

"성상폐하와 대장군 존하께옵서 소인의 말을 믿지 않는다면 소인도 죽고 신라도 망할 것이고, 소인의 말을 믿는다면 소인도 살고 신라도 망하지 않을 것이라고 하셨사옵니다."

사자는 그 자리에서 옷을 벗어 등을 돌려 보였다. 그가 한 마지막 말이 인문의 육필임이 분명한 서체로 넉 줄 먹물로써 자자되어 있었다. 유신은 다가가 사자의 두 손을 잡고 일으켰다.

"고맙네. 자네가 아니 왔다면 우리 신국 신라가 장차 어찌될 뻔했겠는가. 참말로, 참말로 고맙네."

대제는 크게 불안해하였다. 유신은 목숨을 걸고서라도 대비책을 세우겠다고 하며 물러나왔다.

그러고는 즉시 흑개감 용호대 사자대의 시위삼도에게 영을 내려 대제의 경위를 첩첩 강화하게 하였고, 대제의 서제이자 신칠성우 일원인 거득과 시득으로 하여금 그림자도 드러내지 않는 비밀호위를 배가시켰다.

이미 신라 땅으로 들어온 교활한 소열이 날랜 군사를 뽑아 자객으로 보낼지도 모를 일인지라 철벽같은 대비를 해 두어야 하였다. 나라의 존망이 달린 위급한 사안이었지만 조정의 여러 군신들에게 알려 공론으로 삼을 일이 아니었다.

어느 누구에게도 새어나가서는 아니 될 일이고, 또 신라에서 그러한 당의 계략을 알고 있는 사람이 있다는 걸 소열이 눈치 채서는 더더욱 아니 될 일이었다.

자칫 잘못하여 한마디 소문이라도 나는 날에는 나라 전역으로 삽시간에 퍼질 것이고 그렇게 되면 걷잡을 수 없는 동요가 군문과 백성들 사이에서 소용돌이치며 일어날 것이 자명하였다. 인문이 그것을 예견하고 깊이 염려하여 사자에게 오직 두 사람에게만 은밀히 전하라 한 것이 틀림없었다.

유신은 밤잠도 자지 않고 고심에 고심을 거듭하였다. 마침내 치밀한 계획을 수립하고는 풍류당주 세아를 불러들였다. 그러고는 소열을 죽일 비책을 깨알같이 순서대로 상세히 정리하여 적은 것을 내어주었다.

"너희들이 다 죽을 수도 있는 일이다. 능히 수행해 낼 수 있겠느냐?"

"나라의 명운이 걸린 일이온데, 하찮은 소녀들의 목숨 따위를 돌아보겠사옵니까. 돌아가 채비를 마치는 대로 대장군 존하의 분부 받들어 시행하겠사옵니다."

세아는 유신에게 큰절을 하고 물러나왔다. 풍류당으로 돌아와 일

천 인의 풍류화 중에서 미모가 각별히 뛰어난 여인들로만 수백 인
을 뽑았다. 그러고는 나라가 처해 있는 위기를 알린 뒤 유신의 계책
을 일러주었다. 풍류화들은 모두 목숨을 바칠 결의를 하였다.

세아는 그녀들을 데리고 웅진도독부성으로 갔다. 소열에게 대제
의 친서를 내어놓았다. 신라에서 으뜸가는 미인들로만 뽑아 보내지
만 원로를 헤치고 온 황병을 위로하는 데 부족함이 있을까 염려스
럽다고 적혀 있었다. 소열은 그지없이 흡족해 하였다.

"신라 땅을 둘러보려고 하는데 그대들도 동행할 수 있겠는가?"

"소녀들은 장군의 것이옵니다."

소열은 신라 백성들이 놀라는 일이 없도록 하기 위하여 모든 장
졸들에게 신라군의 차림을 하게 하고, 풍류화들은 다 수레에 태워
웅진성을 나섰다. 소열은 휘하 장수들에게 혹시라도 행군 중에 신라
여인들이 단 한 사람이라도 달아나는 일이 없도록 하라고 하령하였
다.

고모성이 가까워지자 소열은 행군을 멈추고 선발대를 먼저 성안
으로 들여보내었다. 그들은 성을 지키고 있던 신라의 파수병들을 모
두 죽이고 시체를 다 치웠다.

성 망루에서 군사 하나가 큰 깃발을 흔들어 대는 것을 본 소열은
행군을 재개시켜 입성하였다. 그러고는 성안 곳곳을 몸소 돌아보며
군사들이 군영을 설치하는 것을 일일이 감독하였다.

행군하던 길에 보았던, 산성에서 그리 멀지 않은 풍광 좋은 곳에

휘하 장수들과 근위병들만 데리고 가 자리를 잡고 앉아서 잔치판을
벌였다. 세아가 소열에게 아뢰었다.

"이 아이들이 먼 길에 옷이 더러워졌으니 갈아입혀서 오겠사옵니
다."

소열의 허락을 받은 풍류화들은 숲으로 들어갔다. 그러고는 옷을
갈아입고는 미리 감추어 온 해독약을 삼켰다. 숲속에서 다시 나온
여인들은 천상에서 지상으로 하강한 선녀나 다름없었다.

해가 지기도 전에 흥청망청하며 소열과 장수들은 술에 취해 갔다.
세아의 눈짓을 받은 풍류화들이 술독에 독을 탔다. 그것을 까맣게
모르는 당 장수들은 그녀들이 부어서 먹여주는 대로 받아먹었다. 이
윽고 장수들이 하나둘 곯아떨어지기 시작하였다.

세아는 풍류화들을 시켜 술잔을 가져다가 근위병들에게도 한 잔
씩 먹이게 하였다. 그들이 모두 사양하자 세아가 다가갔다.

"장군들이 저렇게 다 잠이 드셨으니 한숨 푹 자고 일어나실 동안
딱 한 잔씩만 하시어요. 이럴 때가 아니면 언제 하급군졸의 신분으
로 이들과 같은 아리따운 미녀들이 따르는 술을 드셔보겠어요?"

마음이 흔들린 그들은 서로 눈치를 보다가 누군가 넙죽 받아 마
시자 앞다투어 한 잔씩 달라고 하여 들이켰다.

달이 산비탈 너머에서 고개를 내밀 무렵, 취하여 누운 자리에서
깨어나는 장졸은 아무도 없었다. 세아는 잠든 채로 숨이 끊어진 소
열만 남겨 놓고는 얼른 구덩이를 파 그들을 한데 묻고는 흙을 덮어

감쪽같이 해 놓았다.

"자, 이제 다음의 일만 성사시키면 된다. 가자."

풍류화들은 자신들이 타고 온 수레에 남은 술을 싣고 고모성으로 갔다. 소열과 휘하 장수들, 그리고 근위병도 하나 보이지 않고 그녀들만 성안으로 들어오는 것을 수문장이 수상하게 여겼다.

"장군들께서는 달밤에 발가벗은 미녀들과 운우지정을 나누느라 정신이 없답니다."

"그, 그런가?"

"소 장군께서 여러 장수들께 짝을 지워주고 남은 저희들을 보내시어 한 잔씩 드리고 오라고 하셨사옵니다."

"으음."

수문장은 그녀들 중 누구라도 품을 수 없을까 하는 생각을 하며 성문간에 선 채로 주는 술을 한 잔 마셨다. 그러고는 문졸들에게도 한 잔씩 마시게 한 뒤에 들여보냈다. 풍류화들은 밤새 성안을 돌며 군사들에게 술을 먹였다. 술이 모자랄 때마다 성안 군향고에 들어가 술항아리마다 독을 탄 뒤 꺼내다가 수레에 실었다.

날이 밝아올 무렵, 고모성 안에서 살아 움직이는 군사라곤 한 사람도 없었다. 죽는 줄도 모르고 잠이 든 채 밤새 서서히 죽어간 당군들을 바라보는 풍류화들은 저마다 큰일을 해냈다는 안도감에 긴 숨을 내쉬었다. 그 모양을 본 세아가 소리를 질렀다.

"이것들아, 우리의 소임은 이제부터가 시작이야!"

그녀들은 당군이 입고 있는 신라군의 전복과 전립을 벗겨서 자신들이 입었다. 그러고는 성안에 있는 군량미를 창고에 다 쏟아버리고 빈 섬통만 모았다. 거기에 당군의 시체들을 담고, 누가 보아도 군량인 것처럼 수레에 실어 내었다. 그러고는 산성 너머에 토철을 다 캐고 버려져 있는 쇠굿구덩이로 날라다가 여러 곳에 나누어 묻고는 흔적도 없이 흙을 덮기를 거듭하였다.

여러 날이 지나 일을 다 마치자 세아는 오직 소열의 시체만 섬통에 담아서 수레에 싣고는 한성정으로 돌아왔다. 그런 뒤, 다시 풍류화의 차림을 하고 대장군영으로 가 유신을 배알하였다.

"너희들이 진정코 나라의 보배로구나!"

유신은 눈물을 글썽이며 극찬을 하였다. 세아가 물러가자 양부와 군승을 시켜서 소열의 시체를 웅진도독부성 성문 앞에 몰래 두고 오라 하였다.

"웅진도독부성에서 소열의 시신만 보내왔다고?"

"그러하옵니다, 황상폐하. 어디서 어떻게 죽었는지 아는 사람이 아무도 없다고 하옵니다."

"그러면 함께 갔던 군사 일만은 어찌 되었다더냐?"

"소열이 웅진도독부성에서 고모성으로 군사 일만을 데리고 발행을 하긴 하였는데 그 행로 어디에서도, 또 고모성 어디에서도 흔적도 찾아볼 수 없이 사라졌다고 하옵니다."

"어, 어찌 그런 일이 있을 수 있다는 말인가? 일만이나 되는 군사가 온데간데없이 사라지다니!"

당 황제는 혼란스러웠다. 만일에 소열에게 밀명을 내린 비밀이 새어나가 신라에 전해졌다면 필경 김유신의 짓일 터인데, 과연 그가 무슨 재주로 아무 소문도 내지 않고 일만 군사를 한입에 먹어치우듯 몰살시켜 없앨 수 있단 말인가. 귀신도 부리는 신장이라더니, 정녕 귀신의 조화를 부려 군사들의 혼백은 물론 그 시신조차 불귀객으로 만들었단 말인가.

당 황제는 온몸에 소름이 돋았다. 아무리 믿지 않으려 하여도 눈앞에 펼쳐진 엄연한 사실은 군사 일만을 데리고 떠났던 소열이 죽어서 돌아왔다는 것이었다. 그것도 일만 군사 중 어느 누구도 없이 오직 그만 홀로.

김유신을 향한 분개심이 기름을 끼얹은 듯 타올랐지만, 더 파헤치지 못하고 덮어놓을 수밖에 없는 사안이었다. 당 황제는 큰소리를 내어 울지는 못하고 슬피 눈물을 흘렸다. 총애하던 신하가 타국에서 영문도 모르게 죽어서 돌아온 것 때문인지, 아니면 번번이 김유신에게 당하여 치미는 분기를 참다못해 나오는 울음인지.

한참 동안 눈물을 흘리고 난 당 황제는 애써 평정심을 되찾으며 소열의 벼슬을 추증하고 시호를 내렸다. 그러고는 속으로 굳게 다짐을 하였다.

'내 언제고 신라와 김유신을 가만두지 않으리!'

당 황제는 우승상 유인궤를 요동도 부대총관을 삼고 학처준과 인문을 그의 부장으로 삼아 전장으로 보내었다. 요동을 비롯하여 고구려의 서북 강역은 어디고 간에 군사들의 발자국과 군마의 발굽자국으로 어지러웠다.

설인귀가 삼천 군사를 거느리고 부여성을 공격하려고 하자 휘하 장수들이 군사의 수가 적음을 이유로 들어 간곡히 만류하였다. 설인귀는 장수들을 꾸짖듯이 말하였다.

"군사가 반드시 많을 필요는 없다. 다만, 어떻게 용병을 할 것인가에 달려있다."

말을 마치자 말릴 새도 없이 선봉으로 나아가 고구려군에 맞서 맹렬히 싸웠다. 이에 당군이 각자 스스로 사기를 북돋워 싸우니, 느는 것은 오직 고구려군의 시체였다. 드디어 부여성을 쳐서 깨뜨리고 입성하니 부여강을 따라 늘어서 있는 마흔 남짓한 성이 모두 투항하였다.

당 황제의 명을 받은 시어사 가언충이 요동에 와서 전장의 형편을 두루 살피고는 장안으로 돌아가서 아뢰었다.

"이번 출정은 반드시 승리하겠사옵니다."

"선황제께서 이루지 못한 뜻을 과연 짐이 이루겠는가?"

"그러하옵니다. 일찍이 선황제께서 고구려의 죄를 물으시려다 뜻을 이루시지 못한 것은 그들에게 빈틈이 없었기 때문이옵니다. 옛말에 이르기를, 군문에 내응하는 자가 없으면 중도에 돌아서라고 하였사옵니다.

오늘날 고구려의 막중한 신하들인 연남생 형제가 아비 연개소문이 죽고 난 뒤에 서로 반목하여 집안싸움을 일으키는 바람에 연남생과 연정토 등이 항복하여 와서 우리 당나라가 기회를 얻게 되었사옵니다. 이에 모든 장졸이 충성스럽게 사력을 다하니, 신이 감히 반드시 이기겠다고 말씀을 드린 것이옵니다.

<고구려비기>라는 책에 적혀 있기를, 구백 년이 되지 못하여 마땅히 팔십 대장에게 멸망하리라는 대목이 있사온데, 가만히 생각해 보니 지금이 고구려가 일어선 지 구백 년이 되옵고 대총관 이적의 나이가 팔십이옵니다.

이것만 보더라도 나라가 망할 것이 분명한데, 지금 고구려는 흉년이 거듭되어 국인들이 서로 빼앗아 팔기를 예사로 하고, 땅은 흔들리기도 하고 갈라지기도 하며, 산속에 사는 짐승인 이리와 여우가 아무 두려움 없이 성시 안으로 들어가고, 땅속에 사는 두더지들이 땅위로 올라와서 문이란 문에는 다 구멍을 뚫는 것과 같은 이변들이 끊이지 않으니, 어찌 망국의 징조라 아니할 수 있겠사옵니까."

당 황제가 듣기 좋은 말이라, 가언충에서 비단 스무 필을 내려 요동의 형편을 살피고 돌아온 노고를 위로하였다.

한편, 전장에서는 마자수를 지키고 있던 고구려 막리지 연남건이 오만 군사를 보내어 당 장수 설인귀에게 함락된 부여성을 구하려고 하였는데 도중에 대총관 이적을 설하수에서 만났다.

이적은 마자수에서 진격이 지체된 기억을 떠올려 응징하고 말리라 하고는 크게 맞붙어 싸워서 고구려군 오천의 머리를 베고 삼만여 인을 사로잡았으며, 병거와 우마를 획득한 것이 이루 헤아리지 못할 정도였다. 이적은 진격에 박차를 가하여 대행성까지 쳐서 빼앗았다.

그런 다음 계필하력과 마자수에서 합류하여 욕이성을 깨뜨린 후, 당의 모든 육군을 이끌고 진격하여 마침내 평양성을 포위하였다.

깊은 밤하늘에 혜성이 필성과 묘성 사이에 나타났다가 사라졌다. 천문을 살피던 당의 천관 허경종이 크게 외쳤다.

"혜성이 동북쪽에 나타났으니 이는 고구려가 망할 조짐이다!"

대총관 이적이 불러다가 물었다.

"혜성과 고구려가 어인 연관이 있길래 그리 말하였는가?"

"혜성이 비록 불길한 별이오나, 고구려가 망할 조짐은 혜성에 있지 않고 필성과 묘성에 있사옵니다. 필성과 묘성 사이에 있는 다섯 별을 오거라고 하옵는데, 자고이래로 오룡거, 오륜거, 오마거, 오우거 따위의 수레를 만들어 쓴 나라는 고구려뿐이기 때문이옵니다."

"듣기에 과히 거슬리는 말은 아니로다."

우승상 유인궤가 칙명을 받들어 숙위하고 있던 유신의 맏아들 사찬 삼광과 함께 당항포에 도착하였다. 대제는 크게 기뻐하여 각간 인문에게 하명하여 성대한 예를 갖추어 맞이하게 하였다. 유인궤는 대제에게 당군이 고구려의 왕도 평양성을 포위하였으니 곧 발병하여 행군을 개시하라고 요청한 뒤 돌아갔다.

대제는 드디어 대각간 김유신을 대당 대총관으로 삼았고, 각간 인문, 흠순, 천존, 문충, 잡찬 진복, 파진찬 지경, 대아찬 양도, 개원, 흠돌을 대당 총관으로, 이찬 진순과 죽지를 경정 총관으로, 이찬 품일, 잡찬 문훈, 대아찬 천품을 귀당 총관으로 삼았다.

또 이찬 인태를 비열도 총관으로, 잡찬 군관, 대아찬 도유, 아찬 용장을 한성주 행군총관으로, 잡찬 숭신, 대아찬 문영, 아찬 복세를 비열성주 행군총관으로, 파진찬 선광, 아찬 장순, 순장을 하서주 행군총관으로, 파진찬 의복, 아찬 천광을 서당 총관으로, 아찬 일원, 흥원을 계금당 총관으로 삼았다.

유신이 스물여덟 장수를 휘하에 거느리고 대제 앞으로 나와서 출정례를 올렸다. 대제는 유신이 나이가 많고 거동하는 데에 다소 불편함이 있어 행군을 하지 말도록 권유하여 한성정에 그대로 남게 하였다.

그러자 흠순과 인문이 차례로 아뢰었다.

"성상폐하, 만약 대총관 유신공께서 저희와 함께 나아가지 않는다면 장차 후회가 될까 두렵사옵니다."

"그러하옵니다. 대총관께서 나아가시지 않는다면 군사들의 사기가 심히 염려스럽사옵니다."

대제가 부드럽게 타일렀다.

"김유신 공을 비롯한 그대들 세 신하는 나라의 보배이다. 만약 모두 적지의 전장으로 나아갔다가 혹시라도 예기치 못한 일이 생겨 돌아올 수 없게 된다면 그때 우리 신국 신라는 어찌되겠는가? 그런 까닭에 짐이 대총관 김유신 공을 후방인 이곳 한성정에 남게 하려는 것이다.

천하의 김유신공이 아닌가? 예전에 일천 리 밖의 적군도 앉은자리에서 물리쳤음을 모르는 사람이 없는 바이니, 어디에 있더라도 나라를 지키는 견고한 장성과 같아서 그대들의 우려가 오히려 지나친 감이 있도다.”

흠순은 유신의 아우였고 인문은 유신의 생질이었다. 두 사람이 다 유신을 높이 섬기고 의지하는 데서 아뢴 말인데다가 대제가 부드러운 말로 타이르자 감히 행군을 통솔하여 달라고는 더 간청하지 못하였다. 인문이 유신에게 물었다.

“소장들이 자질은 없지만 지금 성상폐하의 뜻을 좇아 예측할 수 없는 곳으로 나아가게 되었사옵니다. 어떻게 해야 할지 가르침을 내려주옵소서.”

유신이 대답하였다.

“무릇 장수가 된 자는 나라의 방패와 석성이 되고 성상폐하의 손톱과 어금니가 되어 전장에서 승패를 결정해야 하느니, 반드시 위로는 하늘의 도리를 얻고 아래로는 땅의 이치를 얻을 것이며 천지간으로는 사람의 마음을 얻어야 하네. 그런 뒤라야 성공을 거둘 수가 있다네.

우리 신국 신라는 충성과 신의로 말미암아 나라가 이어지고 있음을 잊지 마시게. 저 백제는 오만 때문에 나라가 패망하였고, 지금 고구려는 기만 때문에 나라가 위태로운 지경에 이른 것이네.

이제 만약 우리의 곧음으로 저들의 굽음을 친다면 능히 뜻을 이룰 수 있을 것이네. 더구나 큰 나라에 의지하고 있지 않는가? 자, 용호와 같은 기백으로 달려가서 구토와 같은 지혜를 발휘하여 잘못됨이 없도록 하라는 것이 나의 간절한 바람일세."

흠순과 인문이 절을 하며 맹세를 하였다.

"삼가 대총관 존하의 영을 받들어 실천하여서 전장의 일이 조금도 잘못되지 않도록 하겠사옵니다."

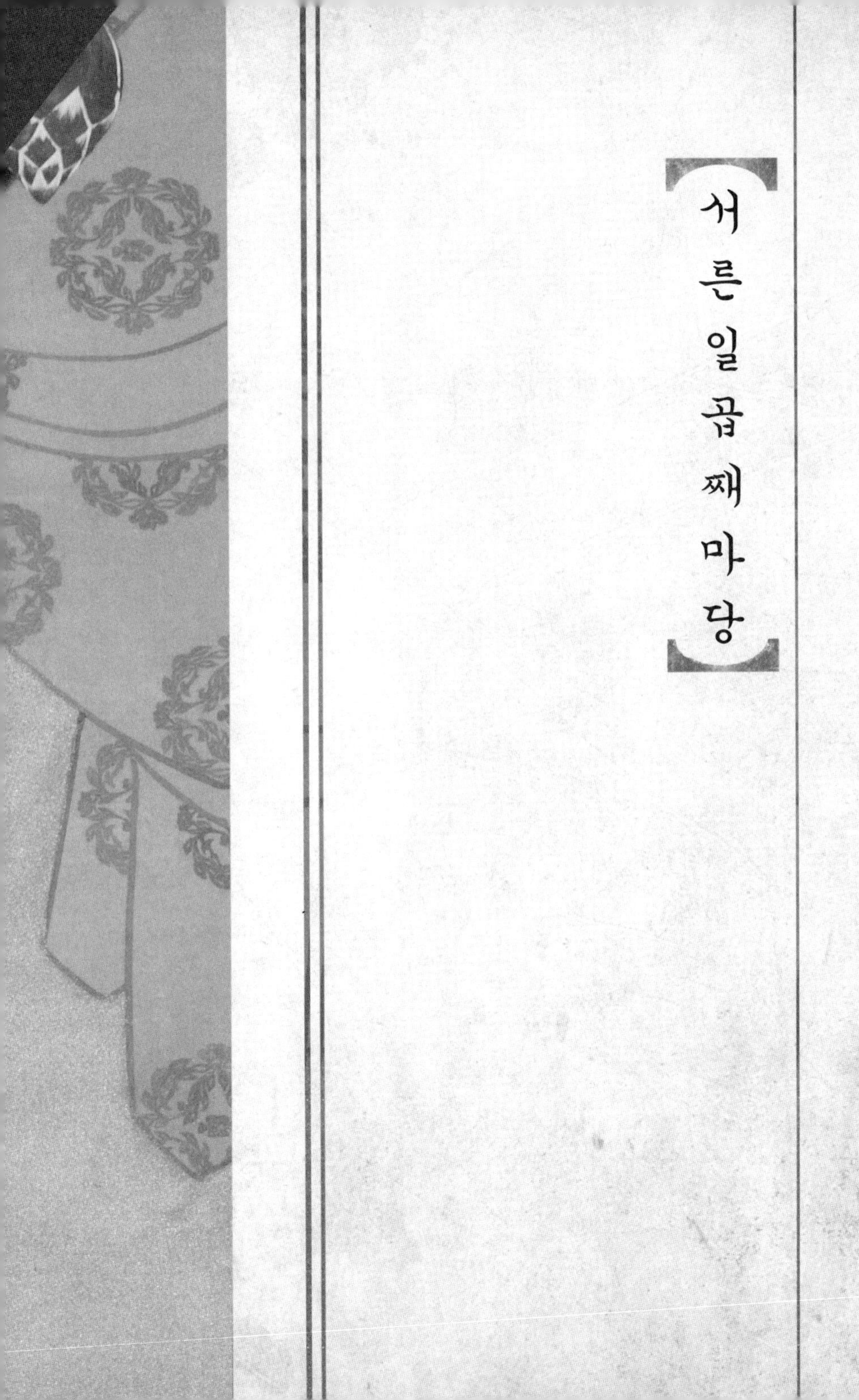
서른일곱째마당

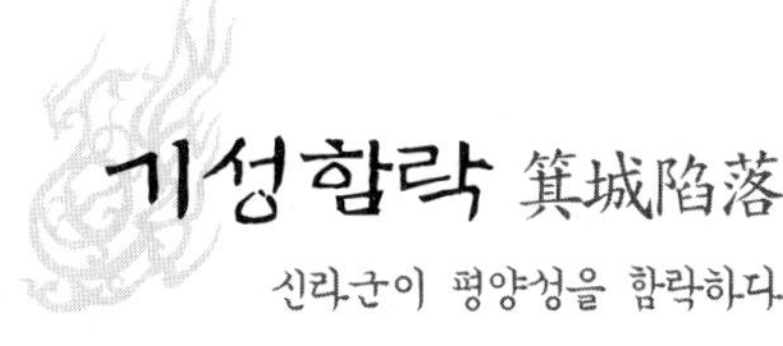

기성함락 箕城陷落

신라군이 평양성을 함락하다

대제의 명을 받들어 각간 흠순과 인문은 각 총관과 장수들, 그리고 이십 만 신병과 군마 삼만 필을 이끌고 당군과 합류하기 위하여 평양성으로 나아갔다. 대제는 풍병을 앓고 있는 유신과 함께 한성정 밖까지 나와 벅찬 심경으로 그들을 전송하였다.

흠순과 인문은 당 대총관 이적을 만나서 평양 북쪽 이십 리 되는 곳에 있는 영류산으로 진군하였다. 그때 사천 들판에는 막리지 연남건이 보낸 고구려 군사들과 대치하게 되었다. 각간 인문이 대총관 이적에게 신라군이 선봉으로 나서겠다고 하고는 행군총관 문영을 비롯한 장수들을 내보내었다.

맨 먼저 문영이 바람같이 말을 타고 달려 나가자 군사들이 큰 함성을 지르며 뒤따랐다. 대당 소감 본득은 장창을 휘두르며 닥치는 대로 베었고, 한산주 소감 상경은 환두대검을 높이 들어 고구려군 속으로 달려 들어가 힘써 싸우다가 칼을 놓치자 칼집 곁에 꽂혀 있는 가늘고 짧은 소검 두 자루를 빼어들어 양손에 나누어 쥐고 최후까지 적을 찔러 죽이다가 장렬히 전사하였다.

전투가 계속될수록 이를 데 없이 용맹함을 더하는 신라군의 기세에 고구려군은 마침내 퇴각하여 사천벌을 흐르는 개천을 건넌 뒤에야 한숨을 돌리며 전열을 정비하였다. 이에 일각도 틈을 주어서는 안 된다고 여긴 사찬 구율이 미처 군령이 내리기도 전에 휘하 군사들을 데리고 다리 아래로 물을 건너가 적을 크게 무찔렀다.

구율이 군영으로 돌아오자 인문은 그의 전공은 돌아보지도 않은 채 준엄히 꾸짖었다.

"너는 군율이 얼마나 지엄한지 모르느냐?"

구율은 머리를 조아리며 아뢰었다.

"소장이 적을 추살해야 된다는 일념에 미처 군령을 얻지 못하고 무단으로 행동하였사옵니다. 죽여주옵소서."

"지금은 급한 때이니 네 죄는 평양성을 치고 난 뒤에 묻겠다."

평양성이 가까이 보이는 곳에 군영을 설치한 대총관 이적은 신라의 군사들을 나누어 각 도의 당군에 합류하게 하였다.

신라군과 당군, 양군을 합쳐 오십 만에 이르는 양국의 군사들이 겹겹이 포위하였지만, 쌓는 데만 사십여 년이 걸렸다는 철옹과 같은 평양성을 깨뜨리기가 쉽지 않았다.

둘레가 오십 리에 이르고, 성벽의 높이는 십팔 척으로 올려다보기
에 까마득하며, 동북쪽으로 올라갈수록 높았다. 동남쪽으로는 넓고
깊은 패강이 흘렀고, 동북쪽에서는 평양강이 흘러들어 천연의 해자
를 두르고 있었다.

강으로 둘러싸이지 않아 유일하게 해자가 없는 서쪽 성벽 아래에
는 구덩이를 깊게 파놓아 접근을 어렵게 하고 있었으며, 또 성벽 곳
곳에 장치를 내어 성벽 아래로 근접해 오는 적을 삼면에서 공격할
수 있도록 하였다.

성문은 다 옹성으로 만들어 놓아 문을 부수러 옹벽 안으로 들어
가는 것은 쥐가 스스로 독 안으로 들어가는 꼴과 다를 바 없었다.
하늘에서 날아 들어가지 않는 한 깨뜨리지 못할 것만 같은 그러한
성을 또 사납기로 이름 높은 고구려 십만 정예 군사가 지키고 있는
것이었다.

흠순은 먼저 성문을 둘러싼 옹벽을 부수기 위하여 사설당 가운데
충당을 앞세웠다. 충당 군사들이 여러 대의 충차를 동시에 굴려 옹
벽으로 향하는 동안 노당 군사들이 연사노와 다사노를 연신 발사하
여 그들을 엄호하였다.

고구려군도 옹벽 위에서 충당과 노당을 향하여 화살을 쏘아대었
다. 충차가 성벽 아래 가까이 오자 항아리를 기울여 기름을 부어대
었다.

“쿠왕, 쿠왕, 쿠왕……”

세차게 들이받았지만 옹벽은 끄떡도 하지 않았다. 군사들은 충차를 뒤로 물렸다가 다시 밀어 굴리며 가속도를 붙여 뾰족한 충차대가리로 들이받았다. 그래도 옹벽을 쌓은 돌덩이 하나 밀려들어가지 않았다.

옹벽 위에 있던 고구려군이 충차에 불살을 날려대었다. 앞서 두 차례나 기름 세례를 받은 충차에 불이 붙어 타올랐다. 군사들은 이내 세차게 번지는 화염의 불기운을 견디지 못하고 뒤로 물러났다.

"운제당은 앞으로 나오라!"

충차 공격이 실패로 끝나자 흠순은 운제차를 끌고 나오게 하였다. 성벽에 붙인 뒤, 차의 뒤쪽 사다리를 타고 편편한 꼭대기로 올라가 성가퀴 너머로 뛰어들 수 있도록 만든 일종의 고가사다리차였다.

고구려군은 운제차를 굴려 갔을 때에도 아까와 마찬가지로 기름을 부었다. 쏟아져 드는 기름을 육중한 운제차가 피하기란 쉽지 않았다. 운제차도 적의 불화살에 맞아 다섯 대나 탄 뒤에야 신라군은 공격을 멈추었다.

흠순은 부아가 일었다. 이번에는 거포노를 준비시키고는 돌덩이를 옹벽으로 날렸다. 견고한 옹벽은 크게 우는 소리만 낼 뿐이었다. 신라군이 자랑하는 병기계 세 종류를 다 써 보았어도 별무소용이 되자 흠순은 화가 머리끝까지 치밀었다.

"무슨 저런 성벽이 다 있는가!"

"방법을 달리 해야겠군."

대총관 이적이 당군에게 영을 내렸다. 당군은 옹벽에서 조금 멀리 떨어진 땅에 긴 장대의 굵은 쪽 끝을 박아 단단히 고정시켰다. 그러고는 장대를 뒤로 휘어지도록 하여 가는 쪽 끝에 줄을 묶어 여러 군사들이 팽팽히 당기고 있는 가운데 그물사다리의 쇠갈고리를 장대 끝에 올려놓았다. 잠시잠깐 그렇게 해 놓은 것이 수십 개나 되었다.

깃발을 든 장수의 번신이 떨어지자 줄을 한껏 당기고 있던 군사들이 한순간에 손을 놓았다.

휘어져 있던 장대가 통겨지면서 쇠갈고리를 날려 성첩 너머에 철겨철겨 걸렸다.

옹벽 아래로 쇠고리에 달린 그물사다리가 늘어뜨려지자 당군들은 몰려가 그것을 타고 오르는 것이었다.

그 광경을 내려다 본 옹벽 위 고구려군이 가만히 있을 리 없었다. 도끼를 든 부월수들이 성첩 너머로 허리를 굽혀 쇠갈고리 끝에 묶여 있는 그물사다리의 밧줄을 찍어 끊었다. 새까맣게 매달려 올라가던 당 군사들은 모조리 그물사다리와 같이 땅으로 떨어지고 말았다.

"안 되겠군. 전 군은 공격 채비를 하라!"

충당과 운제당이 맨 앞에 섰고 그 뒤를 노당이, 맨 뒤에는 거포노가 포진되었다. 흠순이 총공격 명령을 내리자 충차는 돌진하여 옹벽을 들이받곤 하였고, 운제차를 옹벽에 붙인 군사들은 건너가려고 안간힘을 썼으며, 거포노는 돌덩이를 수없이 날려대었고, 노당의 노사들은 연사노, 다사노, 천보노의 화살까지 동시에 퍼부었다. 하지만 성문을 두르고 있는 조그만 옹벽 한 장을 깨뜨릴 수 없었다.

"에잇, 징을 쳐 군사들을 다 물려라!"

흠순은 신라군의 전력만 소진되게 할 수 없어 모든 공격을 멈추었다. 고구려군은 물러나는 신라군에게 화살 한 발 쏘지 않았다. 장기전에 대비하여 화살을 비롯한 군물을 아끼려는 것이 분명하였다.

"이제 어찌해야 저 옹벽을 깨뜨릴 수 있겠소?"

"내일 다시 한 번 시도해 보도록 하지요."

대당 군책사 북거가 성문 옹벽을 깨뜨릴 방법을 찾느라 골몰하는 동안 신라군과 당군은 날이면 날마다 성벽 아래 접근하였다가 물러나곤 하며 옹벽을 사수하려는 고구려군과의 공방을 거듭하여 갔다.

한편, 평양성 남쪽에 있는 인문은 패강을 건너지 못하고 있었다. 고구려군이 당군과 신라군의 진격을 지연시키고자 정신없이 평양성으로 쫓겨 들어가면서도 강을 건너는 큰 나무다리를 부숴 버린 까닭이었다.

바다를 건너온 당의 수군은 패강에 얼음이 긴 탓에 배로 거슬러 올 수 없었다. 그렇다고 육군이 걸어서 건너지도 못하는 상황이었다. 강기슭 쪽에는 조금 두껍게 얼었지만 한가운데로 들어갈수록 얼음이 얇게 끼어서 물에 빠져 죽기 십상이었다. 앞서 얼음 위로 건너려던 당보기마군 십 인이 죽는 순간을 모든 군사가 지켜본 일이 있었다.

과연 어느 쪽에서 포위하고 있는 군사들이 평양성을 먼저 깨뜨리고 들어가느냐 하는 보이지 않는 경쟁이 벌어지고 있는 가운데 패강을 건널 별 신통한 방법이 없어 애를 태우고 있던 중에 신라군의 대당 군책사 구기가 묘책을 내었다.

패강 아래쪽 삵바위 앞 뾰족하게 나 있는 강곶에서 건너편 양각도 사이가 가장 강폭이 좁은데, 강변에 즐비한 아름드리 버드나무를 베어내어 통나무 가교를 설치하면 보군뿐만 아니라 기마군도 말을 탄 채 건널 수 있다는 것이었다.

인문은 당장 실행하라고 일렀다. 신라와 당의 군사들이 나무를 베어내어 다듬고 하는 것을 가만히 지켜보던 고구려군이 가교를 놓고 건너려고 한다는 것을 간파하고 강 건너 성첩 위에서 화살을 퍼부어 대었다.

이에 노당의 군사들이 다사노와 연사노로 응사하는 가운데, 신라군과 당군이 짝을 지어 당 군사는 방패를 들어 화살을 막고, 신라 군사는 그런 방호 아래에서 가교를 설치해 나갔다.

마침내 가교가 완성되자 그동안 싸우지 못해 좀이 쑤신 듯한 표정을 한 장수가 얼른 앞으로 나와 인문에게 아뢰었다.

"각간 존하, 소장을 선봉으로 보내주옵소서."

인문이 허락하였다. 흑악령 선극은 훌쩍 말에 뛰어올라 범 같은 군사들을 휘몰고 번개처럼 가교를 달려 건넌 뒤, 패강 가를 거슬러 순식간에 평양성의 가장 큰 남문 앞에 이르렀다. 한 손으로는 방패를 머리 위로 높이 들고, 다른 손으로는 큰 도끼를 들어 문짝을 찍어대더니 얼마 지나지 않아 부수고 들어갔다.

"와아!"

선봉 흑악령 선극의 뒤를 따라 신라군과 당군은 파도처럼 밀려들어가서 곧 고구려군과 단병전을 펼쳤다. 한쪽은 이미 겁에 질려버린 군사들이요, 다른 한쪽은 공격하지 못해 조바심을 내던 군사들이라 승패는 곧 갈렸다.

평양성의 외성 안에 설치되어 있는 가장 큰 고구려군의 진영을 깨뜨린 양국 군사들은 환호를 하였다. 죽은 고구려 군사는 그 수를 헤아리기 어려웠고 사로잡힌 포로도 부지기수였다. 일찌감치 달아나 안쪽 중성으로 들어간 군사들은 중성 성문을 굳게 걸어 닫았다.

평양성의 외성은 놀라웠다. 모든 길과 밭두렁이 마치 바둑판인 양 반듯반듯하였고, 그 사이에 옹기종기 앉은 민호들, 그리고 고을마다 솟는 샘물과 길가와 밭두렁에서 자라고 있는 갖가지 화초들, 외성의 안쪽 성벽 아래에는 군사들의 조련장이 있었고, 높은 곳에는 활터가 있었다.

인문은 외성과 중성 사이의 성벽 아래에 이르렀다. 성벽 너머 중성은 고구려 막리지 연남건이 지키고 있었다. 고구려 최후의 보루라 해도 그른 말이 아닐 터였다. 연남건은 정면으로 싸우기를 피하여 밤마다 암문으로 군사를 외성으로 내보내어 유병전을 펼쳤다.

하지만 그때마다 번번이 실패하였다. 연남건은 생각을 달리하여 성내 남은 군사들을 모두 출전시켜 결전을 하리라 결심하였다. 당군의 대총관 군영이 있는 북문을 급습할 계획이었다. 하지만 확신이 서지 않아 중 신성에게 물었다.

"과연 나의 군략이 성공할 수 있겠소?"

"좀 더 때를 기다리시는 것이 좋겠습니다."

시일을 번 신성은 연남건의 휘하에 있던 소장군 요묘를 비롯한 몇몇 장수를 설득하여 투항하기로 마음먹었다. 대총관 이적에게 몰래 사자를 보내어 내응하기를 청하며 목숨을 보장해 달라고 하였다. 이적은 그들의 요구대로 약속을 해주었다. 그리고 그러한 사실을 외성에 가장 먼저 입성한 인문에게 알렸다.

그로부터 닷새 뒤에 신성이 새벽에 중성 성문을 열었다. 서당 당주 김둔산이 선봉으로서 일천 기마군을 이끌고 들어가 고구려군을 종횡무진 무찔렀다. 그에 힘입어 중성은 한나절도 되지 않아 함락되었다.

"샅샅이 뒤져서 적의 수괴 연남건을 찾아라!"

하지만 그는 어디에 숨었는지 보이지 않았다. 한산주 소감 박경한이 연남건을 찾아다니다가 중성 어느 저택의 광에 숨어있던 고구려 군주 술탈을 찾아내었다. 인문은 연남건이 내성으로 들어간 것으로 여기고 수색을 그만하게 하였다.

중성 안에는 작은 텃밭만이 있고 말과 수레가 다닐 수 있는 넓은 길이 펼쳐져 있었다. 기와집들이 즐비하였고, 여러 관아와 조정 관원들의 집들이 중앙 큰길 좌우로 처마를 맞대고 붙어있었다. 안으로 들어갈수록 저택이 나타났는데, 조정 고관대작의 거주지였다.

저택들이 있는 곳 뒤편으로 또 하나의 성벽이 나타났다. 중성과 내성을 가르는 경계였다.

"누가 또 나서겠는가?"

"소장에게 맡겨주옵소서."

앞서 군주 술탈을 생포한 한산주 소감 박경한이었다. 그는 당군이 가지고 있는 그물사다리를 빌려다가 쇠갈고리가 있는 벼리 부분을 쇠뇌에 걸어 쏘게 하였다. 성벽에 그물사다리가 늘어뜨려지자 그의 군사들은 칼과 도끼를 등에 메고 앞다투어 기어오르기 시작하였다. 그러는 동안 아래에서 대기하고 있던 신라와 당의 군사들은 연달아 북을 쳐 용감무쌍한 그들을 격려하였다.

고구려군은 성첩 위에서 잠시 저항하다가 모두 병기를 내던지고 항복하였다. 성첩에 오른 군사들은 내성 안쪽으로 훌쩍훌쩍 뛰어내렸다. 이윽고 내성 성문이 열렸다. 선봉으로 성첩을 넘어 들어간 박경한의 군사들이 곳곳에 불을 질러 놓아 내성 안에는 화염과 연기가 사방에서 자욱하였다.

내성에서도 고구려 막리지 연남건은 보이지 않았다. 괴이한 일이었다. 내성은 왕이 정사를 보는 궁궐과도 같았다. 웅장한 전각이 곳곳에 서 있었고, 안쪽 왕가 사람들이 기거하였을 만한 화려한 집들은 눈을 들어 바라보지도 못할 만큼 눈부셨다. 인문은 영을 내려 불을 끄라고 하였다. 모든 군사가 연못의 물을 길어다 날라 불길을 잡았다. 인문은 주위를 돌아보며 혼잣말을 내뱉었다.

"평양성 내성이 궁궐이라면 이제 더 진격할 곳이 없지 않는가?"

바로 그때 뒤에서 너털웃음이 들려왔다. 흠순이었다.

"소장이 좀 늦었소이다. 그놈의 북쪽 성문을 가려놓은 옹벽 하나를 깨뜨리는 데 시일이 어찌나 걸리든지……"

"허허, 어서 오시오. 여기가 궁궐인 듯한데, 적의 수괴들이 어디로 사라졌는지 아무도 보이지 않아서 의아해하고 있던 참이오."

그 순간, 계금당 가책사 세활이 모습은 보이지 않고 외치는 목소리만 들려왔다.

"각간 존하, 성벽이 또 있사옵니다!"

인문은 얼른 달려갔다. 웅대한 전각들에 가려서 보이지 않았던 낮은 성벽이 있었다. 그러고 보니, 예전에 고구려 밀정 철후가 전해주었던 지도 중에서 평양성 맨 안쪽에 북성이라는 조그만 성이 있었음이 떠올랐다.

북성 안에서는 아무 소리도 들리지 않았고 성문을 흔들어 보았으나 잠겨 있었다.

"대체 저 안은 어떤 곳이지?"

대당 군책사 북거가 가만히 아뢰었다.

"아마도 고구려 역대 선왕들을 모신 사당인 것 같사옵니다."

군사들이 북성 성문을 부수고 들어가자 고구려 왕실 사람들과 고관대작들이 다 모여 있었다. 그중 한 사람이 허리에 차고 있던 패도

를 빼어들고 자신의 목을 찌르려는 것을 흠순이 재빨리 제지시켜
패도를 떨어뜨리게 하고는 사로잡았다.

지존의 신분으로 보이는 한 사람이 뒤로 일백여 인을 거느리고
앞으로 나아와 대총관 이적에게 말하였다.

"고구려왕 보장이 대총관 영국공께 항복하옵니다. 하옵고, 대국의
신하로 입조를 청하옵니다."

그러자 여러 장수들 뒤에 서 있던 신라와 당의 수많은 군사들이
창검과 기치를 높이 들고 함성을 질렀다.

"와아, 황상폐하, 만세!"

"와아, 성상폐하, 만세!"

대총관 이적은 신라군을 한 차례 돌아보았다.

'계림도독을 성상폐하라니?'

인문이 사태가 심상치 않음을 깨닫고 가까이 다가가 이적에게 말
하였다.

"이제 고구려 패주에게 처분을 내리옵소서."

인문은 보장을 이적 앞에 꿇어앉게 하였다. 그러자 이적이 소리
높여 말하였다.

"오늘로 고구려의 오부 일백칠십육 성과 육십구만 민호를 당 황
상폐하께옵서 모두 몰수하노라."

또다시 군사들의 함성이 평양성의 하늘에 터져 올랐다. 그러자 당
장수 계필하력이 신라군을 향하여 성상폐하라는 칭호가 가소롭다며

꾸짖었다. 흠순이 성큼성큼 그에게 다가가 바로 코앞에서 멈추어 서며 그래서 어쩔 테냐는 태도로 눈을 부라렸다. 계필하력도 지지 않고 눈을 크게 떴다.

일촉즉발의 순간이었다. 양국 장수와 군사들이 갈라서며 서로 대치하는 형국이 되었다. 그대로 두었다가는 큰 소요가 일어날 것이 틀림없었다. 인문이 이적의 귀에 대고 무어라 말을 하였다.

이적은 고개를 끄덕이며 양국 장졸들에게 말하였다.

"신라의 군사들을 가히 신병이라 할 만하느니. 황병과 더불어 정벌을 시작한 이래 이미 구 년이 지난 지금 사람의 힘이 모두 다하였지만, 황은과 신명의 가호에 힘입어 마침내 백제와 고구려 두 나라를 평정하였으니, 여러 대의 희망이 오늘에야 이루어졌도다.

반드시 기억하여야 할 것은 중원대국에 충성을 다한 것에는 황은을 입을 것이요, 힘을 다하여 싸운 군사들은 마땅히 상을 받게 될 것이다."

말을 마친 이적은 보장에게 다가가 손을 잡아 일으키고 예를 갖추어 대하였다. 여러 고구려인들 중에 중 차림을 한 자가 인문에게 와서 합장을 하며 허리를 굽혔다. 그러고는 자신의 정체를 밝히는 것이었다.

"소승은 법명을 신성이라고 하옵고, 속명은 철후라고 하옵니다."

인문은 깜짝 놀랐다. 오래전 당나라 장안에서 만나 고구려에서 첩보를 수집하여 신라에 전해주겠다고 자청하였던 밀정 철후, 바로 그

자였다. 인문은 그가 평양성이 함락되면 유신을 만나게 해주겠다고
약속한 일을 떠올렸다. 인문이 입을 열기도 전에 철후가 말하였다.

"이제와 생각하니 김유신 공을 만나보지 않는 것이 좋겠습니다.
다 부질없는 일인 것 같습니다. 소승은 이제 당나라로 가서 고구려
에서는 흉내만 낸 중노릇이나 한번 똑바로 하며 살고자 합니다."

인문은 숙연해져서 마주 합장을 하였다.

"자, 이제 장안성으로 행군할 채비를 하라!"

대총관 이적은 고구려왕 보장과 태자 복남, 왕자 덕남, 막리지 연
남산, 중리대형 연남건을 비롯한 지위 높은 신하들과 포로로 잡은
장졸 등 이십만 인이 넘는 사람들을 이끌고 당나라로 향하였다.

신라의 장수들 중에서는 각간 인문을 위시하여 여섯 사람이 당
장수들과 나란히 말을 타고 팔십 장수 대총관 이적의 수레를 뒤따
라갔다.

근고양멸 謹告兩滅
두 나라를 멸한 일을 삼가 아뢰다

흠순이 당나라 군사들과 함께 평양성을 쳐 고구려를 멸한 뒤, 포로 칠천 인을 데리고 한성정으로 돌아왔다. 대제와 유신은 크게 환대하며 맞이하였다. 한성정에 남아있던 군사들의 환호가 그치지 않는 가운데 대제는 신병의 노고를 치하한 뒤, 곧바로 왕경 서라벌로 행군을 시작하였다.

대제는 남한주에 이르러 지친 군사들을 쉬게 하며 여러 신하들에게 말하였다.

"오래전, 백제왕 부여명농이 고리산에 있으면서 우리 신국 신라를 침략하였을 때 유신공의 조부인 무력 각간이 총관이 되어 적들과 싸워서 부여명농과 백제의 상신 네 사람과 많은 군사들을 사로잡아 그 적의를 꺾어놓았다. 또 유신공의 부주 서현은 양주 총관으로서 여러 차례 백제와 싸워서 감히 적들이 우리나라의 변경을 침범하지 못하게 하였다.

그런 까닭에 변방의 백성들이 농사를 짓고 누에치는 일을 아무 시름없이 편안히 하였고, 임금과 신하들은 아침 일찍부터 저녁 늦게까지 국경에 관한 나랏일에 골몰하는 걱정 근심이 없어졌던 것이다.

지금, 유신공이 그 조부와 부주의 업적을 이어 변함없이 사직의 신하로서 밖으로 나아가서는 장수요 안으로 들어와서는 재상이니 그 내외의 공적이 어찌 뛰어나다 하지 않겠는가? 만약 공의 집안에 의지하지 않았다면 오늘날 나라의 흥망을 알 수 없었을 것이다.

이에 제신에게 묻노니, 만고에 길이 이름을 남길 유신공의 직위와 상을 과연 어떻게 내려야 하겠는가?"

여러 신하들이 한입으로 아뢰었다.

"진실로 성상폐하께옵서 뜻하시는 대로 하옵소서."

대제는 유신에게 신하로서는 최상의 자리를 새로 만들어 태대서발한의 직위와 식읍 오백 호를 내려주었으며, 또 수레와 지팡이를 하사하였다. 왕경 대궁을 오르내릴 때에는 허리를 굽혀 빨리 걷지 않아도 되도록 각별한 예우를 보이고 배려하였다.

이어 대총관 이적을 따라 당 장안으로 간 인문에게 대각간의 관등을 내렸다. 그의 영특한 재주와 지략과 용감한 공로가 월등하였다는 이유였다. 그 외에 이찬과 장군 등을 모두 각간으로 삼았고, 소판 이하에게는 모두 한 등급씩 더해 주었으며, 각자 세운 전공에 따

라 조와 벼와 같은 곡식을 많게는 일천 섬, 적게는 오백 섬까지 차
등을 두어 내렸다.

다만 오직 사천 전투에서 전공을 세웠음에도 불구하고 군령을 받
지 않고 적진으로 뛰어들었다는 이유로 사찬 구율만이 포상되지 못
하였다. 그는 억울한 마음에 스스로 죽으려고 목을 매었으나 주위에
서 말려서 죽지 않았다.

그 애기를 들은 유신이 구율을 따로 불러 사사로이 상을 내렸다.
구율은 공에서는 엄하지만 사에서는 후덕한 유신의 인품에 감동하
여 눈물을 흘렸다. 유신은 풍병으로 반쯤 마비된 손을 힘겹게 올려
그의 등을 토닥여 주었다.

사흘 뒤, 대제는 욕돌역에 이르렀다. 국원의 행수관인 대아찬 사
대등 용장이 사재를 털어 잔치를 열고 대제와 신하들을 융숭히 대
접하였다. 배불리 먹고 마시는 가운데 악곡이 연주되었다.

그러자 얼굴에 흰 분으로 화장을 한 미소년 하나가 나와서 대제
에게 춤을 추어 바쳤다. 대제는 춤을 다 춘 그에게 물었다.

"신분을 밝혀보거라."

"소인은 나마 긴주의 아들로 능안이라고 하옵니다."

"올해 나이가 몇인고?"

"열다섯이옵니다."

"그 추었던 춤은 뭐라고 하느냐?"

"나라의 춤이라고 불리는 황창랑무이옵니다."

대제의 얼굴에 웃음이 번졌다.

"이 아이의 용모와 거동이 단정하고 아름다운 것이 예전에 있었다는 황창이라는 화랑과 비교하여 어떠한가?"

흠순이 술잔을 들다말고 내려놓고는 큰 목소리로 아뢰었다.

"성상폐하, 소장이 보기에는 이 능안이 더 나아보이옵니다. 어찌 옛 사람의 용모가 새 사람만 하겠사옵니까."

"허허, 그 말이 장이 옳다."

대제는 능안을 가까이 오라 하여 등을 어루만져 치하한 뒤에 상 위에 놓인 자신의 금잔에 몸소 술을 부어 권하고 비단과 허리띠와 황금귀걸이를 하사하였다.

여러 날에 걸친 행군을 마치고 왕경 서라벌에 도착한 대제는 백성들로부터 성대히 환영을 받았다.

이튿날 목욕재계를 하고 난 뒤 조정의 문무 관원들을 데리고 신궁을 찾았다. 신단에 큰 제사상을 차리고 감격스러운 고유를 하였다.

"황손 법민이 삼가 열성조들의 뜻을 이어 당과 더불어 의롭고 용맹한 신병을 일으켜서 그동안 우리 신국 신라를 괴롭히고 핍박해 온 백제와 고구려에게 엄중히 죄를 물어 사직의 앞날이 크게 안정되게 되었습니다. 이에 맑은 술과 음식을 차려놓고 삼가 아뢰오니, 호국신령들이시여, 부디 들으소서!"

신궁제례를 마치고 돌아온 대제는 고구려와의 전쟁에서 전사한 군사들의 집안에 옷감을 하사하여 위무하였는데, 소감 위로는 일백 필을, 그 이하로는 스무 필을 내려주었다.

서른여덟째 마당

초빙신장 招聘神將

당 황제가 유신을 초빙하다

　당 황제가 황궁 함원전으로 대총관 영국공 이적을 비롯한 여러 총관들을 불러들여 고구려를 친 일을 치하하고 이십 만 포로들을 당나라 사람으로 받아들였다. 그런 뒤, 일일이 명분을 붙여 공과를 가렸다.

　고구려왕 보장은 비록 당에 반하는 정책으로 일관하였으나, 그것은 어디까지나 연개소문이 조정의 권력을 장악하고 위협하여 추진한 것이므로 죄를 물을 수 없다고 하여 오히려 용서하여 사평태상백 원외동정을 제수하였다.

　연남생은 당군을 이끌고 지략을 펼친 공이 있다고 인정하여 우위대장군으로 삼고 변국공에 책봉하였으며 그의 아들 연헌성은 사위경의 작위를 내렸다. 연남산은 남보다 먼저 항복하였다니 갸륵한 일이라고 하면서 사재소경의 작위를 주었다. 중 신성은 내응한 공을 높이 사 은청광록대부를 내리고 머물고 싶은 절이면 어디든 가서 머물게 하였다.

끝까지 항거하며 마지막 순간에는 자결까지 하려고 한 연남건은 동기간에 반목하고 기만한 죄를 물어 검주로 유배를 보냈으며, 웅진도독 부여융은 지난날 칙명이 없는데도 함부로 웅진성을 떠나 당으로 돌아온 죄를 들어 영외로 귀양을 보냈다.

대총관 영국공 이적은 전공이 가장 크다고 하여 겸태자태사에 제수하였고, 평양성에서 신라장군 흠순 앞에서 기백을 나타내어 보인 점을 들어 계필하력은 행좌위대장군으로, 전장을 누구보다도 용감하게 누비며 고구려군을 깨뜨린 공을 높이 들어 설인귀는 우위위대장군으로 삼았다.

논공행상의 숨은 뜻을 헤아려 보면, 지금까지 당에 공헌한 것에 대한 행상이 아니라 앞으로 얼마나 당에 이용가치가 있는 사람인가 아닌가 하는 것을 고려한 처분들임이 명백히 나타나고 있었다.

그중에서 특히 고구려왕 보장에게 죄를 묻지 않고 예우한 것은 전일 백제왕 부여의자의 경우와 마찬가지로 고구려 강역의 유민들을 회유하려는 일환이었고, 웅진도독 부여융에게 죄를 주어 유배시킨 것은 옛 백제 땅이 거의 다 토벌되어 더 이상 그를 전면에 앞세워 유민들을 달래지 않아도 된다고 판단한 까닭이었다.

옛 고구려의 광대한 강역, 오부, 일백칠십육 성, 육십구만여 민호를 새로 당의 제도로 뜯어고쳤다. 구 도독부, 사십이 주, 일백 현으로 갈라 나누고, 평양성에 안동도호부를 두어 우위위대장군 설인귀를 검교 안동도호로 삼아 당군 이만 인을 거느리고 가 옛 고구려 백성들을 진정시키고 달래게 하였다.

고구려와의 전쟁에 출전하였던 장수들 중에 전공이 있는 자들을 뽑아 각 도독부의 도독, 각 주의 자사, 각 현의 현령으로 삼고, 가난한 당나라 백성들 가운데 자원하는 자들에게 옛 고구려 강역의 토지를 나누어 주고 이주시켜서 이미 피견한 관원들과 함께 다스리는 데 참여하고 유민들과 섞여 사이좋게 지내도록 하였다.

하지만 고구려 강역에 당의 문물을 심어 동화시키려던 당 황제의 의도와는 달리 고구려 백성들 중에서 상당수가 장차 당나라 사람으로는 절대 살 수 없다고 생각하여 고향과 땅을 버리고 신라로, 말갈로, 거란으로, 왜로 흩어져 갔다.

당 황제는 고구려에서 투항한 왕실과 신하들과 백성들과 강역에 대한 처분을 다 내린 뒤에 신라에 주목하였다. 이제 남은 것은 신라와 백제의 백성들이 대거 건너간 왜였다.

신라를 떠올리면 함께 떠오르는 사람이 유신이었다. 그가 살아있는 동안에는 억지로 신라를 도모할 마음이 일지 않았다. 무리하게 아우르려고 하다보면 자칫 무모한 결과를 빚을 수도 있는 일이었다.

당 황제는 옛 백제 땅 웅진에는 도독부를 두어 관할하고, 옛 고구려 땅 평양에는 도호부를 두어 당의 국토와 다름없이 다스리고 있는 것에 대하여 신라가 어떤 반발과 요구를 해올지 몰라 먼저 선수를 쳤다.

"짐이 들으니, 인문은 붓을 쥐면 뛰어난 문사에 명필가가 되고, 칼자루를 잡으면 용맹한 장수가 되니 참으로 문무를 겸비하였다 아니할 수 없다. 이번 전쟁에 여러 차례 전공을 세운 것이 남다른 바가 있으니, 작위를 내리고 봉읍을 더하는 것이 마땅하다. 승상부에서는 속히 인문에게 내릴 작록을 의논하여 올리도록 하고 우선 식읍 이천 호를 더하도록 하라."

또 지체하지 않고 사신을 신라로 보내어 대제에게 군사를 내어 고구려와의 전쟁을 도운 노고를 치하하고 황금과 비단을 하사하였다. 각별히 유신에게도 조서를 내려 찬사하고 포상하였다.

"황상께서 유신공이 한번 입조를 하기를 몹시 기다리고 계시옵니다."

"공이 지금 병환이 깊으니 나아지면 입조를 청해보도록 하겠소"

당 사신은 귀가 번쩍 뜨였다.

"천하의 유신공께서 환후 중이라니오?"

대제는 아차 하여 더 말을 하지 않았다. 각간 흠순이 말을 대신하였다.

"우리 형님의 병은 별 것 아니오. 그렇게만 아시오."

당 사신은 장안으로 돌아와 황제에게 신라 조정에서 나온 말을 알렸다. 황제는 듣는 순간에는 놀랐지만 곧 유신의 사후에 꾀하고자 흉중에 넣어둔 일들을 떠올리며 물었다.

"김유신이 언제쯤 죽을 것 같더냐?"

"그건 알 수 없었사오나, 한 가지 분명한 건 그의 병이 깊다는 것이옵니다."

"으음. 잘 알겠다. 제신은 들으라! 백제와 고구려를 친 지난 구 년 전쟁에서 우리 당군도 많이 손상되었을 줄로 안다. 하지만 아직도 남아있는 사방의 오랑캐들이 언제 대국의 위엄에 반하는 행동을 일으킬지 모른다.

파손된 전선과 병거와 무기와 갑주를 비롯한 모든 군물을 수리하고, 군기가 느슨해진 군사들의 조련을 게을리 하지 말도록 하라. 그리하여 짐의 명이 떨어지면 언제라도 그 즉시 출군을 하여 승전보를 전할 수 있도록 늘 만반의 태세를 갖추라!"

유신은 당 군사들이 옛 백제와 옛 고구려 땅을 고스란히 장악하고 있는 현실과 당이 거기서 멈추지 않고 머잖아 신라를 치러 올 것을 훤히 내다보고 있었지만, 그에 대비하기에는 자신의 병이 칼 한 자루 들기 힘들만큼 너무 깊고 용모는 이승 사람이 아닐 만큼 늙었음에 암탄하였다.

군승이 약사발을 들고 들어와 말없이 내려놓았다. 그러고는 유신의 몸을 일으켜주었다.

"오… 오… 오늘이 며… 며칠이… 냐?"

풍병으로 어눌해진 말을 알아듣는 사람은 군승뿐이었다. 그는 또

박또박 훈계하듯 말하였다.

"병석에서는 날을 헤아리는 법이 아니라고 하였사옵니다."

유신의 염려는 기우가 아니었다. 웅진도독 유백영이 군사들을 시켜 취리산 꼭대기에 있는 국경석을 무단으로 옮겨 신라의 땅 일부를 도독부 관할에 둔 뒤에 토지를 빼앗고 신라 백성들을 내쫓아버렸다.

만행은 거기서 그치지 않았다. 쫓겨나지 않으려고 대항하는 신라의 백성들을 모조리 붙잡아 도독부 안에 감금을 시켰는데, 해당 지역의 관원이 가서 찾아오려고 하여도 신라인은 아무도 없다고 잡아떼며 돌려보내지 않았다.

웅진도독부에서 벌인 짓도 분개할 일이었지만 더 염려스러운 건 신라 땅 전역에 이상한 소문이 나돌고 있는 것이었다. 당나라가 병선을 수리하고 있는데, 겉으로는 왜국을 정벌하려 한다지만 속셈은 신라를 치고자 한다는 말이었다.

떠도는 바람처럼 전해지는 소문에 백성들은 불안해하며 양식을 모아 감추기도 하고, 고향을 버리고 먼 낙도로 들어가기도 하였으며, 곧 나라가 망할 것이라며 농토와 양잠을 돌보지 않고 매일같이 흥청망청하는 것이 유행처럼 번졌다.

웅진도독 유백영이 성안에서 가장 미모가 뛰어난 옛 백제의 여인을 신라의 한성정 총관 박도유에게 시집보낸 뒤, 얼마 지나지 않아 함께 모의하여 남몰래 신라의 비밀병기를 훔쳐내어서 한산주를 급습하기로 하였는데, 때마침 박도유의 집 노비가 우연히 엿듣고 왕경으로 한달음에 달려와 아뢰는 바람에 대제는 파진찬 양도를 보내어 박도유의 목을 베어서 그 계획은 미수에 그치고 말았다.

그 일만으로도 진노를 누그러뜨리지 못하고 있던 대제는 국경석이 취리산에서 다른 곳으로 옮겨졌다는 말을 듣고 화가 머리끝에서 터져 올랐다.

"파진찬 김양도는 속히 군사를 이끌고 가 국경석을 바로 가져다 놓고, 웅진도독이 잡아간 우리 신국 신라 백성들을 한 사람도 남김 없이 되찾아오라!"

사설당 군사들을 대거 이끌고 간 양도의 위세에 눌려 웅진도독 유백영은 그가 하는 대로 모른 척 내버려두었다. 양도는 옮겨진 국경석을 찾아 웅진성으로 가지고 들어가 취리산 정상에 다시 세웠으며, 도독부 감옥을 돌아다니며 갇혀 있는 신라 백성들을 다 구출해 내었다.

대제가 하명한 바를 충실히 받든 그는 거기서 그치지 않고 유백영을 다그치기를, 휘하의 장수들이 그간 저지른 실수와 잘못을 반성하는 뜻을 직접 보이라고 윽박질러 웅진 동쪽에 있는 도독부 관할의 땅까지 빼앗아 돌아왔다.

그제야 대제의 진노는 다소 가라앉았다. 그리고 전 외관에 명을 내려 국경을 경계하는 일을 옛 백제와 고구려가 위협하던 때와 같이 하라고 하였다. 또 웅진도독부의 동향에 대한 감시를 소홀히 하지 않도록 하였다.

웅진도독부성의 도발과 그것을 응징한 신라와 당의 관계가 미묘해진 즈음에 당 황제는 체면이 깎인 듯하여 조정의 관원을 대신하여 중 법안을 사신으로 보내었다.

"황상께서 신라의 자석이 천하 으뜸이라는 말을 듣고 구해 오라고 하셨사옵니다."

"마련해 주겠네."

대제의 짤막한 대답에 법안은 또 요청을 하였다.

"소승이 사사로이 김유신 공을 한번 뵈었으면 하옵니다."

"사사로운 청이 아닐 터이지. 우리 유신공이 언제 죽을지 알아오라고 하던가?"

"성상폐하, 정녕 저의 사사로운 일로 말미암아 꼭 한번 뵙고자 하는 것이옵니다."

대제는 의아스러웠다. 당나라 중이, 그것도 황제의 칙명을 받들고 온 사람이 자신을 성상폐하라고 호칭한 것이었다. 대제는 가만히 그를 굽어보았다. 어쩌면 유신이 오래전에 당에 심어놓은 밀정인지도 몰랐다.

"각간 흠순공이 법안대사를 인도하시오."

군승은 법안의 몸수색을 한 뒤에 방으로 데리고 들어갔다. 유신의 머리맡에 앉은 법안은 목탁소리를 작게 내며 약사경을 외었다. 흠순이 곁에서 지켜보고 있자니 어딘지 모르게 법안이 낯익어 보였다.

경을 다 왼 법안은 누워 잠들어 있는 유신을 물끄러미 내려다보더
니 일어나 나왔다. 흠순이 돌아오는 길에 물었다.

"대사, 혹시 우리가 언제 만난 적이 있소?"

"있습니다."

"그래요? 어쩐지 아까부터 낯이 익더라니, 허헛. 그래 우리가 어
디서 어떻게 만났었소?"

법안은 고삐를 슬쩍 당겨 말을 천천히 걷게 하며 자신이 태어나
살아온 내력을 들려주었다. 다 듣고 난 흠순은 입이 다물어지지 않
아 침까지 뚝뚝 흘릴 정도였다.

"그렇다면 우리 형님이 전생에 대사의 부주였단 말씀이오? 그래
서 우리 형님을 만날 일념 하나로 고구려의 밀정노릇까지 하였고?
그런데 고구려가 망한 뒤 우리 형님을 만나는 일은 그만 두고 당나
라로 가서 불법에 전념하겠다고 했다면서 뒤늦게 왜 만나러 왔소?"

"이승의 일은 다 잊고 불법을 닦으려고 했지요. 그래서 자성을 깨
치면 유신공이 정녕 돌아가신 소승의 아비의 환생인지 아닌지 알
수 있으리라 생각했지요. 하지만 그걸 확인한들 무엇하겠소? 다 부
질없는 것을. 더구나 불법이니 하는 것도 나 같은 사람에겐 어울리
지 않는 것이더이다. 허허."

흠순은 그의 말 몇 마디가 예사롭게 들리지 않아 혹시 도를 이룬
고승이 본색을 숨기고 있는 것은 아닌가 하였다.

"지금 당 황제와 조정이 무서운 일을 꾸미고 있소. 장군이 유신공

을 대신하여 철저히 대비하서야 할 게요."

"무서운 일? 그것이 대체 뭐요?"

"소승도 자세히는 알지 못하나, 한 가지 명확한 건 신라의 사직에 관한 일이라는 것이오."

흠순의 귀에는 머잖아 당이 신라를 침공할 것이라는 말로 들렸다.

"대사, 이참에 대사께서 우리 신라를 위하여 당에서 애를 좀 써주시오. 고구려에서 그랬던 것처럼 말이오. 대사의 부주께서 환생해 계신 나라가 아니오?"

"……."

대제가 여러 신하들을 조원전으로 인견하여 교서를 내렸다.

"지난날 신라는 두 나라 사이에 끼어서 북쪽은 정벌을 당하고 서쪽은 침략을 당하여 잠시도 편안할 때가 없었다. 장졸들은 해골을 드러내어 들판에 쌓였고 몸과 머리는 경계에서 서로 나뉘어 뒹굴었다.

선제 태종무열대왕께서는 백성들의 잔혹한 피해를 불쌍히 여겨 천승의 귀하심을 잊고서 바다를 건너 중원에 들어가 당제에게 군사를 요청하였다. 이것은 본래 두 나라를 평정하여 영원히 싸움이 없게 하고, 여러 대에 걸친 깊은 원한을 설욕하며 백성들의 남은 목숨을 온전히 하려는 것이었다.

선제 태종무열대왕께서 비록 백제는 평정하였지만 고구려는 그때까지 멸망시키지 못하고 있었는데, 짐이 평정을 이루라는 유업을 이어받아 마침내 그 뜻을 이루게 되었다.

지금 두 적은 이미 평정되어 사방이 안정되고 편안해졌다. 군영에 나아가 공을 세운 사람들은 이미 모두 상을 받았고, 싸우다가 죽어 혼령만 남은 이들에게는 명복을 빌 재물을 추증하였다.

다만 옥에 갇혀있는 사람들은 죄인을 불쌍히 여겨 울어주는 은혜를 받지 못하였고, 칼을 쓰고 쇠사슬에 묶인 이들도 아직 새롭게 삶을 시작하는 혜택을 입지 못하였다. 이러한 바를 생각하니 먹고 자는 것이 편안하지 못하다.

이제 나라 안의 죄수들을 풀어줄 것이니, 이전에 오역의 죄를 범하여 사형을 받는 죄목 아래로 지금 감옥에 갇혀 있는 사람들은 죄의 크고 작음과 관계없이 모두 다 풀어주고, 그에 앞서 풀어준 뒤에 또다시 죄를 범하여 관작을 빼앗긴 사람들은 한 사람도 빠짐없이 모두 그 이전과 같게 하라.

남의 것을 훔친 사람은 다만 그 몸을 풀어주고, 훔친 물건을 돌려줄 수 없는 사람들에게는 징수의 기한을 두지 말라. 백성들이 가난하여 다른 사람의 곡식을 빌려 쓴 사람으로 흉년이 든 곳에 사는 사람은 이자와 원금을 모두 갚을 필요가 없고, 만약 풍년이 든 지방에 사는 사람은 올해 곡식이 익을 때까지 단지 원금만 갚고 그 이자는 갚을 필요가 없다.

경들은 이러한 짐의 뜻을 잘 헤아려서 하루라도 빨리 경외 해관별로 엄중히 받들어 시행하라."

대제는 급찬 기진산을 정사신으로 삼아 당나라로 보내어 전에 중 법안이 와서 요청한 자석 두 상자를 바쳤다.

또 파진찬 양도를 보내어 전에 웅진도독부의 땅을 빼앗은 일을 당 황제에게 사죄하고자 하였다.

"성상폐하, 이번 사행에 신도 보내주옵소서."

"흠순공이 어인 일로 당에 가고자 하오?"

"우리 신국 신라의 사직에 관한 일로 반드시 만나야 할 사람이 있사옵니다."

노장억류 弩匠抑留

당 황제는 유신의 아우라고 아뢰는 흠순을 가만히 한동안 내려다
보았다. 그러고는 물었다.

"계림 태대각간의 용모도 그대와 흡사한가?"

"신의 몰골이야 반죽하다 말고 내던져 놓은 무른 메주덩어리 같
사옵니다만……."

그때 당 신하들이 웃음을 터뜨렸다. 흠순은 험험 하고 기침을 두
어 번 한 뒤에 말을 이었다.

"우리 형님은 앞에서 보면 관운장이 울고 갈 천하대장수요, 옆에
서 보면 노담을 뺨치는 운상한 기운이 흐르며, 뒤에서 보면 제갈공
명과 천 년을 논할 지략을 품고 있는 듯한 용모를 지녔다 할 만하옵
니다."

당 황제는 또 무언가 생각에 잠겼다가 하문하였다.

"짐이 입조하라는 칙명도 내리지 않았는데 그대는 어인 일로 왔는가?"

"황은이 넘쳐흐르고 있을 중원대국의 황도를 두루 구경해보고 싶은 마음을 가눌 길 없어 무작정 길을 나섰사옵니다. 죄가 된다면 엄히 다스려주옵소서."

"허허, 죄가 될 까닭이 있나? 원 없이 두루 돌아보도록 하라."

당 황제는 양도에게 물었다.

"그대는 무단히 군사를 몰고 웅진도독부로 쳐들어가 행패를 부리고 땅까지 빼앗았다지?"

양도가 그 일에 관하여 자세히 아뢰었다. 황제는 양도에게 빈객관을 떠나지 말고 근신하도록 명하였고, 조정에는 그의 행적에 관하여 죄를 줄지 말지 논의하라고 하명하였다.

흠순은 근신하게 된 양도를 위로하고는 곧바로 법안을 찾으려고 수문을 하였다. 그는 장안성 남교에 있는 자은사에 머물고 있었다. 흠순이 찾아가자 깜짝 놀라면서도 반갑게 맞이하였다.

"대사, 그간 잘 계시었소?"

"어인 일로 예까지?"

법안은 거처의 바깥 주위를 신경 쓰며 낮은 목소리로 말하였다. 하지만 흠순은 마치 아무나 일부러라도 들으라는 듯 더 큰 목소리를 내었다.

“비록 진면목을 감추고 있다고는 하나, 대사 같은 도력 높은 고승을 알아보는 사람이 아무도 없는 것 같으니, 이 장안성에 사람은 사해 사람으로 넘치되 모두 눈 뜬 장님이 아니고 무엇이겠소. 허헛.”

“농언사가 지나치시외다.”

흠순은 매일같이 자은사로 찾아가 법안과 차를 마시며 온갖 잡사를 끌어다가 수다를 떨며 유쾌한 시간을 보냈다. 법안은 흠순이 거친 장수의 면모만 지니고 있는 것이 아니라 장난기는 많지만 의리가 남달리 깊은 순진무구한 소년 같은 인상을 받아 차츰 저도 모르게 친근감이 생겼다.

여러 날이 지나는 동안 두 사람은 어느새 서로 어깨를 치며 농담을 나누는 사이가 되었고 흠순은 다향이 그윽하게 풍기기만 하였던 그의 거처를 진한 술 냄새가 진동하는 주점의 골방으로 바꾸어 놓기에 이르렀다.

자은사는 당 황제가 그의 모후인 문덕황후의 명복을 빌기 위하여 세운 절이었다. 법안의 상좌승이 흠순이 술을 마실 때마다 그 점을 들어 황실의 절이니 무례한 짓을 하는 것을 조정에서 곧 알게 될 것인데, 아마도 목숨을 부지하지 힘들 것이라고 겁을 주곤 하였다.

그때마다 흠순은 크게 웃어젖히면서 자은은 자비와 한 가지로 다 부처님 가르침이니 불국토에 있다가 죽으면 그 또한 나의 홍복이 아니냐고 대꾸해주었다.

기이하고 호방한 흠순의 처신은 곧 소문이 나 그를 만나고 싶어

하는 조정 관원들이 생겨났다. 그중에서도 장수들이 특히 관심을 많이 가졌는데, 어느 날 자은사로 뜻하지 않은 사람이 찾아왔다. 바로 평양성에서 눈씨름을 하였던 계필하력이었다.

두 사람은 법안을 사이에 둔 채 서로의 그릇을 알아보고는 곧 친해졌다. 화제는 자연스럽게 군문의 일로 옮겨졌고, 드디어 계필하력은 당군이 조련하는 모습을 보여주고, 더 나아가 먹는 음식과 지급하는 군물까지도 스스럼없이 말해주었다. 그때마다 흠순은 신라의 군사들에 관한 것으로써 화답하였는데, 계필하력이 가끔은 놀라기도 하고 수긍하기도 하였다.

"당군을 정탐하고자 하면서 오히려 당 장수에게 신라군의 기밀을 알려주니 그래서야 무슨 이득이 있겠소?"

"대사는 내가 바보로 보이오?"

"그럼 바보 아니오?"

"맞소. 바보요. 허허헛."

그 사이 조정에서는 양도에게 죄를 주어야 한다는 것으로 논의가 귀결되어 빈객관에 있던 양도는 감옥에 갇히게 되었다. 흠순은 계필하력에 부탁하여 구명을 해보려 하였지만 그는 자신이 관여할 일이 아니라고 하며, 흠순에게도 어서 당을 떠나라고 충고하는 것이었다. 그러면서 덧붙였다.

"우리가 나중에 어디서 어떻게 만나게 될지 모르겠소만, 죽어서 다시 태어나면 그때는 반드시 같은 나라에서 태어났으면 하오."

"그건 좋은데, 누가 상관이 되고 누가 하관이 되어야 하겠소? 지금 정하십시다. 허헛."

계필하력은 입맛을 쩍 다시며 하늘을 바라보며 말하였다.

"나날이 살얼음을 밟는 것 같은 마당에 그런 농담을 할 수 있는 장군이 참 부럽소. 병문에서 장군을 흠모하는 장수들이 눈에 띄게 많아졌소. 옛 사람 장익덕이 신라에 환생한 것 같다고."

"허허, 그렇다면 장군은 허중강의 환생이겠구려?"

"황상이 김양도만 죽일 생각을 하시고 장군은 왜 살려두는지 아시오?"

"모르오."

"김유신 공의 제씨이기 때문이오. 그만큼 황상께서는 김유신 공을 총애하고 있소이다."

"두려워하고 있는 것이겠지요. 우리 형님은 한번 대노하시면 하늘에 떠 있는 별까지도 모조리 땅으로 떨어뜨리는 분이시니."

"……."

흠순에게 귀국하라는 엄명이 떨어졌다. 흠순은 당 황제가 직감적으로 양도를 죽일 작정임을 깨닫고 마지막으로 면회를 갔다. 양도는 수척해진 몰골에 큰 칼을 목에 쓰기는 하였지만 눈빛은 의연하였다.

"자랑스러운 신국 신라인으로 죽을 것이니 아무 말도 하지 말고 잘 돌아가오."

흠순은 눈물을 흘리며 돌아섰다. 장안을 떠날 적에 법안과 계필하

력이 배웅을 하였다. 흠순은 법안과는 합장을 하며 하직인사를 나누
었고, 계필하력과는 서로 어깨를 끌어안았다가 놓았다.

"부디……."

"장군도 부디……."

양도를 처단한 당 황제는 신라에 대하여 더욱 노골적인 야욕을
내비쳤다. 사신을 보내어 사찬 구진천을 데리고 가겠다는 요구를 하
는 것이었다.

대제와 조정의 근심은 이만저만이 아니었다. 병환으로 누워있는
유신에게 대책을 물어볼 수도 없어 답답하기만 하였다. 대제는 당에
서 어떻게 알고 구진천이라는 성명 삼자를 꼭 집어 요구해 왔는지
의문이었다. 당이 신라에 밀정을 많이 심어놓았거나, 신라 조정에서
당과 내응하는 신하가 있을지도 모른다는 두 가지 추측이 들 뿐이
었다.

흠순이 구진천을 찾아갔다. 당의 요구를 알려주며 넌지시 자결할
것을 암시하였지만 구진천은 고개를 흔들었다.

"소인의 목숨이야 별 것 아니옵니다만, 태대각간 존하시라면 그런
손쉬운 방법을 강권하시지 않을 것이옵니다."

"그러면 어떤 방법을 써야 하겠는가? 구 노사한테 저놈들의 요구
를 들어주지 않을 어인 묘책이라도 있다는 말인가?"

"묘책이랄 것까지는 없사오나……."

구진천의 말을 다 듣고 난 흠순은 그의 두 손을 잡았다.

"충신이 이토록 많으니 우리 신라의 사직은 아무 염려가 없겠네."

구진천은 대제 앞으로 나아갔다.

"들으니, 당으로 가겠다고 했다고? 비법을 가르쳐 주지 않으면 죽을 수도 있는데도 말이냐?"

"성상폐하, 나라를 위해 죽는 사람이 어디 한둘이옵니까. 신은 아무 억울할 것이 없사옵니다. 변방의 이름 없는 목공이었던 신의 재주를 높이 알아주시고 일을 맡기신 뒤에는 믿어서 기다려주신 유신공의 은혜를 생각하면 골백번 죽는다 하여도 매번 웃으며 죽을 것이옵니다."

"과연!"

사찬 구진천은 제자 심심이를 데리고 당 사신을 따라 장안으로 갔다. 당 황제는 그에게 신라의 군사들이 쓰는 것과 똑같은 병기계들을 만들 것을 엄중히 하명하였다. 그러고는 장안성 북쪽 소릉에서 조금 떨어진 곳에 거처와 제작소를 설치해주고 계필하력에게 전담하게 하였다.

구진천은 신라에 있을 때와 다름없이 날이면 날마다 심심이에게 나무 켜는 일, 속을 파내는 일, 깎고 다듬는 일만 시켰다. 정해준 규격에 조금이라도 어긋나게 해 놓으면 불호령을 내렸다.

심심이의 불만은 높아만 갔다. 구진천이 신라에 있을 적에는 평생 걸려 겨우 사찬에 이르렀는데 비하여 당에서는 쇠뇌를 만들기만 하면 높은 벼슬을 주겠다는데 왜 마다하는지, 또 왜 자신에게는 쇠뇌

를 만드는 방법은 조금도 가르쳐 주지 않고 수십 년 동안 변함없이
원도를 보고 나무를 자르고 다듬는 일만 시키는지 무척 야속하기만
하였다.

당 군사들이 매일 같이 쇠뇌 제작의 진척을 확인하기 위하여 다
녀가곤 하였다. 하지만 그들이 한결같이 보고 간 것은 심심이가 재
단하고 구진천이 검사한 뒤에 던져놓은 것들뿐이었다.

"앞으로 얼마나 더 걸리겠느냐?"

"사흘 후면 다 되옵니다."

군사들은 지체 높은 장수와 함께 왔다. 계필하력이었다. 구진천은
그들이 보는 앞에서 직접 쇠뇌를 쏘아보았다. 화살은 날아가 삼십
보 앞 땅에 꽂혔다. 계필하력이 물었다.

"내가 듣기로는 구 노사가 만든 쇠뇌는 일천 보를 날아간다고 하
였는데, 지금 쏜 것은 고작 수십 보밖에 나가지 않으니 어찌된 일인
가?"

"기후가 다르고 산천이 다르며 풍토가 달라 재목이 좋지 못한 까
닭이옵니다."

"왜 진작 그런 말을 하지 않았는가?"

"힘써 만들어보고자 하였을 따름이옵니다."

"허면 이제 어찌해야 만들 수 있겠는가?"

"만약 신라에서 나무를 가져온다면 만들 수 있사옵니다."

계필하력은 당 황제에게 아뢰어 신라에 사신을 보내 재목을 구하

여 왔다. 구진천이 약속한 시일이 되자 계필하력이 찾아왔다. 이번에는 육십 보에 이르렀을 뿐 일천 보에는 턱도 없었다.

"이번 것은 또 어찌하여 저것밖에 날아가지 않는가?"

"소인도 그 까닭을 모르겠사옵니다. 재목이 먼 바다를 건너는 동안에 염기와 습기가 스며들어서 그런 것은 아닌가 하고 원인을 찾고 있는 중이옵니다."

계필하력은 그가 일부러 천보노를 만들지 않고 있다는 것을 눈치챘다. 당 황제는 엄한 벌을 내리려고 하였지만 계필하력이 위협을 하기보다는 달래야 한다고 주청을 하였다. 당 황제는 그에게 삼품의 벼슬을 내리고 황금과 비단을 듬뿍 하사하였다.

구진천은 사령첩과 하사품은 거들떠보지도 않은 채 원인을 찾는답시고 차일피일 미루기만 하고 천보노를 만들어 내지 않았다. 계필하력은 그의 마음을 돌릴 수 없음을 알고 심심이에게 주목을 하였다.

장안의 상춘루에서 재치가 넘친다는 기녀 유설화를 불러다가 단단히 이른 뒤에 매일같이 소릉을 참배하러 다니게 하여 먼 거리를 두고 심심이의 눈에 띄게 하였다. 비가 오는 날, 마침내 비를 피해 집으로 찾아든 묘령의 여인을 처음으로 가까이 하게 된 심심이는 그녀의 체취를 맡고는 단번에 홀리듯 마음을 빼앗기고 말았다.

"아무도 믿어서는 아니 되고, 가까이 해서도 아니 된다."

구진천이 경계를 시켰지만 아무 소용이 없었다. 심심이는 매일같이 유설화가 능원에 참배를 마치고 나면 함께 시간을 보내었다. 꼭 붙어 있다가 그대로 죽어도 좋을 만큼 꿈같은 나날들이었다.

심심이의 마음이 기울대로 기울었다고 생각한 유설화는 드디어 본색을 드러내었다. 하지만 심심이로부터 알아낼 수 있는 것은 아무 것도 없었다.

"스승님께서는 제게 늘 나무를 자르고 다듬는 일만 시켜요. 자로 재어주면 나무를 깎고 다듬는데 일점 오차라도 있으면 매번 벌을 받게 되지요."

"그렇게 홀대만 하는데 왜 그의 곁에 있나요?"

"남아가 뜻을 품었으면 그 뜻을 이룰 때까지 시련과 고난을 참고 이겨내어야지 힘들다고 마음을 가볍게 먹고 이것저것 기웃거리다가 는 결국 아무 것도 못하게 되어요."

그러던 어느 날, 장안에 다녀온다던 구진천이 어떤 중과 함께 돌 아와서 심심이를 불러 앉혀 놓고 말하였다.

"네놈이 일은 소홀히 하고 계집과 놀아나는 꼴을 더는 못 보겠다. 내가 계필하력 장군에게 네놈의 게으름을 아뢰고 새로 당나라 사람 으로 제자를 두기로 하였으니 너는 당장 여기 계신 대사님과 신라 로 떠나거라."

심심이는 청천벽력 같은 소리에 눈앞이 아찔하였다. 당장 떠나라 니, 그럴 수는 없었다. 그녀와 함께라면 몰라도 홀로 돌아가기란 죽 기보다 싫었다. 달아나고 싶었다. 심심이는 벌떡 일어났다.

그때 당군이 들이닥쳤다. 맨 앞에 선 군사의 손에 현상수배범 그림이 한 장 들려있었다. 심심이는 소스라치게 놀랐다. 영락없이 자기 자신의 얼굴인 까닭이었다. 뒤이어 계필하력이 부장들과 함께 나타났다.

"네 이놈, 소릉을 매일같이 참배하고 다니던 상춘루 기녀 유설화가 어젯밤에 강간을 당하고 살해되었다. 기녀의 종이 너를 지목하였으니 죽음을 면치 못할 것이다."

심심이는 이게 꿈인가 하여 털썩 주저앉았다.

"하지만 구 노사의 간곡한 부탁이 있어 너를 벌하지 않고 신라로 추방하려고 하니 당장 장안을 떠나거라."

구진천이 심심이 발아래에 그의 물건을 넣은 고리짝 하나를 던져주었다.

"옷가지와 네가 즐겨보던 춘화첩을 넣었다. 가는 길에 실컷 보거라, 이놈."

그렇게 하여 심심이는 법안을 따라 길을 나섰다. 그들이 멀리 사라지자 계필하력이 구진천에게 말하였다.

"이제 되었소? 나는 저 자를 신라로 내쫓아달라는 그대와의 약속을 지켰으니, 그대도 내게 한 약속을 지켜주시오."

구진천은 허리를 깊이 굽혔다.

"더도 말고 석 달만 말미를 주옵소서."

심심이는 영문을 알 수 없었다. 신라로 돌아오는 내내 눈물밖에

나지 않았다. 거세게 몰아치는 파도. 끊임없이 흔들리는 배. 온 얼굴
에 흩뿌려지는 물티들. 파도 위에 놓인 조각배처럼 세상에 어떤 대
항도 할 수 없는 스스로의 신세에 대한 깊은 서러움이 끊임없이 솟
아올랐다.

파도가 잠잠해지고 멀리 신라 땅 당은포가 가물가물 보이기 시작
할 무렵, 법안이 말하였다.

"그대의 스승이 내가 부탁하기를, 신라 땅이 보이기 시작할 때면
그대에게 춘화첩을 펼쳐보라고 하시었네."

"보고 싶지 않사옵니다."

"춘화첩 갈피 사이에 자네에게 주는 서찰을 넣어두었다더군."

심심이는 고리짝을 끌러 춘화첩을 꺼내들었다. 그러고는 접은 갈
피 속을 살폈다. 과연 서찰이 들어있었고, 처음 보는 병기의 원도가
그 다음 갈피에 들어있었다. 심심이는 서찰부터 읽어보았다.

'심심아, 나의 아들이나 다름없는 심심아, 지금쯤 그리운 신라 땅
이 보이겠구나. 내가 그간 너에게 병기 제작 비법을 전하지 않은 것
은 네가 다른 것은 다 나무랄 데가 없으나 입이 가벼운 성품을 우려
해서였다.

우리가 당에 끌려오게 된 이유를 아느냐? 전쟁이 끝난 뒤부터 네
가 동시 주점에 나아가 술을 마시며 신라의 비밀병기들은 다 너의
그 두 손에서 나왔다고 떠들어대었기 때문이다. 네가 정신없이 술을
마시고 다닐 무렵, 어느 하루는 나를 찾아온 사람들이 있었다.

말투를 보니 신라 사람들이 아니고 당인들이더구나. 너의 뒤를 밟아 나를 찾아내었다는데 내가 무슨 할 말이 있었겠느냐? 언제 어느 곳에서 듣는 귀와 보는 눈이 있을지 모른다고 누누이 타이른 말을 네가 듣지 않은 결과인 것을.

그들은 대국으로 가서 높은 벼슬을 받고 호의호식하면서 지내자고 나를 끊임없이 회유하였다. 견디다 못한 내가 자꾸 그런 말을 하면 태대각간 유신공께 다 알리겠다고 하였더니 그 다음부터는 발길을 끊더구나.

그때 거절한 것이 바로 오늘날의 일이 되었다. 장안을 떠난 네가 무사히 신라 땅에 도착할 때쯤이면 나는 내 손으로써 이미 죽은 목숨이 되어 있을 터이다. 네가 재목을 알아보고 다루는 솜씨는 이미 나를 능가하였다. 그리하여 나의 목숨을 담보하여 너를 신라로 돌려보낸 것이다.

부디 이 서찰과 함께 넣어준 비밀병기의 원도를 그 그려놓은 순서대로 잘 궁구하여 반드시 네 손으로 완성하도록 하거라. 돌아가면 각간 흠순공이 너를 잘 보살펴줄 것이다. 잘해 내리라고 믿는다. 심심아, 죽기 전에 단 한 번 불러보는 나의 아들아!'

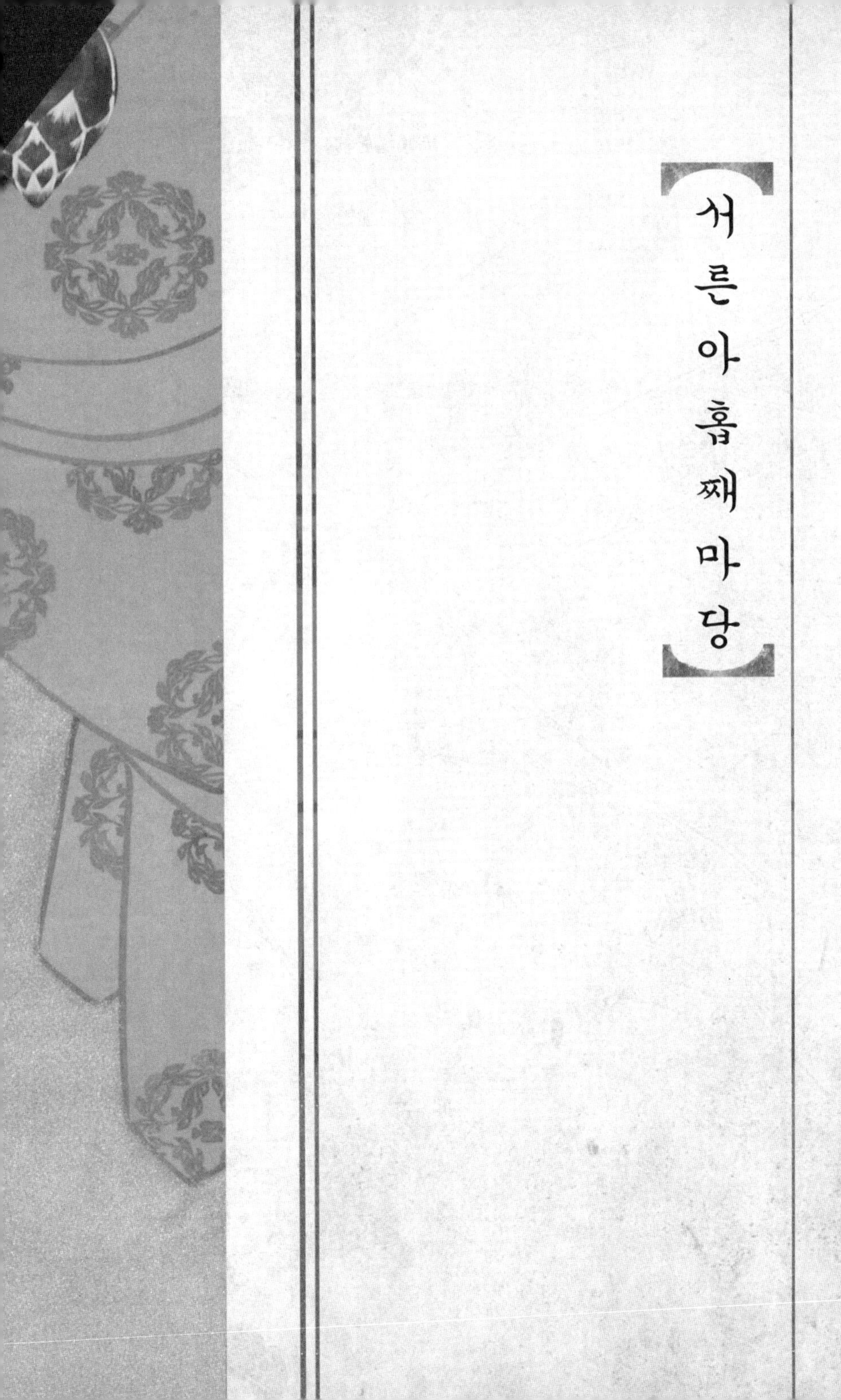

서른아홉째 마당

안승위왕 安勝爲王

안승이 고구려왕이 되다

백산부 말갈이 고구려를 망하게 한 신라에 복수를 하겠다는 명분을 내세워 군사를 일으켰다. 그들은 원래 고구려의 속국이었는데 고구려가 망한 뒤로는 다 뿔뿔이 흩어져 거의 다 당에 투항하였다.

'그런 그들이 신라에 복수를 하겠다니? 복수를 하려면 먼저 당에 해야 하는 것 아닌가?'

흠순은 그들의 배후에 당이 있다고 여겼다. 당이 직접 신라를 건드릴 명분이 없으므로 귀순한 그들을 앞세워 공격해 오려는 것이 아니고는 달리 생각할 길이 없었다. 좋은 계책이 없을까 하여 곰곰이 생각하던 흠순은 한순간 무릎을 탁 쳤다.

대제는 흠순이 세운 계책을 받아들여 신라군을 출전시키기에 앞서 웅진도독 유백영에게 대아찬 유돈을 보냈다.

"고구려의 잔적들이 반란을 일으켰으니 반드시 정벌하지 않을 수 없소. 웅진과 계림은 모두 대국 천자의 신하이니 이치로 보아 마땅히 함께 흉적을 토벌하여야 할 것이오. 군사를 일으키는 일은 모름지기 함께 의논하여야 할 것이므로, 바라건대 취리산 국경석 푯말 아래에서 더불어 계획을 세우는 게 어떻겠소?"

유백영은 난감해하다가 어쩔 수 없이 사마 예군을 보내었다. 유돈이 말하였다.

"군사를 일으킨 뒤에는 웅진과 계림이 서로 의심할까 걱정되니 두 도독부의 관원을 서로 교환하여 인질로 삼도록 합시다."

"그, 그렇게 하지요."

예군이 돌아간 뒤에 밤이 되자 도독부의 당군들이 성 밖에 있는 유돈의 군영을 습격하였다. 미리 대비를 하고 있던 터이라 유돈은 그들을 물리친 뒤 신라로 돌아왔다.

조정에 그 일을 아뢰자 대제와 문무 신하들이 다 흠순의 면모를 새롭게 보았다. 흠순이 아뢰었다.

"이로써 말갈 군사들이 쳐들어 온 것은 당이 사주한 것이 자명해졌으므로 군사를 내어 격멸을 해야 하옵니다."

대제는 사찬 설오유와 일찍이 고구려에서 귀순한 태대형 고연무에게 각각 정예기마군 일만 인씩 주어 출전케 하였다. 쉬지 않고 달려 설오유와 고연무는 마자수를 건너 옥골에 이르렀는데, 백산부 말갈 군사들이 이미 개돈양까지 들어와 있었다.

신라군은 가쁜 숨을 돌릴 겨를도 없이 말갈군과 맞서 싸워 대파하였다. 고연무가 선봉이 되어 달아나는 그들을 끝까지 추격하여 섬멸하려고 하였는데, 어디선가 자꾸 당군이 나타나 그리 급하게 쫓을 것까지 있겠느냐며 추격을 방해하였다.

더 멀리 가서는 혹시라도 낭패를 당할지도 모른다고 생각한 설오유와 고연무는 추격을 멈추고 군사들을 물려서 백성에까지 내려와 대명하였다.

말갈을 앞세워 신라를 옥죄려던 당 황제는 그 계책이 실패로 돌아가자 고구려 유민 삼만 팔천여 민호를 장안 서쪽 멀리에 있는 척박한 땅으로 강제로 분산하여 이주시켰다. 고연무와 같은 이들이 당에 귀순하기보다는 삼한일족이라는 명분 아래 신라에 투항하거나 혹은 당나라 안에 살면서 그들과 내응하여 반란을 일으킬까봐 우려한 처사였다.

옛 고구려 수임성의 관원 대형 검모잠이 나라가 망한 뒤로 정처 없이 떠돌다가 자신과 같은 신세인 유민들을 하나둘 모아나갔는데 그 무리의 세력이 제법 커졌다. 버려져 폐허가 된 궁모성을 근거지로 하여 머물던 검모잠은 좀 더 알맞은 땅을 찾아 남하하였다.

패강을 지나며 평양성을 바라보니 지키고 있는 당군의 위용이 대단하여 도모할 엄두조차 내지 못하고 계속 남쪽으로 발길을 재촉하였다. 당에 빌붙어 사느니 차라리 신라로 가 힘을 기른 뒤에 고구려 땅을 도모하고자 하는 일념이었다.

안동도호 설인귀는 큰 무리의 유민이 남쪽으로 가고 있다는 보고를 받고 혹시 신라로 투항하러 가는 것은 아닌가 하여 관원과 군사를 보내어 알아보게 하였다.

검모잠은 당군이 오는 것을 보고 숲으로 들어가 매복해 있다가 그들을 모두 죽이고 병기와 군마와 군물을 탈취하였다. 그런 뒤 당군이 추격해 올 수 없도록 황급히 길이 없는 산속을 헤치며 나아갔다.

한참을 정신없이 나아가다가 문득 고개를 드니 바로 눈앞에 당나라 중 하나가 버티고 서 있었다. 검모잠은 안동도호 설인귀가 보낸 밀정이 아닌가 하였다.

"어디서 오시는 대사이시오?"

"중이 어디 떠난 곳을 기억하며 닿는 곳을 기약하리이까. 소승은 법안이라고 하오만 그대는 뉘시오?"

검모잠은 대답도 하지 않고 칼을 빼어 법안을 베어버렸다. 법안은 한마디 소리도 내지 못하고 쓰러졌다. 그의 뒤를 따르던 유민들 가운데 누군가 중얼거렸다.

"스님을 헤치다니."

검모잠이 돌아보며 말하였다.

"스님 아니라 부처님이었다고 해도 무언가 의심스러웠다면 이처럼 단칼에 베었을 것이다."

부하들을 시켜 그의 몸과 바랑을 뒤지게 하였다. 바랑에는 불경 몇 권과 광쇠며 목탁, 생쌀과 소금이 조금 들어있는 게 다였다. 몸

을 뒤지던 부하 하나가 조그만 쪽지 하나를 발견하고는 검모잠에게
가져다 보였다.

'안을 죽인 자, 안에게 죽으리라.'

글을 읽어본 검모잠은 쪽지를 찢어버렸다.

"뜻도 알 수 없는 글을 적어가지고 다니다니, 별 미친 중놈을 다
보겠군."

신라 땅을 향하여 여러 날을 걸어 내려온 검모잠은 산을 버리고
바닷가로 나왔다. 한 가지 소문이 나돌고 있었다. 옛 고구려 왕족이
어느 섬에 들어가 살고 있다는 말이었다. 검모잠은 누군가 궁금하여
부하들을 시켜 여기저기 알아보았다.

그리하여 마침내 사야도에서 살고 있는 사람이 옛 고구려왕 보장
의 외조카이자 상신 연정토의 아들 연안승이라는 것을 알아내었다.
검모잠은 그를 섬에서 뭍으로 데리고 나와 한성으로 가서 근거지를
마련한 뒤에 새로 고구려의 임금으로 옹립하였다.

그 일은 곧 안동도호 설인귀의 귀에 들어갔다. 그런데 웬일인지
설인귀는 토벌을 할 생각도 하지 않고 그대로 내버려두었다. 휘하
장수들이 의아해하는 가운데 한 가지 소문이 나돌기 시작하였다. 설
인귀 역시 고구려 출신이라 그들을 강압하지 않는 것이라고

한편, 한성에서도 한 가지 소문이 나돌았다. 당 황제가 대군을 보
내 반란을 일으킨 자신들을 치려고 한다는 말이었다. 검모잠은 맞서
싸우자고 주장하였지만, 연안승은 도저히 적수가 되지 못한다고 판

단하였다.

그는 임금의 명을 따르지 않는다고 하여 검모잠을 사로잡아 목을 쳐 죽였다. 그리고는 신라에 투항하고자 소형 다식을 서라벌 조정으로 보내었다. 다식은 대제 앞에서 엎드려 연안승의 친서를 읽어 아뢰었다.

"삼가 연안승이 신라의 대왕폐하께 아뢰옵니다. 망국을 일으키고 끊어진 사직을 잇게 하는 것은 천하의 올바른 도리이니, 저는 오직 대국 신라에게 이것만 바랄 뿐이옵니다. 일찍이 아국의 선왕이 치국의 도를 잃어 멸망을 당하였지만, 지금 저는 유민들의 뜻에 따라 가왕의 자리에 있사옵니다. 오직 간원하는 바는 제가 신라의 변방을 지키는 울타리가 되어 길이 충성을 다하고자 하는 것뿐이옵니다."

대제는 연안승이 이끄는 유민 사천여 호를 받아들여 서쪽 바닷가 땅인 금마저에서 편안히 살아가게 하였다. 머잖아 당이 바다를 건너 기벌포로 쳐들어온다면, 그들을 앞세워 방어할 작정이었다.

당 황제는 깊은 고민에 빠졌다. 구진천으로부터 신라의 비밀병기인 천보노의 제작비법을 얻으려 하였지만 그가 자결해버리는 바람에 허사로 돌아가고 말았다.

또 신라를 겁주기 위하여 말갈을 앞세워 건드려 보았지만 웅진에서 알려온 장계를 보면 이미 이이제이의 그 계책이 신라에 간파를 당한데다가 말갈군이 마자수도 건너지 못하고 신라군에 대패하였다.

안동도호로 보낸 설인귀는 그 역시 옛 고구려 출신이라 옛 고구려 백성들을 당의 신민으로 탈바꿈시키는 데 적극적이지 않는 것이었다. 당장 설인귀를 불러다가 죄를 묻고 싶었지만, 맹장 중의 맹장인 그가 고구려인들과 더불어 반란을 일으켜 거세게 쳐들어온다면 그 또한 결과를 장담하지 못할 바였다.

생각해 보면, 옛 고구려 땅을 그곳에서 살고 있는 백성들과 산수의 특이함은 전혀 고려하지 않고 일방적으로 선을 그어 주현으로 나누었을 뿐이었고, 또 파견해 놓은 관원도 실권을 휘두르지 못한 채 자리만 지키고 있었다. 더구나 거친 백성들이 반발하여 들고 일어나기라도 한다면 그 자리에서 죽임을 당할 것이라고 두려워하여 부임도 하기 전에 도망을 가거나 부임을 하였다가도 야반도주를 한 관원이 셀 수조차 없는 것이 현실이었다.

이런저런 상황으로 볼 때, 당에 이롭게 돌아가는 일이 어느 한 가지도 없었다. 당 황제는 옛 백제의 경우를 생각하여 옛 고구려 땅도 신라와의 경계를 분명히 해두는 것이 좋겠다고 판단하였다.

그래야만 고구려 유민이 신라로 흘러들어가 군사력을 보태는 것을 방지할 수 있고, 또 신라가 고구려 땅에 대한 미련을 버리게 할 수 있을 것이었다. 신라를 치는 것이 여의치 않다면 그렇게 해두고 때를 기다려야 마땅할 것이었다.

당 황제는 신라로 돌려보냈던 흠순을 지목하여 다시 입조시켰다. 그러고는 땅의 경계를 그린 것을 주었다.

대제는 흠순이 가지고 온 지도를 살펴보았다. 신라에서 보아 서쪽

으로는 백제의 옛 땅을 모두 웅진도독부로 돌려주라는 말과 다름없
는 경계가 그어져 있었고, 그때까지도 국경이 정해지지 않은 북쪽으
로는 당은포까지만 신라 땅으로 표시되어 있었다.

대제는 지도를 던져버렸다. 그것을 주워 살펴본 신하들도 기가 막
히다 못해 어이가 없다는 표정이었다. 신라 조당은 곧 끓어올랐다.
대제가 지엄한 목소리를 내었다.

"우리 신국 신라와 옛 백제는 여러 대에 걸친 깊은 원수여서 선
제 태종무열대왕께서 마침내 군사를 일으켜 쳐서 없앴는데, 지금 그
망국의 땅을 들여다보자면 따로 또 한 나라를 세우고 있으니, 이를
그대로 내버려두어야 할 것인가?"

"내버려두어서는 절대 아니옵니다. 그대로 두었다가는 백년이 지
나기도 전에 우리 신국의 자손들이 반드시 그들에게 먹혀 없어지고
말 것이옵니다. 성상폐하께 바라옵건대, 하나의 나라로 만들어 길이
뒷날의 근심이 없도록 하옵소서."

"고구려와의 국경을 정함에 있어서도 어찌 이리 당제가 제멋대로
이란 말인가?"

"이제 당의 속셈은 만천하에 드러났사오니 서쪽으로는 웅진도독
부를 쳐서 바다 멀리 쫓아내고, 북쪽으로는 안동도호부를 깨뜨려 요
동 밖으로 내쳐야 하옵니다."

당 황제는 자신이 내린 국경선을 신라가 받아들이지 않자 소국의
오만불손함을 더는 두고 볼 수 없다며 군사를 크게 일으키려고 하

였다. 자칫 우물쭈물하는 사이에 신라가 옛 백제 땅에서 당을 몰아내고, 옛 고구려까지 수복하여 아우른다면 그때는 당에 버금갈 만큼 강성한 나라가 될 수도 있다고 여겼다.

오래전에 당으로 떠났던 구법승 의상이 귀국하여 당 조정이 돌아가는 형편을 대제께 아뢰었다. 대제는 그의 노고를 치하하고 많은 재물을 내려주며 당부하기를, 아직 개산하지 않은 신라 전역의 여러 산을 두루 돌아보아 요충이 될 만한 곳에는 절을 지어 불법을 펴게 하였다. 유사시에는 군영으로 바로 전환할 의도였다.

백제와 고구려에 이어 신라까지 병합하려는 당의 속셈이 점차 표면적으로 드러나고 노골적으로 알려지자 대제는 백성들이 동요하지 않도록 민심을 안정시키면서 차근히 대비를 해나갔다.

사찬 수미산을 보내어 금마저에 있는 가왕 연안승을 정식으로 고구려왕으로 책봉하고 책문을 내렸다.

"짐은 고구려의 주예 연안승에게 명령을 내리노라. 공은 종묘와 사직이 없어진 이후에 거친 산야에서 위험과 곤란을 겪다가 마침내 용기를 내어 이웃나라에 홀몸을 맡겼다.

무릇 백성에게는 임금이 없을 수 없고, 하늘은 반드시 사람을 돌보아 주심이 있는 것이다. 사신 일길찬 김수미산을 보내어 책명을 선포하여 공을 고구려왕으로 삼을지니, 마땅히 남은 백성들을 어루만져 모아 옛 영광을 잇고 일으켜 길이 좋은 이웃 나라가 되어 형제처럼 섬겨야 할 것이다.

아울러 멥쌀 이천 섬, 갑주를 갖춘 명마 한 필, 채단 다섯 필, 명
주 열 필, 세승포 열 필, 겨울옷 열 벌을 지을 수 있는 목화솜을 보
내니, 고구려왕 연안승은 삼가 그것을 받으라.”

일찍이 그 강역을 동서로 수천 리, 남북으로도 수천 리를 헤아렸
던 고구려가 이때에 이르러 신라가 할양한 고작 둘레 수십 리의 옛
백제 땅에 들어앉아 있었다.

서신왕래 書信往來

서로 편지를 주고받다

당이 대대적으로 병선을 수리하는 등 머잖아 대군을 일으켜 신라를 침공해 올 것이라는 소문이 나라 안에 파다하게 떠돌고 있는 가운데 대제는 웅진도독부가 본국 당과 내응하여 먼저 선수를 쳐올까 의심하였다.

그리하여 대아찬 유돈을 웅진성으로 보내어 화친을 요청하였는데 도독 유백영은 받아들이지 않고 오히려 사마 예군을 시켜 신라를 정탐하였다. 이에 대제는 그들이 곧 신라를 도모하려는 줄 알고 예군을 붙들어 돌려보내지 않고 군사를 일으켜 옛 백제 땅으로 쳐들어갔다.

장군 품일, 문충, 중신, 의관, 천관이 군사를 몰고 가 육십삼 성을 쳐서 깨뜨리고 성안 백성들을 모두 신라 땅으로 이주시켰다. 천존과 죽지 두 장군은 요충인 일곱 성을 빼앗고 당군 이천 인의 목을 베었고, 장군 군관과 문영은 열두 성을 빼앗고 당군 칠천 인을 죽이고 많은 군마와 병기를 전리하였다.

섣달이 되어 토성이 달에 들어갔고 왕경 서라벌에 지진이 일어났다. 사람들이 다 나라에 큰 변고가 있을 것이라며 민심이 갈수록 뒤숭숭한 가운데 왜에서 사신이 와서 국호를 일본으로 바꾸었다고 아뢰었다.

그들은 스스로 말하기를, 해가 뜨는 곳에 가장 가깝기 때문에 그렇게 이름을 붙였다고 하였다. 하지만 사람들은 백제에 이어 고구려를 멸한 당과 신라가 바다 건너 쳐들어올까 두려워하여 나라를 더 동쪽으로 옮겨갈 뜻을 담아 지은 것으로 여겼다.

신라로부터 큰 공격을 받아 손실을 많이 입은 웅진도독 유백영이 복수를 하고자 하였다. 옛 백제 출신으로서 신라에 귀부한 장졸들이 많이 있는 한성주에 사람을 보내어 그들을 포섭하여 모반 계획을 짰는데, 한성주 총관 수세가 미리 그러한 첩보를 입수하고 먼저 대아찬 진공을 보내어 그들을 모조리 벤 뒤에 조정에 알렸다.

"참으로 간악한 것들이로다. 안으로부터 모반하고자 한 일이라 그 죄를 엄중히 묻지 않을 수 없다."

대제는 또다시 군사를 일으켰다. 적들이 군량에 충당하고자 볍씨를 뿌려 놓은 변방의 전답을 짓밟아 싹을 틔우지 못하게 하였다. 그들 또한 군사를 보내어 왔는데 웅진도독부의 남쪽 벌판에서 일진일퇴를 거듭하며 싸웠다. 그때 취도의 형 부과가 당주로서 용맹하게 싸우다가 적장을 벤 뒤에 죽었다. 대제는 그의 전공을 가장 높이 사 관등을 높여 추증하고 포상하였다.

북쪽에서는 말갈군이 쳐들어와 설구성을 포위하였지만 신라군이 노당과 석투당을 앞세워 물리쳤다. 그들이 후퇴할 때 기마 군사를 성 밖으로 내어 추격하여 패잔 삼백 인의 목을 베어 죽였다.

드디어 당군이 웅진도독부를 구원하러 온다는 첩보가 입수되었다. 대제는 대아찬 진공을 보내 서해의 요충 가운데 한 곳인 웅포를 지 키게 하였다. 신라군은 병선을 나누어 타고 웅진 쪽으로 도착한 당 군을 맞이하여 석성에서 여러 날 크게 싸웠는데 오천여 인의 목을 베고, 웅진도독부의 장수 두 사람과 당나라의 과의 여섯 사람을 사 로잡았다.

웅진도독부의 당군과 본국에서 보내온 당군이 번번이 신라군에게 패하자 당 황제와 대국의 체면이 말이 아니었다. 안동도호 설인귀가 당과 신라의 관계가 악화되는 것을 더 지켜볼 수 없어 양국을 중재 하기로 결심하고 대제에게 장문의 편지를 썼다.

누구를 보내야 할지 고민하던 설인귀는 장수나 관원 같은 공식적 인 사람을 택하지 않고 법흥사에 주석하고 있던 신라 출신의 임윤 법사를 청하고 그 임무를 맡겼다.

'행군총관 설인귀는 신라의 왕에게 편지를 바칩니다. 소장은 황제 의 명령을 받아 맑은 바람 만 리 길, 큰 바다 삼천리를 거쳐서 이 땅에 왔습니다.

삼가 듣건대, 왕야께서는 불충한 마음을 조금 움직여서 변경의 성들에 무력을 쓴다고 하는데, 이에 관하여 이런 저런 것을 다 말하자면 실로 한숨과 탄식만 더할 뿐입니다.

선왕 무열왕께서는 한 나라의 다스림을 꾀하시고 나라 안 모든 지역의 일들로 밤잠을 이루지 못하였습니다. 서쪽으로는 백제의 침략을 두려워하고 북쪽으로는 고구려의 노략질을 경계하였으나, 천리 땅 곳곳에서 여러 차례 다툼이 있어서 누에치는 아낙네는 제때에 뽕잎을 따지 못하고 농사짓는 농부는 밭 갈 시기를 잃었습니다.

선왕께서는 나이가 예순이 거의 다 되어 해가 지는 만년임에도 불구하고 배타고 바다를 건너는 위험을 두려워하지 않으셨고 멀리 양후의 험난함을 건너서 천자가 계신 대궐 앞에 이르러 외롭고 약함을 모두 늘어놓았으며, 고구려와 백제의 침략을 명확하게 말하여 마음속에 품은 것은 모두 드러내었으니, 듣는 사람이 슬픔을 이길 수가 없었습니다.

대국의 태종문황제는 기개가 천하에서 으뜸이고 정신은 우주에 왕성하여 반고가 아홉 번을 변화하고 거령이 손바닥을 한 번 씀과 같았습니다. 쓰러지는 자를 떠받치고 약한 사람을 구원하기에 날마다 쉼이 없어서 선왕이신 무열왕을 애처롭게 여겨 받아들이고 그 요청한 바를 가엾게 생각하여 들어주었으며, 가벼운 수레와 날쌘 말, 아름다운 옷과 좋은 약으로 하루 동안에도 자주 만나 특별한 대우를 하였습니다.

선왕께서도 또한 이러한 은혜를 입고서 마주쳐 군사를 내어 떨치
니 그 맞음이 물고기가 물을 만남과 같았고 쇠와 돌에 새긴 것보다
분명하였습니다. 봉황 자물쇠 일천 겹과 학 대문 일만 호가 되는 궁
궐에서 연이어 머물며 술을 마시고 금빛으로 빛나는 대궐의 계단에
서 웃고 이야기하면서 군사 문제를 함께 의논하여 기일을 정해 응
원하기로 하고 하루아침에 군사를 크게 일으켜서 바다와 육지에서
날카로운 기세를 떨쳤습니다.

이때에 이르러서야 변방의 풀에 꽃이 피고 느릅나무에 새 열매가
맺혔습니다. 지난날 무열왕께서 직접 참여하신 전투에서 태종문황제
께서 몸소 나가 백성들을 안부를 묻고 불쌍한 사람을 진휼하였으니,
이는 의로움이 깊음을 보여주신 것입니다.

얼마 뒤에 산과 바다가 모양을 바꾸고 해와 달이 빛을 잃은 후에
대국에서는 황상께서 계승하셨고 신라에서는 왕야께서 왕업을 잇게
되었습니다. 서로 바위와 칡처럼 의지하여 토벌하는 군사를 함께 일
으켜서 무기를 깨끗이 하고 말을 훈련시켰으니, 이는 모두 선인들의
뜻을 따른 것이었습니다.

수십 년이 지나 대국은 피로하였으나, 천자의 곳간은 때때로 열려
곡식과 풀을 날라 날마다 대주었습니다. 조그만 신라 땅 때문에 대
국의 군사를 일으켜 이익이 적고 쓸모가 별로 없음에 애쓰게 되었
으니, 어찌 그칠 줄을 몰랐겠습니까마는 선군의 신의를 잃을까를 두

려워하였던 것입니다.

지금은 강한 적이 없어졌고 원수와 같은 사람들은 나라를 잃게
되어 군사와 말과 재물을 왕야께서 또한 가졌으니, 마땅히 마음과
힘을 다른 데에 옮기지 말고, 안과 바깥이 서로 의지하여 병기를 녹
이고 허술한 곳을 변화시켜 자연스럽게 후손에게 좋은 방책을 전해
주고 자손을 현명하게 도와주면, 훌륭한 역사가가 이를 칭찬할 것이
니 어찌 아름답지 않겠습니까!

지금 왕야께서는 편안히 할 수 있는 터전을 버리고 떳떳하고 정
당한 방책을 지키기를 꺼리어, 멀리는 천자의 명령을 어기고 가깝게
는 아버지의 말씀을 저버리고서 천시를 마음대로 해치고 이웃 나라
와의 우호를 어기고 속이면서 한쪽 모퉁이 땅 구석진 곳에서 집집
마다 군사를 징발하고 해마다 무기를 들어 과부들이 군량의 수레를
끌고 어린 아이가 둔전을 경작하니, 지키려 해도 버틸 수 없고 나아
가려 해도 겨루지 못합니다.

얻은 것으로 없어진 것을 보충하고자 하였으나 크고 작음이 같지
않고 어긋남과 따름이 뒤바뀌었으니, 활을 당겨 나아가면서 발 앞의
마른 우물에 빠질 줄을 모르고 사마귀가 매미를 잡으려고 나아가면
서 참새가 자기를 노리고 있음을 알지 못하는 것과 같습니다. 왕야
께서는 이를 헤아리지 못하고 있습니다.

선왕께서는 살아 계실 때 일찍이 천자의 은혜를 입었으나, 이제
왕야께서 마음속으로 바르지 못한 생각을 품고서 거짓으로 정성스

런 예절을 나타내어 자신의 사욕을 좇아 천자의 지극한 공적을 탐하여 구차하게 앞에서는 은혜를 바라고 뒤에 가서 반역을 도모하려는 것이라면, 이는 선왕을 받드는 것이 아닙니다.

반드시 황하의 물이 띠처럼 될 때처럼 충성을 다하겠다는 서약을 지키고 의리와 분수를 서릿발처럼 지켰어야 하는데도 선왕의 명령을 어기었으니 이는 불충이요 아버지의 마음을 배신하였으니 이는 불효이므로, 한 몸에 이 두 가지 이름을 쓰고서 어찌 스스로 편안할 수 있겠습니까!

왕야의 부자가 하루아침에 떨쳐 일어나게 된 것은 모두 대국 천자의 마음이 멀리까지 미치고 위엄과 힘이 서로 도와서 그렇게 된 것입니다. 무릇 주와 군이 연이어 혼란스러워지자 이를 따라 거듭 책명을 받고서 신하라 칭하고는 앉아서 경서를 읽고 시와 예를 자세히 익혔습니다.

의리를 듣고도 따르지 않고 착함을 보고도 가볍게 여기며, 권모술수의 말을 듣고서 눈과 귀의 혼을 번거롭게 하면 높은 가문의 기틀을 소홀히 하게 되고 귀신들이 엿보는 꾸짖음을 끌어들이게 될 것입니다. 선왕의 뛰어난 위업을 계승한다고 하면서 다른 생각을 품고, 안으로는 의심스러운 신하를 없애고 밖으로는 강한 군대를 불러들였으니 어찌 지혜롭다 할 수 있겠습니까?

이러한 형세로 보면 사람이 해야 할 일을 가히 구할 수 있을 것이니, 바라옵건대 미혹에 빠져 날뛰기를 그칠 줄 아십시오. 무릇 큰

일을 이루려는 사람은 작은 이익을 탐내지 않고 고상한 절의를 지키려는 사람은 뛰어난 행실에 의지함이니, 반드시 난새와 봉황도 길들이지 않으면 승냥이와 이리 같은 엿보는 마음이 일어나게 되는 것입니다.

고간 장군의 대국 기병과 이근행 장군의 변방 군사, 오나라와 초나라 지방의 수군, 유주와 병주의 사나운 군사가 사방에서 구름처럼 모여들어 배를 나란히 하고 내려가 험한 곳에 의지하여 요새를 쌓고 왕야의 땅을 개간하여 농사를 짓는다면 이는 왕야께는 가슴에 남는 병이 될 것입니다.

왕야께서 만약 피로한 자들에게 노래 부르게 하고 잘못된 일을 바로 잡으려면, 그 이유를 모두 논하고 이런 저런 점을 분명하게 밝히십시오. 설인귀는 일찍이 임금의 수레를 함께 탔고 직접 위엄을 받들었으니 이러한 일을 기록하여 보고한다면 일이 반드시 잘 해결될 것인데, 어찌하여 초조해 하며 스스로 머뭇거립니까?

오호라! 옛날에는 충성스럽고 의롭더니 지금은 역적의 신하가 되었습니다! 처음에 잘하다가 끝에 가서는 나빠진 것이 한스럽고, 근본은 같았는데 끝이 달라진 것이 원망스럽습니다. 바람은 높고 날씨는 추워져 잎은 떨어지고 세월은 슬픈데, 산에 올라 멀리 바라보니 상처만 마음에 남게 됩니다.

왕야께서는 지혜가 깨끗하고 밝으시고 위풍과 정신이 맑고 수려하시니, 겸손한 뜻으로 돌아가 도를 따르는 마음을 가지신다면, 제사를 제때에 받을 것이요 사직이 바뀌지 않게 될 것이니, 길함을 가려 복을 받을 것이 왕야께도 좋은 계책입니다.

삼엄한 싸움 중에도 사신은 다니는 법이므로, 이제 왕야의 승려인 임윤을 시켜 편지를 가져가게 하면서 한두 가지 생각을 폅니다.”

대제는 설인귀의 서신을 받아본 뒤 지체 없이 상문사 관원 강수에게 답서를 짓게 하여 그날로 바로 평양도호부로 보내었다.

“선왕께서 지난날 중원에 들어가 태종문황제를 직접 뵙고서 은혜로운 칙명을 받았는데, ‘내가 지금 고구려를 치는 것은 다른 이유가 아니라, 너희 신라가 두 나라 사이에 끌림을 당해서 매번 침략을 당하여 편안할 때가 없음을 가엽게 여기기 때문이다. 산천과 토지는 내가 탐내는 바가 아니고 보배와 사람들은 나도 가지고 있다. 내가 두 나라를 바로 잡으면 평양 이남의 백제 땅은 모두 너희 신라에게 주어 길이 편안하게 하겠다’ 하시고는 계책을 내려주시고 군사 행동의 약속을 주셨습니다.

신라 백성들은 모두 은혜로운 칙명을 듣고서 사람마다 힘을 기르고 집집마다 쓰이기를 기다렸습니다. 그러나 큰일이 끝나기 전에 태종문황제께서 먼저 돌아가시고 지금 황제께서 즉위하셔서 지난날의 은혜를 계속 이어나가셨는데, 자못 인자함을 자주 입어 지난날보다 지나침이 있었습니다.

저희 형제와 아들들이 금인을 품고 자주색 인끈을 달게 되어 영예와 은총의 지극함이 전에 없었던 것이라서 몸이 부스러지고 뼈가

잘게 부셔져도 모두 부리시는데 쓰임이 되기를 바랐으며, 간과 뇌를 들판에 발라서라도 은혜의 만 분의 일이라도 갚고자 하였습니다.

일만 명의 당군은 사년 동안 신라의 옷을 입고 신라의 식량을 먹었으니, 유백영 이하의 군사는 뼈와 가죽은 비록 대국 땅에서 태어났다 하더라도 피와 살은 모두 이곳 신라의 것이라 할 수 있습니다. 대국의 은혜와 혜택이 비록 끝이 없다 하더라도 신라가 충성을 바친 것 역시 가엽게 여길 만한 것입니다.

또한 비열성은 본래 신라 땅이었는데 고구려가 쳐서 빼앗은 지 삼십여 년 만에 신라가 다시 이 성을 되찾아 백성을 옮기고 관리를 두어 수비하였습니다. 그런데 당나라가 이 성을 가져다 고구려에 주었습니다.

또한 신라는 백제를 평정한 때부터 고구려 평정을 끝낼 때까지 충성을 다하고 힘을 바쳐 당나라를 배신하지 않았는데 무슨 죄로 하루아침에 버려지게 되었는지 모르겠습니다. 비록 이와 같이 억울함이 있더라도 끝내 배반할 마음은 없었습니다.

신라는 앞서는 당나라 높은 지위에 있는 신하의 뜻을 잃었고 뒤에는 백제의 참소를 당하여, 나아가고 물러감에 모두 허물을 입게 되어 충성스러운 마음을 펼 수가 없었습니다. 이와 같은 중상모략이 날마다 황제의 귀에 들리니 두 마음 없는 충성심을 일찍이 한 번도 이를 수 없었습니다.

사인 임윤이 영광스러운 편지를 가지고 이르러서야 설 총관께서 풍파를 무릅쓰고 멀리 해외에 온 것을 알았습니다. 이치로 보아 마땅히 사신을 보내 교외에서 영접하고 고기와 술을 보내 대접하여야 할 것이지만, 멀리 떨어진 다른 지역에 살기에 예를 다하지 못하고 때에 미처 영접을 못하였으니 부디 괴이하게 여기지 마십시오.

설 총관이 보내온 편지를 펴서 읽어보니, 전적으로 신라가 이미 배반한 것으로 되어 있으나 이는 본래의 마음이 아니어서 두렵고 놀라울 뿐입니다. 스스로 공로를 헤아린다면 욕된 비방을 받을까 두렵지만 입을 다물고 꾸짖음을 받는다면 또한 불행한 운수에 빠지게 될 것이므로 지금 바로 억울하고 잘못된 것을 간략히 쓰고 반역한 사실이 없음을 함께 기록하였습니다.

당나라는 한 사람의 사신을 보내 일의 근본과 까닭을 물어보지도 않으시고 곧바로 수만의 무리를 보내 신라를 뒤엎으려고 누선들이 푸른 바다에 가득하고 배들이 강어귀에 줄지어 있으면서 저 웅진을 헤아려 신라를 공격하는 것입니까?

오호라! 두 나라를 평정하기 전에는 발자취를 쫓는 부림을 입더니 들에 짐승이 모두 없어지자 오히려 요리하는 이의 습격과 핍박을 받는 꼴이며, 잔악한 적 백제는 오히려 옹치의 상을 받고, 당을 위하여 죽은 신라는 정공의 죽음을 당하고 있습니다.

태양의 빛이 비록 빛을 비춰주지 않지만 해바라기와 콩잎의 본심은 여전히 해를 향하는 마음을 품고 있습니다. 설 총관께서는 영웅의 뛰어난 기품을 타고났고 장수와 재상의 높은 자질을 품고 있으

며 일곱 가지 덕을 두루 갖추었고 아홉 가지 학문을 섭렵하였으니,
황제의 벌을 집행함에 죄 없는 사람에게 함부로 가하지 않을 것입
니다.

천자의 군대를 출동시키기 전에 먼저 일의 근본과 까닭을 묻는
서신을 보내왔으니, 이에 배반하지 않았음을 감히 말씀드립니다. 바
라건대 총관께서는 스스로 살피고 헤아려 글월을 갖추어 황제께 아
뢰어 주십시오.”

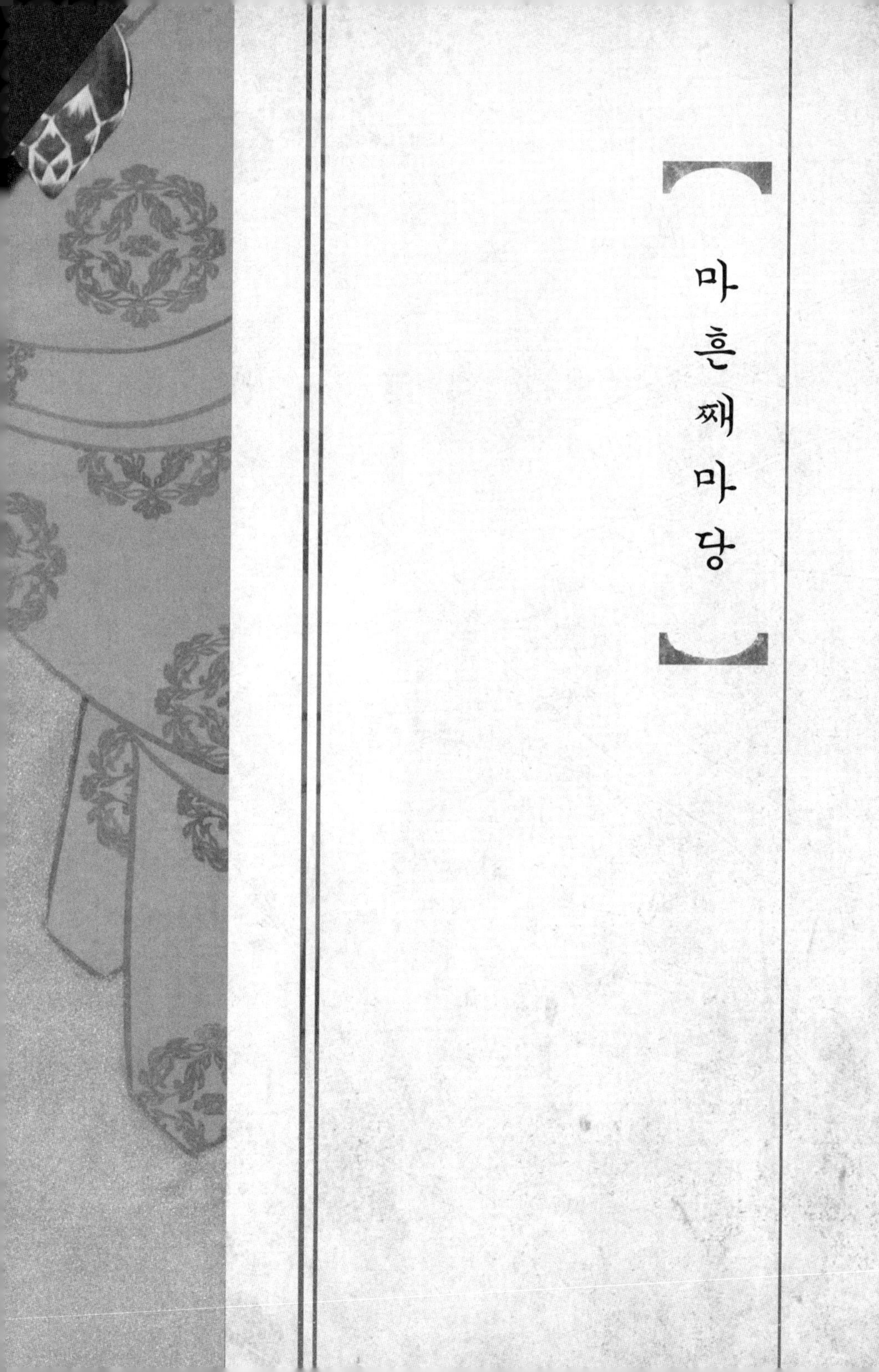

마흔째 마당

자괴은둔 自愧隱遁

설인귀는 더 이상 서신을 보내지 않았다. 당과 신라의 견해 차이가 명확하다는 것을 서로 확인한 탓이었다.

표면적으로는 당은 신라가 번국으로서의 도리를 다하지 않는 것이 괘씸하였고, 신라는 당이 애초에 한 약속을 지키지 않고 옛 백제 땅과 옛 고구려 땅을 통째로 집어삼켰다고 불만이었다.

하지만 속내를 들여다보면, 당은 백제와 고구려를 친 뒤에 삼한 모퉁이에 마지막으로 남아있는 신라도 계림도독부로서, 웅진도독부나 안동도호부와 만찬가지로 당의 일부로 자연스럽게 흡수하려고 마음먹은 것이 잘 안 되고 있었고, 신라는 당이 군사를 두어 마치 당나라 땅인 양 점거하고 있는 옛 백제 땅과 옛 고구려 땅을 신라에 돌려주면 조공도 하고 번국의 예의를 갖추겠다는 것이었다. 당과 신

라가 큰 일전을 피할 수 없는 길을 가고 있는 것은 바로 그 때문이
었다.

설인귀는 한 가지 궁금한 것이 있었다. 신라가 처음 백제와 고구
려를 치기 위하여 당에게 청병을 하였을 때, 대국이 그 두 나라를
멸하고 나서 신라까지 칠 것을 예상하지 못하였을까 하는 점이었다.
그런 예상을 하고서도 청병을 하였다면 모르긴 해도 그에 대한 대
비책을 마련해 놓았을 것이었다. 그렇다면 그 대비책이란 과연 어떤
것인가 궁금하였다.

나라의 크기로 보면, 신라는 당의 한 주의 크기도 되지 않았다.
무력으로 보아도 신라는 당과 비교조차 되지 않았다. 백제와 고구려
가 망한 마당에 바보천치가 아니라면 나라만 보전해 달라고 고개
숙여 빌만도 한데, 그럴 마음은 추호도 없다는 듯이 창끝을 겨누며
버티고 있는 것이었다.

'천하에 저토록 어리석은 나라가 다 있단 말인가?'

설인귀는 도저히 이해할 수 없었다.

"그게 아니라면, 대국을 겁내지 않을 만한 무언가를 비장하고 있
는 나라라는 말인가?'

겨울에 들어서면서 웅진도독부에 군량과 양식이 크게 모자랐다.
농토에 심어둔 벼가 싹을 틔우지 못하여 가을에 수확한 것이 거의
없었기 때문이었다. 초봄에 신라군이 쳐들어와 벼가 자라지 못하도
록 다 밟아 놓은 까닭이었다.

웅진도독 유백영은 당에 군량을 원조해 주기를 청하였다. 당 황제는 조운선 칠십여 척에 군량 삼천 석을 실어 보내었다. 조운선단이 서해를 가로 질러 기벌포로 향하다가 당은포에서 바다를 파수하고 있던 신라의 군사들에게 발견되었다.

대제는 웅진이 군량을 얻으면 또 신라를 침략할 것이 뻔하여 모조리 수장시킬 것을 명하였다. 그리하여 신라 수군이 병선을 나누어 타고 바다로 나아가 당의 조운선단을 삼면으로 포위하여 공격을 하였다.

먼 바다를 건너는 동안 추위에 떨며 손이 다 오그라들 지경에 있던 당 수군은 병기를 제대로 잡지 못하였고, 신라군에 목이 베이지 않으려고 찬 바닷물에 뛰어들었다가 그대로 죽어간 군사들을 이루 셀 수 없었다. 급찬 당천이 낭장 겸이대후와 조운군사 일백여 인을 사로잡는 전과를 올려 대제는 그에게 사찬의 관등을 내렸다.

당 황제는 대노하였다. 그리하여 장수 고간에게는 군사 일만 인을, 장수 이근행에게는 군사 삼만 인을 주어 보복하여 응징하게 하였다.

두 당 장수는 군사를 이끌고 평양성 남교 여덟 곳에 군영을 설치하고, 신라군으로부터 습격을 받을 것을 대비해 군영 앞에 도랑을 깊이 파고 보루를 높이 쌓아 사방을 경계하며 머물렀다.

먼 길을 걸어온 행군의 노독을 푼 당군이 드디어 한시성과 마읍성을 급습하여 왔는데, 고간과 이근행은 당에 귀순한 고구려인들을 선봉으로 내세웠다. 두 성에는 또 신라에 귀순한 고구려 출신 군사들이 적지 않아서 적의를 크게 일으키지 못하고 방심하다가 두 성이 허물어지듯이 함락되었다.

계책이 먹혀들자 고간과 이근행은 서둘지 않고 신라군이 지키고 있는 백수성에서 오백 보 거리에서 진군을 멈추고 군영을 설치하였다. 백수성에도 고구려 출신의 군사가 많은 것을 알고 손쉽게 깨뜨릴 수 있을 것으로 생각하였다.

백수성 성주 사찬 산세는 앞서 두 성이 함락된 원인을 알고 고구려 출신 군사들에게 외쳤다.

"저들은 오직 당군이고 그대들은 이미 우리 신국의 신병이다! 당나라 칼을 든 저들에게 그대들의 목을 내어주겠는가, 아니면 힘써 싸워 물리치겠는가!"

군사들은 분개하여 성문을 열어 달라 앞다투어 자청하였다.

"좋다. 성문을 열어라!"

기마군이 먼저 달려 나가고 그 뒤를 보군이 따랐다. 백수성이 빼앗기면 한성주까지 위험해진다는 것을 잘 알고 있는 성주 신세는 군사들을 더욱 분발시켰다. 그리하여 죽을 각오로 맞붙어서 싸운 신라군은 고간과 이근행의 군사 팔천여 인을 경살하였다.

고간과 이근행이 신라군과 싸워 두 성을 빼앗았다가 곧바로 대패하여 후퇴하였다는 말을 들은 당 황제는 분개한 나머지 한 손으로 용상을 탕탕 내리쳤다.

“짐의 군사가 어찌하여 저 작은 신라와는 싸울 때마다 패하는가!”

늘어선 신하들은 할 말이 없었다. 장수들은 더욱더 그러하였다.

“동쪽 변방 끝에 손톱처럼 붙어있는 그따위 작은 신라가 옛 고구려의 반란 무리를 받아들이고, 또 옛 백제의 땅을 차지하여 지키고 있는 것을 두고 보아야 하겠는가!”

당 황제는 다시 군사를 내어 고간과 이근행을 돕게 하였다.

“이번에도 패한다면 돌아오지 말라!”

당군이 말갈군과 함께 석문의 들판에 포진하였다. 후퇴하던 고간과 이근행은 새로 합류해 온 원군을 발견하고는 안도를 하며 함께 석문에 머물렀다.

대제도 장군 의복과 춘장을 보내 신라군을 지원하게 하였다. 의복과 춘장은 의논 끝에 대방의 들판에 진영을 설치하기로 하였는데, 미처 진을 다 치지 못한 틈을 타서 당군이 공격해 와서 대아찬 효천, 사찬 의문, 산세, 아찬 능신, 두선이 전사하였다.

전장을 지휘하던 의복과 춘장은 이미 기운 전세를 역전시키기 어렵다고 판단하여 군사들을 후퇴시켰다. 모든 군사가 물러나는데 오직 한 장수만 군령을 외면하고 적과 싸우려 하고 있었다. 유신의 아들 원술이었다.

원술은 대아찬 효천의 비장이었는데, 효천이 적에게 죽자 물러서지 않고 끝까지 싸우기를 원하였다. 하지만 그의 부하 담릉이 적진으로 돌격하려는 그를 말리며 말고삐를 놓아주지 않았다.

“이것 놓지 못하겠느냐!”

“군령이 지엄하옵니다. 훗날을 기약하시고 속히 후퇴하옵소서.”

“내가 알기로 신병에겐 퇴각이란 없다. 어서 썩 비켜나거라!”

“대장부로 태어나 죽는 것은 어렵지 않사오나, 그 죽을 곳을 택하는 것은 어렵습니다.

만약 죽더라도 그 전에 이루어 놓은 것이 없다면, 차라리 살아서 후일을 도모하는 것만 못하옵니다.”

“남아는 내일을 이루자고 오늘을 구차하게 살지 않는 법이다!”

“아니옵니다. 절대 아니옵니다. 오늘 잠시 구차하시고 내일 크게 이루옵소서.”

“아, 담릉아! 네 말을 좇아 내가 이대로 돌아가면 무슨 면목으로 아버지와 어머니를 뵙겠느냐?”

원술이 말을 채찍질하여 달려 나가려고 하였으나, 담릉은 고삐를 잡아당기며 놓아주지 않았다. 말은 제자리에서 발굽을 구를 뿐이었다. 그리하여 원술은 끝내 죽고자 하는 뜻을 이루지 못하고 후퇴하는 군의 뒤를 따랐다.

의복과 춘장은 무이령 고갯마루에 올라섰다. 뒤돌아 고개 아래를 내려다보니 당군이 멈추지 않고 추격해 오고 있었다. 거열주 대감으로 있다가 발탁되어 참전한 일길찬 아진함이 상장군 춘장에게 말하였다.

“공들은 힘을 다해 빨리 가옵소서. 소장은 나이가 이미 일흔이니 앞으로 얼마나 더 살겠사옵니까? 지금이 바로 소장이 죽을 때이옵니다.”

말을 마치자 말리기도 전에 창을 비껴들고 올라온 길을 따라 내려갔다. 그 아들 구반함이 외쳤다.

“전장에서 아비를 적에게 잃고 돌아가는 아들이 고금에 어디 있으랴!”

그뿐만 아니었다. 일길찬 안나함, 일길찬 양신도 차례로 내려가 싸우다가 모두 장렬히 죽었다. 원술이 달려 나가려고 하자 또 담릉이 막았다. 그것을 본 춘장이 원술에게 말하였다.

“너는 지금부터 나의 부장이다. 예서 더 지체할 수 없으니 속히 앞장서서 길을 열거라.”

원술은 그 영을 따르지 않을 수 없었다. 후퇴하는 군사들을 이끌면서 원통하고 분통하여 피와 같은 눈물을 삼켰다.

“흐흑, 흐흑!”

그때 신라의 삼천당 장창 군사들이 별부대로 대방의 들녘이 아닌 다른 곳에 진영을 설치하고 있다가 후방으로 몰래 침투하는 당군 삼천 인과 마주쳐 서로 싸웠다. 신라군은 그들의 반은 척살하고 반은 사로잡아 후방에 포진하고 있던 각간 흠순의 진영으로 보내었다.

그러자 그 근처 여러 곳에서 진을 치고 있던 노당, 석투당, 운제당, 충당과 같은 병기계를 운용하는 군사들이 김이 빠져 투덜대었다.

“삼천당의 장창수들이 전공을 세웠으니 반드시 후한 상을 타겠군. 우리가 세운 공도 없이 한데 모여 있다면, 장창수들의 전공을 나누어 가지자는 오해밖에 더 사겠는가?”

그러고는 각 당 군사들이 뿔뿔이 흩어져 철수하였다. 왕경으로 돌아와 그 일을 들은 흠순이 큰 싸움에서는 비록 패하였지만 삼천당 장창수들의 전과와 사설당 군사들의 태도에 크게 흐뭇해하였다.

대제는 유신을 병문안 하는 자리에서 속히 쾌차하라는 말 끝에 혼잣말을 달아내었다.

“대장군, 이번에 당군이 쳐들어와 군사들의 손실이 적지 않으니 어찌하면 좋겠소?”

누워있던 유신이 입을 오물거리다가 잠시 후 떠듬거리며 천천히 말을 하였다. 군승이 귀를 대어 듣고 대제에게 전하였다.

“당 장수들의 계략은 좀처럼 헤아리기 어렵사옵니다. 그들은 병법서를 많이 읽고 진법 조련을 많이 하는 까닭이옵니다. 이에 관해 더 많은 것들은 흠순에게 하문하옵소서. 하옵고, 이제는 당군에 대하여 공격을 해야 할 때가 아니라 방어를 해야 하옵니다. 마땅히 장졸들로 하여금 각각 길목과 요처를 굳게 지키게 하옵소서.”

“잘 알겠소. 몹시 힘드실 터이니 이제 그만 말씀하시오.”

대제의 만류에 아랑곳하지 않고 유신이 말을 계속하였다.

“들으니, 원술이 비장이 된 몸으로 주장과 함께 죽지 않았으니 이는 책임을 다하지 않은 것이며, 가문의 가훈까지 저버린 일이옵니다. 부디 참수하시어 전 신병에게 일벌백계를 보이셔야 하옵니다.”

대제가 손을 내저었다.

"아니오, 아니오. 설령 실수로 죽을죄를 지었을지언정 내 어찌 대장군의 자식에게 벌을 줄 수 있겠소? 군령에 비추어 보아도 비장이 반드시 주장을 따라 죽으라는 법은 없소. 그런데 어찌 원술 혼자에게만 무거운 형벌을 내릴 수 있겠소? 아무 심려치 마오."

원술이 대궁 밖에 대죄를 하며 벌을 주기를 청하였다. 하지만 대제는 그가 전장에서 홀로 도망가지도 않았고, 주장 대아찬 효천의 영을 거역하지도 않았음을 들어 죄를 묻지 않고 돌려보내었다.

원술은 아비 유신의 후광을 입어 벌을 받지 않은 것만 같아 부끄럽고 두려워 감히 집으로 돌아가지 못하고 왕경 서라벌을 떠나버렸다.

"대체 그 아이가 어디로 갔을꼬?"

흠순은 각 주와 정과 군영에 통지를 하여 조카 원술을 찾으려 하였지만 보았다고 나타나는 사람이 없었다. 흠순은 화랑의 오계 중에서 바꿀 것이 있다면 딱 한 가지, 임전무퇴라고 여겼다.

"실전에서는 상황이 불리하면 후퇴하기를 주저하지 않아야 하는데, 조련할 때는 오직 임전무퇴, 임전무퇴 한단 말이야. 그러니 화랑들이 전장에 나아가서 무조건 진격만 해야 하는 줄 알지. 에잇, 참."

흠순은 원술의 일로 속이 뒤숭숭하여 집을 나와 왕경 서교 벽도산 깊은 곳에 있는 심심이의 병기제작소를 찾았다. 산모퉁이를 돌아드니 황소의 울음소리가 들렸다. 한두 마리가 우는 소리가 아니었다.

"저놈이 병기를 만든다더니 소를 잡는 거야, 뭐하는 거야?"

흠순은 느릿하게 걷던 걸음을 빨리 하였다.

흠순열변 欽純熱辯

흠순이 임금 앞에서 열변을 토로하다

대제는 명을 내려 한산주에 주장성을 쌓도록 하였다. 당군이 육로로 대거 침공해 올 것을 대비한 것이었다.

청명한 가을 밤하늘 북쪽에서 살별이 일곱 번이나 나타났다가 사라졌다. 그러잖아도 당군이 백만 대군을 보내와 신라를 칠 것이라느니, 옛 백제와 고구려가 다시 일어나 이번에는 신라를 없애려 들 것이라는 따위의 풍문이 그치지 않고 나돌고 있었다.

아닌 게 아니라, 형국은 점점 당과의 일대 결전이 불가피한 상황으로 전개되고 있었다. 당은 끊임없이 군사를 보내와 신라를 괴롭히고 있었고, 신라는 그때마다 힘겹게 방어하고 있었다.

오랫동안 나라를 지켜온 명장들, 유신을 비롯한 이십팔 인은 전장을 누비기에는 나이가 너무 많았다. 젊은 장수들은 혈기만 있고 군

락이 얕았고, 오랜 전쟁으로 소진된 군물은 아직 채 온전히 갖추어
지지 않았다.

당과 싸우기를 포기해야 한다는 목소리가 점차 민간을 통하여 커
지고 있었다.

"이제 그만할 때도 되지 않았나?"

"옛 백제 땅이고 고구려 땅이고 다 당에 줘버리면 될 것 아냐?"

"그렇고말고 우리를 괴롭히던 그놈들이 다 없어진 게 어디야? 그
것만 해도 충분하지."

"거, 모르는 소리! 백제고 고구려고 다 준다고 당나라 놈들이 만
족할 것 같나? 처음엔 좋게 대하다가 나중엔 우리 신라를 날름 잡아
먹어버릴 걸."

대제는 백성들의 소리에 귀를 기울였다. 중망은 두 갈래로 나누어
져 있었다. 당과 화해하고 그들이 원하는 것을 들어주어야 한다는
주장과 달라는 대로 주면 나중엔 나라까지 내어주게 되니 끝까지
싸워야 한다는 주장이었다.

조당 신하들의 견해는 거의 한 쪽으로 기울어 있었다. 옛 백제 땅
과 고구려 땅을 내어 주면서까지 화해를 한다는 건 있을 수 없는 일
이라고, 그러려고 숱한 목숨들이 피를 흘리며 싸웠느냐고

다만 일각의 신하들만이 생각을 달리 하였다. 차분히 생각해 볼
때, 과연 당과 싸워서 이겨 물리칠 수 있겠느냐는 의문을 제기하는
것이었다. 그 물음에는 어느 누구도 대답을 하지 못하였다.

각간 흠순이 버럭 소리를 질렀다.

"백만 대군이니, 일만 병선이니 하면서 위협한다고 해서 전쟁이 나면 어쩌나 하고 굴하면 굴할수록 저놈들의 야욕은 더욱 커질 것이오. 선제 태종무열대왕께서 삼한을 통합하여, 다시 말하여 세 나라를 못다라 안민하고자 하신 큰 뜻과 그간 우리 신국 신라가 이루어 온 빛나는 업적을 한번 돌아보시오!

돌이켜보면, 저 고구려가 수나라를 물리쳐 멸망에 이르게 하였고 또 소릉이 살아생전에 고구려를 침략하였다가 낭패를 보고 당나라가 망할 뻔하였소. 그런데 우리가 바로 그러한 고구려를 멸하지 않았소?"

"어찌 우리가 멸하였다고 할 수 있겠소? 당이……."

"모르시는 말씀! 고구려 평양성을 칠 때 당군이 앞장섰소, 신라군이 앞장섰소? 신라군이 선봉이 되어 평정을 하고 나서 당군은 뒤따라 들어와 전리만 하였소. 똑똑히 좀 아시오!"

"그러면 각간께서는 백성이 심히 피폐한데도 계속 싸우자는 말씀이오?"

"싸우지 않으면?"

"그만들 하오."

대제가 각간 흠순과 병부령 아찬 대토의 언쟁을 중지시켰다.

"우리 신국 신라가 아직 당나라와 전면전을 벌인 채비가 되지 않은 것이 사실이오. 그러니 저들이 큰 군사를 내어 해로와 육로 두 방향에서 쳐들어온다면…… 생각만 해도 끔찍하구려. 경들은 저들이 지금이라도 당장 대군을 출병시켜 우리 신라로 쳐들어오지 않는 까닭이 무엇이라고 생각하시오?"

아무도 대답하지 않았다. 침묵이 흐르는 가운데 흠순의 입술이 소리 없이 달싹거렸다. 대제가 그 모양을 보고는 지목하였다.

"각간 흠순공이 말씀해 보오."

"당은 절대 대군을 출병시켜 쳐들어오지 못할 것이옵니다."

대제와 신하들이 다 궁금히 여겨 다음에 나올 말을 기다렸다.

"지금으로부터 일갑자 쯤 전에 수나라가 삼십만 대군, 그리고 그 다음에는 무려 백만이 넘는 대군을 내어 고구려를 치러 나섰다가 을지문덕과 같은 명장으로 말미암아 뜻을 이루지 못하고 내란이 일어나 몰락하고 말았사옵니다.

또 소릉은 불과 삼십 년 전에 삼십만 대군으로 고구려를 정벌하러 나섰다가 안시성의 양만춘 등에게 대패하여 도리어 쫓겨서 돌아갔다가 그 후 병을 얻어 삼 년 만에 죽고 말았사옵니다.

비록 오늘의 당 황제가 고구려를 쳤다고는 하나, 그것은 어디까지나 우리 신국 신라와 더불어 이룬 일이옵니다.

신이 사행으로 장안에 갔던 적에 계필하력이라는 당 명장과 교분을 쌓았사온데, 당 장수들이 속으로 우리 신라의 장수들을 무척 겁내고 있음을 그때 비로소 알았사옵니다. 백제와 고구려를 칠 때 공히 선봉이 된 것은 우리 신국 신라의 장졸들이었고, 물러섬을 모르는 화차와도 같다고 그가 고백한 적이 있사옵니다.

만약 당이 대군을 내어 우리 신국 신라를 치려고 하였다가 저 수나라, 또는 저 소릉의 전철을 밟지 않는다는 보장을 당 조정의 대신들과 장수들 중에서 어느 누가 감히 할 수 있겠사옵니까? 또 지난번 고구려 정벌 때처럼 그 틈을 노려 철륵족이 다시 쳐들어오지 말라는 법이 어디 있겠사옵니까?

바로 그 때문에 우리 신국 신라에 군사를 보내더라도 대군을 출병시키지는 못하고 찔끔찔끔 보내오면서 가소롭게도 그것으로써 위협을 하고 있는 것이옵니다. 그러니 당나라가 백만 대군을 내느니 하는 풍문 따위는 조금도 귀를 기울여 듣고 염려할 필요가 없는 것이옵니다.

다시 말씀드리자면, 당 황제가 대군을 출병시켜 나서는 날이 바로 죽는 날이 되거나, 망하는 날이 될 것이 자명한데 어찌 그와 같은 무모한 짓을 하겠사옵니까?"

흠순의 열변에 조정은 수만 개의 촛불을 일시에 켠 듯 환하였다. 신하들의 얼굴에 깊이 파였던 주름이 펴이고 이맛살이 제자리를 되찾았으며 그늘이 걷혔다. 분위기를 둘러본 아찬 대토가 말하였다.

"그래도 만에 하나라는 말이 있지 않소?"

"만에 하나? 그렇지요 그런 말도 있고말고요. 당에서 보면, 우리 신국 신라는 고구려보다 더 멀리 떨어져 있고, 바닷길로나 뭍길로나 공히 오는 길이 더 험하오. 그런 만큼 큰 군사를 이끌고 오기가 쉽지 않다는 말씀이외다. 그러니 우리 신국 신라를 칠 군사를 낸다고 하더라도 크게는 내지 못할 것이고, 고작 십만 아니면 이십 만일 것이오. 그 정도라면 우리도 충분히 승산이 있소.

왜냐하면, 우리 신국 신라에는 고구려에 없는 것이 다섯 가지가 있기 때문이오. 첫째로는 현명하신 성상폐하와 둘째로는 덕장 맹장 지장 용장 운장과 같이 여러 가지 노련한 인품으로 서로 반목하지 않고 잘 어우러진 수십 인의 장수들, 셋째로는 당 장수들도 놀라움을 금치 못하였던 각종 비밀병기, 넷째로는 임전무퇴의 불굴의 정신을 가진 화랑과 낭도들, 마지막 다섯째는 지혜와 미색을 두루 갖춘 풍류당 여인 군사들이오.”

흠순은 대토에게 말을 하다말고 대제를 우러러 보았다.

“성상폐하! 황공하오나 성상폐하께서 만약 당 황제라면 이러한 모든 것을 고려해본 뒤에 과연 보기에는 작은 나라요, 내실로는 그 저력을 짐작할 수 없을 만큼 큰 나라인 신라를 치고자 대군을 일으키시겠사옵니까, 일으키지 않으시겠사옵니까?”

여기저기서 소리가 터져 나왔다.

“무엄하오!”

“그 어인 무엄한 망발이오!”

아찬 대토도 한마디 하였다.

“아무리 성상께서 총애하시는 태대각간의 후광을 입은 계씨라고 나 하나……”

흠순이 대토를 향해 소리를 버럭 질렀다.

"뭣이?"

그때 갑자기 대제가 크게 웃음을 터뜨렸다. 신하들의 눈과 귀가 일제히 대제에게로 쏠렸다. 대제는 잠시 동안 마음껏 웃고 나서 말하였다.

"짐이 예전부터 때와 곳을 가리지 않는 흠순공의 저 거침없는 입담이 장차 언젠가는 스스로에게 화를 자초할 것이라고 여겼는데, 이제 보니 오늘과 같은 날에 이토록 훌륭하게 쓰이려고 그 이력을 쌓아온 것만 같구려. 허허허."

대제는 신하들과 논의한 끝에 시일을 벌기로 결정하였다. 당이 십만을 보내오든, 이십만을 보내오든 당장 대적해서는 결과를 장담치 못할 것이므로 반란을 일으킨 죄로 옥사에 갇혀있던 급찬 원천과 나마 변산, 그리고 조운선을 칠 때 사로잡아 가두어 놓았던 호위병선의 낭장 겸이대후, 내주 사마 왕예, 본열주 장사 왕익, 웅진도독부 사마 예군, 증산 사마 법총 그리고 군사 일백칠십 인을 방면하여 당으로 보내었다.

"그것만으로는 부족한 감이 없지 않사옵니다."

"그러면 무얼 더 해야 하겠는가?"

"당제의 마음을 달래는 김에 사죄의 표를 지어 올려 아예 마음을 놓도록 하옵소서."

"오직 사직을 보전하고 안민하고자 하는 마당에 사죄하는 것이 그리 주저할 일이겠는가. 속히 시행하라."

상문사 관원 급찬 강수가 표를 지어 올렸다.

"신 김법민은 죽을죄를 짓고서 삼가 아룁니다. 옛날에 신이 위급하여 일이 마치 거꾸로 매달린 것 같았을 때, 멀리서 들어서 건지는 은혜를 입어 겨우 찢어 죽는 것을 면하였습니다. 몸을 가루로 만들고 뼈를 바순다고 하더라도 큰 은혜에 보답하기는 부족하고, 머리를 깨뜨리고 티끌처럼 재를 만든다고 하더라도 어찌 자애로운 도움을 갚을 수 있겠습니까?

그러나 깊은 원한이 있는 백제는 우리나라에 가까이 다가와 황제의 군사를 끌어들여 신을 없애서 치욕을 갚고자 하였습니다. 신은 파멸의 상황에 겨를이 없어서 스스로 처지를 구하고자 하였는데, 마침내 용서받기 어려운 죄에 들어가게 되었습니다.

신이 사실과 뜻을 아뢰지 못하고 먼저 형벌에 따라 죽임을 당한다면, 살아서는 천자의 명령을 거스른 신하가 되고 죽어서는 은혜를 저버린 귀신이 될까 두렵습니다. 삼가 일의 내용을 기록하여 죽음을 무릅쓰고 아룁니다.

엎드려 바라건대, 잠시라도 귀 기울여 들으셔서 근본 이유를 밝게 살펴주소서. 신은 신의 부왕 이래로 조공이 끊이지 않게 하였지만 최근에 백제가 두 번씩이나 길을 막아 조공을 못하게 되어 마침내 황제의 조정으로 하여금 조서를 내고 장수에게 명령하여 신의 죄를 꾸짖게 하였습니다.

이러한 신의 죄는 죽어도 오히려 형벌에 남음이 있어서 남산의 대나무로도 신의 죄를 모두 기록할 수 없고 포사의 수풀로도 신의 죄를 물을 형틀을 만들기에 부족할 것입니다. 계림의 종묘와 사직을 웅덩이와 연못으로 만들고 신의 몸을 갈기갈기 찢어 죽이더라도 일의 정황을 듣고서 판단을 내려주신다면 달게 여기며 죽임을 받아들이겠습니다. 신은 관을 실은 수레를 옆에 두고서 진흙을 바른 머리가 아직 마르지 않은 채 피눈물을 흘리며 조정의 처분을 기다려 삼가 형벌의 명령을 따르겠습니다.

엎드려 생각하건대, 황제 폐하께서는 밝으심이 해와 달과 같아 용서의 빛이 굴곡진 곳까지 밝게 비추고, 덕은 천지와 하나 되어 동물과 식물이 모두 양육의 은혜를 입었으며, 살리기를 좋아하는 덕은 멀리 곤충에게까지 미치고 죽이기를 싫어하는 어짊은 날짐승과 물고기에까지 흘러내렸습니다.

만일 용서를 내리시고 특별히 허리와 옷깃을 갖추는 은혜를 온전하게 해주신다면, 비록 죽더라도 그때가 오히려 태어난 것과 같을 것입니다. 바라고 원하는 바는 아니었지만, 감히 마음에 품은 바를 말씀드리며 칼에 엎드려 죽을 생각을 이기지 못하겠습니다.

삼가 원천 등을 돌려보내면서 표문을 올려 죄의 용서를 빌며 엎드려 지엄한 칙명을 따르고자 합니다. 계림도독 신 김법민은 머리를 조아리고 또 조아리며 죽을죄를 지었고 또 지었습니다."

대제는 표문과 아울러 은, 구리, 침, 우황, 사십승포, 삼십승포를 조공하였다.

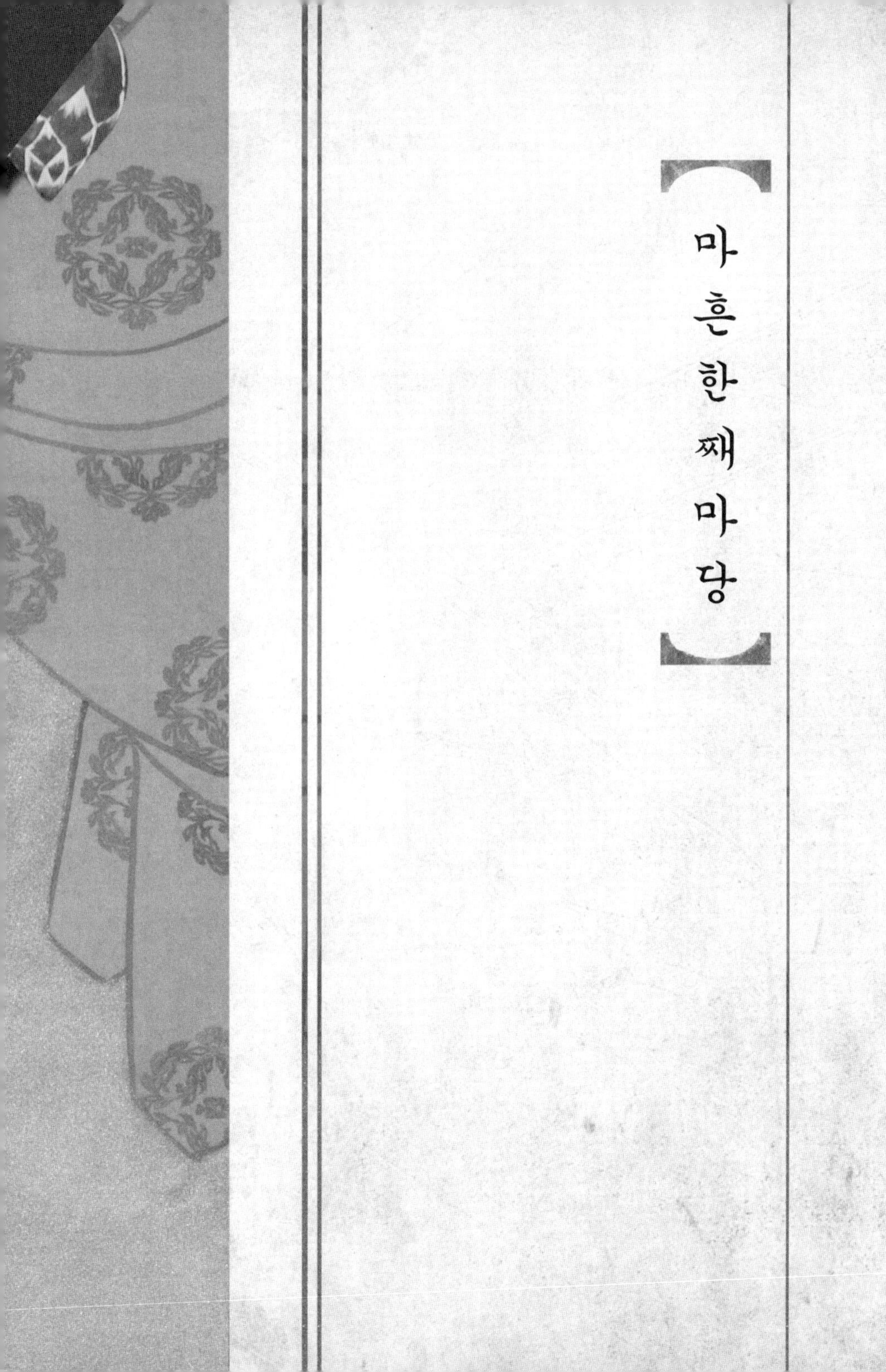

[마흔한째 마당]

성신서세 聖臣逝世

천하의 성스러운 신하가 세상을 뜨다

　당 장수 고간이 백수산에서 고구려의 잔적을 물리쳤다. 신라로서는 옛 고구려 유민들이 당에 항거하는 것이 유리하다고 판단하여 원군을 보내었다. 하지만 북쪽 지방의 한겨울 맹추위 속에서 전투를 하는 것에 익숙하지 않은 신라군은 당군에게 져서 군사가 많이 죽고 이천 인이 포로가 되어 끌려갔다.

　새해가 되자마자 큰 별이 황룡사와 재성 사이에 떨어졌다. 대제는 신궁에 일러 점을 치게 하였다. 신궁봉사 소영은 점괘를 보고는 놀라고 두려워서 아무 말도 못하였다. 사자가 물었지만 소영은 유월에나 알게 될 것이라고만 말하고, 출입과 언행을 끊고 백일기도에 들어갔다.

　밤하늘에 괴이한 별이 잇달아 나타나고 지진까지 일어나자 대제

가 나라에 큰 변괴가 있을까 심히 진우하였다. 그간 대제가 약전의
태의사를 보내어 극진히 구완을 한 탓으로 유신은 조금은 혀 짧은
소리였지만 대화를 하는 데에는 큰 불편이 없게 되었다.

유신이 사은을 하려고 대궁 조원전에 나아가 대제에게 아뢰었다.

"요사이 일어나고 있는 천문의 변이는 그 액운이 노신에게 있는
것이지 나라에 재앙이 미칠 징조는 아니옵니다."

"재화가 유신공에게 있다면 그것이 곧 우리 신국 신라에 내리는
것과 같지 않소? 앞으로 공에게 무슨 일이 일어날 것이라는 말씀이
오?"

대제는 세택사지를 신궁으로 보내었다. 신궁봉사가 직접 기도를
올려 유신에게 미칠 재앙을 물리치도록 하라는 명을 전하게 하였다.
그랬더니 돌아온 세택사지가 아뢰기를, 신궁봉사가 이미 기도에 들
어갔다는 것이었다. 대제는 신궁봉사와 유신 두 사람은 그 재앙이
어떤 것인지 알고 있는 듯하여 거듭 물었지만 유신은 그저 별일 아
니라고만 대답할 뿐이었다.

대제는 선제 태종무열대왕 때부터 대국에 보내는 모든 글을 도맡
아 지어 그 공이 남다른 상문사 관원 급찬 강수에게 관등을 높여 사
찬 벼슬을 내리고 해마다 조 이백 섬을 내려주었다. 강수는 사은례
를 올리면서 아뢰었다.

"성상폐하, 올 계하와 맹추 사이에 큰 신하가 나라를 떠날 것이옵
니다."

"큰 신하? 그가 누구란 말인가? 또 나라를 떠나 어디로 간다는 말인가?"

묻던 대제는 가슴이 철렁하였다. 좀처럼 집안을 벗어나지 않던 유신이 입궐하여 한 말, 신궁봉사가 스스로 백일기도를 하러 암실에 들어간 일, 그리고 강수가 하는 말까지 다 일맥상통하는 듯하였다.

"유신공의 신변에 관한 것인가?"

"그러하옵니다."

대제는 고개를 절레절레 저었다. 아직은 일어나서는 아니 될 일이었다. 나라에 닥쳐오고 있는 우환이 산더미 같은 때였다. 대제는 약전의 태의사를 불러 유신의 병환이 어떠한가 하문하였다. 태의사의 말은 하루가 다르게 차도를 보이고 있으니 염려 말라는 것이었다. 대제는 그지없이 혼란스러웠다.

연산도 총관 대장군 이근행이 호로하로 나아가 옛 고구려 잔적의 무리를 쳐부수고 수천인을 사로잡아 제압하자 나머지 사람들이 다 신라로 달아났다. 대제는 옛 백제 사람이나 옛 고구려 사람이나, 심지어 말갈인과 거란인까지 신라에 살기를 원하는 사람이면 어느 누구나 그에 알맞은 신분을 주어 토박이 신라인과 아무런 차별 없이 서로 어울려 살아가게 하였다.

"이근행은 본디 말갈인 돌지계의 아들로 그 역시 말갈 사람인데 어찌 당에 빌붙어 옛 형제의 나라의 백성을 핍박하는지 모르겠군."

"그의 아비 돌지계가 당 조정으로부터 이 씨 성을 하사받았다지 아마."

"그렇다면 제 동족을 배신하였다는 말이 아닌가?"

"배신이면 어떻고 아니면 또 어떤가? 산야에 아무렇게나 흩어져 자라는 잡풀 같은 우리들이야 무슨 짓을 해서라도 그저 살아남는 게 중요하지."

"하긴."

황소만한 호랑이가 난데없이 대궁 뜰에 들어와 남쪽을 향하여 크게 울부짖었다. 어찌나 사납고 큰 소리인지 온 왕경에 들리고도 남아 교외에 있는 백성들까지 몸서리를 쳤다.

시위삼도의 장졸들은 칼을 뽑아들지 못한 채 벌벌 떨었고, 궁인들은 다 혼비백산하여 모두 궐 밖으로 달아났는데 마침 흠순이 시위삼도에 볼일이 있어 입궐하였다가 그 꼴을 보고는 아무렇지도 않은 듯 성큼성큼 다가갔다.

"네 이놈, 감히 예가 어디라고 함부로 들어와서 훌쩍대느냐!"

그러고는 주먹을 들어 아가리를 단번에 쳐 죽였다. 흠순은 죽은 호랑이를 둘러메고 귀정문 밖으로 나와 가죽을 벗겨 들고는 중얼거렸다.

"푹신한 것이 병환에 계신 우리 형님 자리요로 쓰면 딱 알맞겠군."

흠순은 그길로 유신의 집으로 향하였다. 죽은 호랑이 가죽을 말안장 뒤에 얹으려니 말이 울면서 달아나버렸다. 흠순은 하는 수 없이 어깨에 메고 시가를 걸었다. 길 가던 사람이고 수레를 끌던 우마도 다 놀라 달아나기에 바빴다.

"간덩이들 하고는."

유신의 집 앞에 이르자 창검을 들고 갑옷을 입은 사람들이 집에서 나와 줄줄이 어디론가 떠나는 것이었다. 모두 십이 인이었다. 흠순은 신라 최고의 장군인 저에게 배례도 하지 않고 가는 그들을 불러 세우려 하였지만 다 들은 척도 않고 가버렸다. 얼른 쫓아가 잡아다가 혼쭐을 내려다가 어깨에 메고 있는 것 때문에 뒤로 미루었다.

"이놈들, 두고 보자. 나중에 찾아서 다 혼을 쏙 빼놓으리."

흠순은 집 안으로 들어섰다. 또 괴이한 광경이 벌어지고 있었다. 푸른 옷을 입은 사람들이 일곱, 흰 옷을 입은 사람들이 일곱, 붉은 옷을 입은 사람들이 일곱, 검은 옷을 입은 사람들이 일곱, 모두 합쳐 스물여덟이었는데 그들 역시 흠순에게는 눈길도 주지 않고 집 밖으로 나가는 것이었다.

"거참 이상하군."

흠순이 유신의 방에 들어 호랑이 가죽을 자리로 깔아주었다. 유신은 빙그레 웃으며 말하였다.

"네가 이 호랑이의 정체를 아느냐?"

"호랑이가 호랑이지 정체는 무슨 정체란 말씀이오?"

"네가 무력은 삼한 제일이다만, 일월성신의 정기를 지니지 못한 것이 큰 흠이다."

"그래서 내 이름이 흠순이오?"

"허허."

"그런데, 형님. 잠시 전에 제가 이 가죽을 둘러메고 집 안으로 들어오다가……."

유신이 흠순의 말을 다 듣고 나더니 깊은 탄식을 하였다.

"네가 본 사람들은 지금까지 나를 지켜주던 수호신군들이구나. 십이지 신병과 이십팔 수병이지. 이제 지상에서는 내 복록과 명운이 다한 것을 알고 떠나간 것이니, 머잖아 내가 사람의 몸을 버리게 되겠구나."

"풍병에 노망까지 드셨나? 무슨 말씀을 그렇게 하오?"

그로부터 열흘이 지나 유신은 갑자기 지병이 깊어져 자리에 누웠다. 대제가 친히 병문안을 하였다. 유신은 군승과 양부의 부축을 받아 마지막 힘을 다하여 일어나 앉았다.

"일어나지 않아도 되오. 그대로 누워계시오."

유신은 앉은 채로 두 손을 바닥에 짚고 허리를 굽혀 아뢰었다.

"신이 좀 더 살아서 성상폐하를 받들고자 하였사오나, 궂은 병이 이렇듯 깊어 오늘 이후로 다시는 용안을 뵙지 못할 듯하옵니다."

대제가 울먹이면서 말하였다.

"짐에게 공이 있음은 물고기에게 물이 있는 것과 같은데, 만약 이후로 피할 수 없는 일이 생긴다면 백성들은 어찌하고 우리 신국 신라의 사직은 어찌하오?"

유신도 울먹이며 아뢰었다.

"신은 어리석고 못났으니 어찌 능히 나라에 이로울 것이 있겠사옵니까? 다행히도 밝으신 두 분 폐하께서 신을 등용하신 뒤로 단 한 번도 의심하지 않으셨고, 한번 일을 맡겨서는 진척을 묻지 않으셨사옵니다. 그런 까닭으로 폐하의 현명하심에 기대어 티끌 같은 공이나마 세울 수 있었사옵니다.

이제 삼한이 한 집안을 이루었으니 백성들은 두 마음을 가지지 않게 되었고, 비록 태평에는 이르지 못하였지만 나라가 안정되었다고는 할 만하옵니다. 신이 예로부터 제통을 이으신 분들을 돌이켜보건대, 처음에는 정사를 잘 못 돌보시는 경우가 없지만 끝까지 잘 돌보시는 경우는 드물어 여러 대의 공적이 하루아침에 무너져 버리니 매우 가슴 아픈 일이옵니다.

엎드려 바라옵건대, 성상폐하께서는 이루는 것이 쉽지 않다는 것을 아시옵고, 이루어 놓은 것을 지키는 것 또한 어렵다는 것을 유념하옵소서. 교활한 소인배를 멀리하시고 어진 군자들을 가까이 하시며, 위로는 조정을 화목하게 하시고 아래로는 백성과 만물을 편안하게 하시어 재앙과 난리가 일어나지 않고 나라의 기반이 무궁하게 된다면 신은 죽어도 여한이 없사옵니다."

"유신공!"

대제는 울면서 말하였다.

"백제를 멸하고 마시겠다던 술 한 잔도 못 나누고 어찌 이리 야

속히 가려 하시오!"

유신은 술상을 봐오게 하였다.

"성상폐하, 신하가 된 몸으로 어찌 약속을 어기겠사옵니까. 한 잔 받겠사옵니다."

대제는 유신이 두 손으로 받든 옥배에 술을 따랐다. 유신은 옥배를 높이 들고 아뢰었다.

"성상폐하, 부디 삼한에서 당을 몰아내시어 진정한 통합을 이루고 안민케 하옵소서."

그러고는 한 모금 마시고 내려놓았다. 대제가 돌아가고 나자 유신은 등 뒤에 있던 군승의 손을 잡고 앞으로 오게 하여 말하였다.

"그동안 고생이 많았다."

"여쭙고 싶은 것이 있사옵니다."

"말해보거라."

"예전에 동시 주점에서 벗님들께 말씀하시기를, 저를 집안에서 잔일이나 거드는 아이라고 하시었는데 왜 그러셨사옵니까?"

"네 신분이 드러났다면, 여러 사람에게 쫓겨 다니다가 결국에는 죽임을 당했을 것이다."

"왜, 왜 저에게는 한 번도 자애롭게 대해주지 않으셨사옵니까!"

"너를 모질게 대한 것은 내가 죽을 때까지 너를 내 곁에 두고 싶어서였다."

"모질게 대하는데 어찌 끝까지 곁에 있을 것이라고 장담하셨사옵니까!”

“내가 사람을 못 알아보지는 않느니라. 언젠가는 자애롭게 대해줄 때가 오리라고 믿으며 네가 지금껏 내 곁에 있지 않았느냐.”

군승은 더 이상 말이 없이 굵고 더운 눈물만 뚝뚝 흘렸다.

“이제 그만 눕고 싶구나. 손을 좀 잡아다오.”

군승은 태어나서 처음으로 유신의 두 손을 잡았다. 야위고 힘이 없는 손이었다. 진군의 나팔과 북소리 속에서 높이 들면 경천동지하여 산천초목과 일월성신마저 숨죽이게 하던 그 위엄 있는 손이 더 이상 아니었다.

‘아버지! 아버지! 아버지!’

하지만 끝내 입 밖으로 부르지 못하였다. 유신의 손이 갑자기 움찔하더니 미동도 없었다. 군승은 놀라 유신의 얼굴을 바라보았다. 편안히 잠이 든 표정이었다. 군승은 잡았던 두 손을 유신의 가슴 위에 가지런히 올려놓고는 제 입을 틀어막으며 밖으로 나왔다.

“대장군 존하!”

“태대각간 존하!”

마침내 유신이 사저의 정침에서 서거하였다. 향년 칠십구 세였다. 대제가 부음을 듣고 지극히 슬퍼하였다. 부의로 채단 일천 필과 조 이천 섬을 내려 장례에 쓰도록 하였고, 예부에 하명하여 음성서 악척 일백 인을 보내주었다.

군승은 모주 금지가 묻혀있는 재매곡에 장사지내고 싶었지만 대제가 각별히 하명하는 바람에 염원을 이루지 못하였다.

대제는 유신의 묘를 금산원에 쓰게 하였고, 비석을 세워 평생의 공적과 명예를 새기게 하였다. 또한 왕경 서라벌 안에서 충효의 뿌리가 깊고 선량한 민호 일백 호를 뽑아 조세와 부역을 면제해 주며 묘를 사시사철 돌보게 하였다.

양부는 그래도 일백 민호에 믿음이 가지 않고 안심이 되지 않아 군문을 나와 스스로 묘지기가 되기를 원하여 가까운 곳에 움막을 짓고 들어앉았다.

장사도 다 지내고 묘 주변이 조용해진 어느 날, 머리가 허연 노파 한 사람이 묘소에 참배하러 왔다. 신궁봉사 소영이었다. 그녀는 무덤에서 길게 자란 풀 몇 포기를 뽑으며 말하였다.

"무거운 세상사 천하대사 다 내려놓으시고 그렇게 누워 계시니 이제 편안하시옵니까? 앞서 가신 금지 아가씨는 만나셨고요? 외면치 않으시겠다면 소녀도 곧 따라가겠사옵니다."

유신이 서거하였다는 말을 바람결에 들은 원술이 집으로 돌아왔다. 그는 모주 지소부인을 뵙고자 청하였으나 지소부인은 대문 안으로 들이지 말라는 엄령을 내렸다.

"무릇 부녀에게는 세 가지 따라야 할 의리가 있다. 내가 이미 과부가 되었으니 그중 마지막 의리로 마땅히 아들을 따라야 하겠지만, 저 대문 밖에 있는 저 자는 일찍이 저의 선고에게 아들 노릇을 다하지 못하고 욕을 보여 내쳐졌으니, 이제 와서 내가 어찌 그 어미가 될 수 있으랴."

그 말을 들은 원술이 대문 밖에서 땅을 치며 통곡하다가 가슴을 치고 펄쩍펄쩍 뛰면서 떠나지 않았지만 지소부인은 끝내 집 안으로 들이지 않았다.

"아, 내가 그때 담릉으로 말미암아 그르친 일이 오늘 이런 지경에까지 이르렀구나!"

원술은 탄식하며 고개를 푹 떨구었다. 큰절을 한 번 한 뒤에 일어나 돌아서 떠나려고 하는데 뒤에서 부르는 소리가 났다.

"공자님."

원술은 돌아보았다.

"자네는 내 선고의 시종이 아닌가?"

"집을 버리고 어디로 가시려 하옵니까?"

"지난번에는 부주께 버림받았고, 오늘은 또 모주께 버림받았으니 예가 어찌 내 집이겠는가? 그간 숨어 지내던 태백산으로 돌아갈 것이네."

"소인이 모시겠사옵니다."

"그럴 것 없네."

"부디 바라옵건대, 모시게 해 주옵소서."

"그럴 것 없다고 하지 않는가!"

군승은 원술을 물끄러미 바라보다가 한참만에야 입을 열었다.

"그렇다면 네가 나를 모시거라."

“뭐라고?”

“삼광이 아니라, 내가 바로 네 맏서형이니라.”

“삼광이 아니라, 내가 바로 네 맏서형이니라.”

적신반란 賊臣反亂

불충한 신하가 반역을 꾀하다

대제는 유신의 죽음을 슬퍼하여 여러 날 식음을 전폐하고 정사를 돌보는 일을 다소 소홀히 하였다. 나라를 떠받치고 있는 큰 기둥이 갑자기 뽑혀 나간 느낌이었고, 천애고아가 된 기분이 들었다.

'너무 한 신하에게만 의지한 탓이란 말인가?'

아니었다. 유신만큼 나랏일을 더 잘 수행해 낸 사람이 있었던가? 윗자리에 있으면 모름지기 기대가 되는 사람이거나 믿음이 가는 사람을 쓰게 되고, 맡긴 일을 잘하면 잘할수록 더욱 기대고 믿어 더 크게 쓰는 것은 당연한 이치가 아닌가?

대제가 유신에 대한 신망이 그 누구보다도 두터운 것을 시기하는 관원들이 없지 않았다. 그가 전횡을 한 적이 있었던가? 상을 주고 벌을 내리는 데 있어서 단 한 번이라도 사사로이 처리한 적이 있었던가? 전장에서 죽지 않고 살아 돌아온 자신의 아들까지 죽여야 한다고 주청을 하였던 사람이었다.

"이젠 누굴 믿고 의지해야 한단 말인가?"

경정총관 죽지가 부장 득오를 데리고 미복야행에 나섰다. 죽지의 얼굴이 어두웠다. 일찍이 같은 해에 화랑이 되어 생사의리를 함께 해온 오랜 벗들이 떠올랐다. 금강도 죽었고, 진주도 죽었으며, 이제 유신까지 떠나갔다. 자신만 남았다고 생각하니 천지에 홀로 된 듯 허전하고 쓸쓸하였다.

동시 주점에 이르러 발길을 멈추었다. 얼마 만에 들르는 곳인지 지난 세월이 잘 헤아려지지도 않았다. 얼굴이 많이 닮은 것으로 보아 주점은 옛 주모의 딸이 이어받아 꾸려오고 있는 듯하였다. 죽지는 득오와 마주 앉아 술잔을 들었다.

득오는 왠지 안쪽 구석진 자리에 앉은 사람들에게 눈길이 갔다. 무인은 무인을 알아보는 법이었다. 수상한 자들이었다. 사내 한 무리가 들어와 그들과 합류하였다. 득오는 자리에 앉는 한 사내의 허리춤에서 삐져나온 패도를 보았다. 칼자루에 덩굴무늬가 새겨져 있었다.

그들도 죽지와 득오가 자꾸 신경이 쓰이는지 곁눈질을 해오다가 무어라 몇 마디 나누더니 얼른 일어나 썰물처럼 나가버리는 것이었다.

주모가 중얼거렸다.

“태대각간 존하께서 서거하셨으니 장차 우리 신국 신라는 어이할꼬, 어이할꼬.”

죽지가 웃으며 말하였다.

“우리나라에 김유신 공 말고는 사람이 없소?”

“사람이고 신하야 많지만 어디 그만한 분이 있나요? 그러잖아도 태대각간 존하께서 병중에 계실 때, 만약 돌아가시면 반란이 일어날 것이라는 소문이 있었는데 조정은 무슨 대비를 하고 있기나 한지.”

득오가 놀란 얼굴이 되어 물었다.

“반란이라니오?”

“이 분들이 어디 시골에서 오신 모양이군. 그런 말이 나돈 지가 벌써 한참 전이라오. 관원들은 참 어리석어. 백성들 사이에 나도는 말은 도대체 믿으려 들지를 않으니, 원.”

“허면, 반란은 누가 일으킨다는 말이오?”

“그걸 미리 알면 반란이 아니게요?”

죽지는 급히 돌아와 비밀리에 흠순과 의논하였다. 흠순은 대뜸 옛 백제와 고구려 땅을 내어주는 한이 있더라도 당과 화친하자고 주장하는 무리들일 것이라고 하며, 병부령 아찬 대토가 주모자로 가장 의심이 된다고 하였다.

“이보게, 김 각간. 반란의 무리를 색출할 좋은 방도는 없겠는가?”

“아, 죽지 형님도 참. 전장에서 칼이나 쓰는 제가 뭘 알아야지 말이지요.”

"이 사람아!"

"알겠소. 내가 한번 궁리해 보리다."

"일이 언제 터질지 모르니 서두르고 또 서두르게."

흠순은 당항성 성주에게 밀령을 내려 당은포에서 당과 신라를 오가는 사람은 관원과 상인 할 것 없이 철저히 수색을 하게 하였다. 당에 빌붙으려는 무리라면 은밀히 서로 연락을 주고받고 있으리라고 판단해서였다.

한 상인이 잡혀왔는데, 그의 몸에서 당 장수 유인궤에게 보내는 서신이 발견된 것이었다. 흠순은 죽지를 불렀다. 득오가 상인의 몸에서 나온 다른 물건들 중에서 패도를 주목하고 집어 들었다.

"모반을 꾀하려는 무리들은 다 이러한 덩굴무늬 패도를 차고 있을 것이옵니다. 이건 당에서 만드는 칼이옵니다. 전에 동시 주점에서 수상쩍은 놈들을 보았사온데, 그놈들 중 한 놈도 이와 똑같은 것을 차고 있었사옵니다."

흠순은 대제를 호위하는 비밀호위 무인들의 무리 호법무를 불렀다. 그들은 용춘의 백인결사에서 춘추를 호위하였던 통천사의 맥을 잇고 있었다. 조정에 믿을 사람이 아무도 없다고 생각한 흠순은 그들을 흑개감 군사들로 위장하여 교대해 들어가게 하고는 대궁 안에 그러한 패도를 차고 있는 놈들을 지위를 가리지 말고 한 놈씩 다 수색하여 모조리 잡으라는 영을 내렸다.

그러고는 직속으로 거느리고 있는 휘하 장수들을 각 주와 정으로 파견시켜 경관과 외관 중에서 문관과 무관 가릴 것 없이 그러한 패도를 차고 있는 놈들을 다 포박하여 왕경으로 압송하라고 하였다.

조회가 열려 흠순은 조원전으로 들어갔다. 좌우로 늘어 선 신하들 가운데 틀림없이 주모자가 있을 것이었다. 한 사람 한 사람 얼굴을 뜯어보았다. 얼굴만 보고는 알 수 없었다. 대제가 나와 용상에 앉았다. 흠순이 아뢰었다.

"성상폐하, 황공하오나 신이 아뢰는 말씀을 듣고 놀라지 마옵소서."

"놀라지 말라니? 또 무슨 열변을 토할 일이 있소?"

"그런 것이 아니옵고, 태대각간이 서거하신 날, 모반의 기미를 포착하였사온데 지금 이 조당에 그 수괴가 있사옵니다."

대제와 신하들은 다 아연실색하였다. 흠순은 얼른 용상 앞으로 뛰어들었다. 그리고는 덩굴무늬 패도를 빼어든 채 밖을 향해 호령하였다.

"흑개감은 뭘 하느냐! 어서 여기 모인 모든 신하들의 허리춤을 들추어 이와 같은 패도를 차고 있는 자들은 모두 포박하라!"

조원전 뜰을 지키고 있던 군사들이 달려 들어왔다. 바로 그때 병부령 아찬 대토가 허리에 차고 있던 패도를 빼어들어 용상 쪽을 향해 던졌다. 그와 동시에 천광이 몸을 날려 대토를 쓰러뜨린 뒤 덮쳐 눌렀다. 날아간 칼은 흠순의 어깨에 꽂혔다.

흠순은 아픔을 참기 위해 잠시 얼굴을 붉혔을 뿐, 대제를 막아선 자리에서 꼼짝도 하지 않았다.

"모반을 꾀하려 하였던 무리들을 모두 뜰 앞에 꿇려라!"

병부령 아찬 대토를 비롯하여 조정의 중신 몇 사람과 이미 잡혀 온 경관과 외관의 문관과 무관들 수십 인이 꿇려졌다. 그들을 내려다보는 대제는 새삼 유신의 빈자리가 크게 느껴졌다. 그 속내를 짐작한 죽지가 아뢰었다.

"성상폐하, 이번에 모반을 진압함에 있어 각간 흠순공의 활약은 꼭 돌아가신 태대간각 유신공이 돌아온 것만 같았사옵니다."

"짐도 그렇게 생각하고 있소. 흠순공, 어깨는 좀 어떠시오?"

"멀쩡하옵니다."

대제는 대토를 비롯한 그들을 다 참수하고, 처자식은 다 천민으로 떨어뜨려 변경 여러 정에 보내어 군사들의 수발을 들게 하였다. 진압에 공이 큰 흠순을 대각간으로 삼고, 죽지를 각간으로 삼는 등 훈공이 있는 신하들의 관등을 일품씩 올려주었다. 특별히 어전에서 보인 파진찬 천광의 공이 남달라 예원을 대신하여 중시에 제수하였다.

그러고는 모든 신하를 향하여 말하였다.

"옛글에 이르기를 신하에는 무릇 육정과 육사가 있다고 하였다. 육정이라 함은 성신과 양신과 충신과 지신과 정신과 직신을 말함이요, 육사라 함은 구신과 유신과 간신과 참신과 적신과 망국신을 일컬음이다.

당과 끝까지 싸워서 몰아내어 삼한이 일족으로서 함께 화평하게

살아가자고 주장하는 자들은 다 육정신이요, 그러지 않고 우리 신라
가 두 망국의 땅들을 포기해서라도 당과 화친을 맺어야 한다고 강
변하는 자들은 다 육사신이다.

제신은 이러한 오늘의 짐의 말을 똑똑히 새겨들으렷다. 알겠는
가?"

일제히 우렁찬 소리가 울렸다.

"명심하겠사옵니다. 성상폐하!"

대제는 유신이 죽은 것을 당이 알고 머잖아 쳐들어올 것에 대비
하여 사열산성을 늘려 쌓고 또 국원성, 북형산성, 소문성, 이산성,
주양성, 주잠성, 만흥사산성, 골쟁현성을 쌓았다.

당이 서해에 병선을 자주 출몰시켰다. 대제는 당이 신라의 형편을
정탐하러 보낸 척후선으로 여겼다. 대아찬 철천에게 하명하여 병선
일백 척을 거느리고 서해 쪽에 있는 당은포를 비롯한 모든 신라의
포구를 빈틈없이 지키게 하였다.

그런데 당군은 바다로 쳐들어오지 않고 말갈군과 더불어 육로로
와서 북쪽의 변경을 침노하였다. 서해로 몇 척 전선을 나타나게 한
것은 기만전술이었다. 성동격서라는 초보적인 병법에 당할 신라가
아니었다.

신라군은 당과 말갈의 연합군을 맞이하여 무려 아홉 번을 싸워서
아홉 번 다 이겼다. 그리하여 적 이천여 인의 목을 베었고, 호로하
와 왕봉 두 강에 빠져 죽은 당군과 말갈군은 이루 셀 수 없었다.

당은 신라군이 한겨울 전투에 약한 점을 들어 겨울에 옛 고구려 땅의 우잠성을 공격하여 깨뜨렸다. 또 다른 길로 보낸 거란과 말갈 군사는 대양성과 동자성을 공격하여 쳐부수었다.

"원군을 보내야 하옵니다."

"아니옵니다. 바로 그것이 적들이 노리는 바이옵니다. 이미 세 성이 함락되었으니 시일을 두고 적들의 동향을 지켜보면서 대응을 해야 할 것이옵니다."

조정의 의견은 두 갈래로 나뉘었다. 대제는 고심하다가 그때까지 아무 말을 하지 않고 있는 흠순을 바라보았다. 당장 출병해야 한다고 버럭 소리를 지를 것이 뻔한 그에게 조심스럽게 물었다.

"흠순공의 견해는 어떠하오?"

"군사에 관해서 장수는 무릇 명을 받들 뿐, 그 밖의 것은 생각하지 않사옵니다."

죽지가 아뢰었다.

"적이 지금 쓰고 있는 전술은 유격전이옵니다. 치고 들어왔다가 빠졌다가 하며 우리 신라군을 피로하게 하여 힘을 빼놓겠다는 의도가 엿보이오니, 군사를 파병하지 않는 것이 좋겠사옵니다."

"짐의 생각도 바로 그러하다."

대제는 죽지의 말을 옳게 여겨 원군을 보내지 않았다.

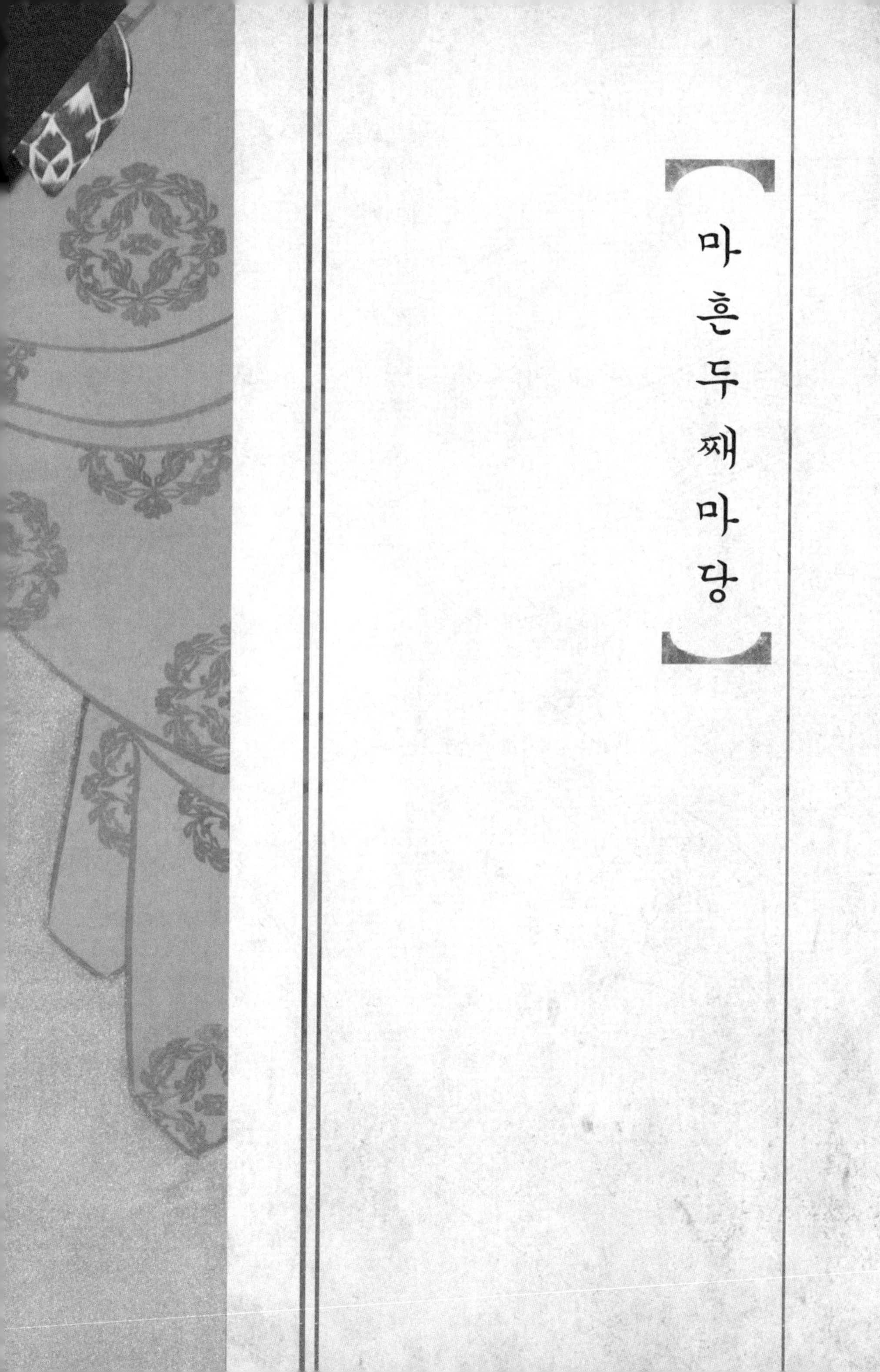

마흔두째 마당

군진친열 軍陣親閱

디째가 몸소 진법을 사열하다

군량미 충당으로 곡식이 귀하여 백성들이 연연이 굶주렸다. 왕경 서라벌이라고 다르지는 않았다. 경외 주군에서 입경되는 곡수가 날로 줄어 양곡 값은 그 천정이 어딘지 아무도 알지 못하였다.

그렇다고 인정이 메마르거나 도둑이 많아진 것은 아니었다. 여전히 평온하였다. 백성들이 인내하는 힘, 그것은 입으로 전해지는, 눈물겹도록 애처로운 한 사람의 사연으로부터 말미암았다.

그의 이름은 아무도 몰랐지만, 세칭 백결선생이라 하였다. 낭산 아래에 살았기에 동리의 백결선생이라 하였다. 집안이 아주 빈한하여 백 번이나 기운 옷을 입고 또 잡아맬 것이 없어서 가는 칡덩굴로 허리를 묶었다.

백결선생은 일찍이 영계기의 인품을 흠모하였다. 영계기는 춘추

시대의 사람인데 늘 허름한 짐승의 가죽 옷을 입고 거문고를 타면서 유유자적 안분지족하였다.

공자가 태산을 지날 때 만나서 사는 즐거움이 무어냐고 묻자 대답하기를, 나에게는 삼락이 있는데 사람으로 태어난 것이 일락이요, 사람 중에 남자로 태어난 것이 이락이요, 남자 중에 구십 세까지 살았으니 삼락이라고 하였다. 그러면서 덧붙이기를, 선비에게 빈한은 늘 있는 일이고 죽음은 세상 살림의 끝이라, 늘 있는 일 속에 있으면서 사람의 끝을 기다리니 어찌 즐겁지 않은가 하였다.

백결선생은 오직 거문고를 끌어안고 세상사 희로애락을 여섯 줄 위에 얹어 퉁기며 그 영계기 못지않게 살았다.

어느 한 해가 저물 무렵, 이웃 동리에서 공이로 방아를 찧는 소리를 듣고 그의 처가 말하였다.

"다른 집에서는 다들 곡식이 있어서 그것을 찧는데, 우리만 한 톨도 없으니 어떻게 해를 넘기나요?"

백결선생이 하늘을 우러러 탄식하며 말하였다.

"무릇 생사는 그 명운이 있는 것이요 부귀는 하늘에 달린 것이니, 그런 것들이 오는 것은 막을 수 없고 가는 것은 좇을 수 없는데 부인은 어찌 그리 마음 아파하오? 내가 부인을 위하여 이 거문고로써 방아 찧는 소리를 내어서 그 마음을 달래주리다."

하고는 백결선생이 거문고로 방아 찧는 소리를 타 나갔다. 백결선생 집안과 마찬가지로 빈한하여 찧을 곡식이 없는 동리 사람들이

다 마음만은 곡식을 쌓아놓고 사는 부자가 된 듯하여 굶주려 찌든 낯을 활짝 폈고, 거문고 가락에 맞추어 덩실덩실 춤을 추면서 그의 집 앞에 모여들었다.

그 뒤에 백결선생의 증손 마령간도 서악 깊은 산속에 빈한하게 살면서 도를 닦았고, 마령간의 아들 용문은 빈한하게 자랐어도 장수가 되어 나라에 큰 공을 세우고 있었다.

"잘 들어보렴. 서악에서 방아 찧는 소리가 들려오지 않니?"

아이들은 귀를 기울였다.

"저 소리가 바로 빈한하지만 어릴 적부터 배고플 때마다 거문고로 방아 찧는 소리를 듣고 자라서 지금은 우리 신국 신라를 지키는 훌륭한 장수가 된 용문공이 거문고를 타시는 소리란다."

이야기를 들은 아이들은 주린 배를 움켜쥔 손을 놓고 의연 늠름한 표정을 지었고, 저마다 물 한 바가지를 배불리 들이키고는 '나도 커서 장수가 될 테야.' 하면서 나무칼을 들고 집 밖으로 달려 나갔다. 왕경의 골목골목에는 장차 장수가 되고자 하는 씩씩한 어린아이들로 넘쳐났다.

대제는 민정을 살피고 돌아온 내성사신으로부터 시가의 풍경에 대한 이야기를 듣고 안타깝게 여기면서도 흐뭇하였다.

'당을 하루바삐 물리쳐 몰아내고 반드시 창생을 배불리 먹일지니!'

당이 만약 대군을 내어 쳐들어온다면 육로보다는 해로를 택할 가능성이 높았다. 수천 리 옛 고구려 땅 곳곳에는 당에 반란을 일으킨 무리들이 도사리고 있어 행군하기가 쉽지 않을 것이었다. 그렇다면 결국 수군으로써 기벌포에 이르러 웅진을 거점으로 삼고자 할 것이 자명하였다.

대제는 옛 고구려 땅에서 당에 반기를 들고 일어났다가 패퇴하여 신라로 귀순하고자 하는 무리들을 남김없이 받아들였다. 그러고는 그들을 다 신라 안에서 새 고구려왕으로 인정해준 연안승이 직할하고 있는 금마저로 보내었다.

모여든 그들이 이만 인을 헤아리자 대제는 연안승에게 웅진도독부성은 물론 도독부가 관할하고 있는 백제의 옛 땅을 쳐서 다 차지하여 지키게 하였다. 겉으로는 금마저에 있는 새 고구려가 웅진도독부를 친 것으로 보였다.

당 황제는 연안승이 독단적으로 웅진도독부를 친 것으로 생각하지 않았다. 그 배후에는 반드시 신라가 있다고 보았다.

"김법민! 네놈이 간이 부어도 너무 부었구나. 내 황병을 보내어 철저히 응징하리!"

당 황제는 좌서자동중서문하삼품 유인궤를 계림도 대총관으로 삼고 위위경 이필과 우령군대장군 이근행을 좌우에서 보좌하게 하여 힘을 다하여 치라고 명하여 출병시켰다. 아울러 조서를 내려 대제에게 내린 계림도독의 관작을 거두어들였다.

인문은 그때까지도 우효위 원외대장군 임해군공으로 장안에 있었

는데, 당 황제는 그를 귀국시켜서 대제를 대신하게 하려고 계림주대
도독 개부의동삼사에 책봉하였다. 새 신라왕에 제수한다는 뜻에 다
름 아니었다. 인문이 엎드려 간곡히 사양하였으나 당 황제는 아랑곳
하지 않았다. 인문은 마침내 당 대군의 삼엄한 호위 속에서 강제로
신라로 향하였다.

"짐의 서제 인문이 오면 짐이 제위에서 내려와야 하겠는가? 아니
면 그를 죽여야 하겠는가?"

신하들은 묘책이 없었다. 대제는 용상에서 절대로 내려올 수 없
고, 그렇다고 대제가 가장 아끼는 아우 인문을 죽이라고 할 수도 없
었다. 인문이 도착하기 전에 비책을 강구하여 그 난제를 해결하여야
하였다.

대제가 용상을 내어주지 않아도 되고, 또한 인문을 죽이지 않아도
되는 신책, 신하들이 골머리를 앓고 있는 가운데 흠순이 불쑥 한마
디 하였다.

"전에도 빌었는데, 이번에도 일단 무조건 잘못했다고 빌면 되지,
그까짓 거, 뭐."

"빌어도 안 되면?"

"죽지 형님도 참. 인문 대각간이 돌아와서 성상께 '이젠 그건 내
자리다. 그러니 제위를 넘겨 달라.' 이렇게 나올 것 같소? 당 황제가
인문 대각간의 인품을 모르고 보냈겠소?"

"그렇다면 당 황제의 속셈이 뭐란 말인가?"

"군사를 내어 힘으로 다시 웅진을 빼앗자니 쉽지 않을 것 같아서 그저 홧김에 웅진 땅을 도로 내어 놓으라고 엄포를 놓아보는 것이지요."

상문사 사찬 강수가 또 표를 짓고 대제는 많은 공물을 마련하여 당 황제에게 급히 보내었다. 대제가 극구 사죄하는 모양새를 갖추자 당 황제는 그만 용서하고 관작을 회복시켰다. 또 그 소식을 들은 당나라 군사들은 회군을 하였으며, 인문도 귀국하다 말고 도중에서 장안으로 되돌아갔다. 인문이 함원전에 들어 황제를 알현하고 책문과 정절을 내놓자 당 황제는 그를 다시 임해군공으로 책봉하였다.

한 가지 이상한 일은 도독부가 없어졌다는 말에 펄쩍펄쩍 뛰며 대노하였다는 당 황제가 인문과 함께 신라로 향하던 대군을 철군시킨 이후로 웅진 땅을 내어 놓으라는 소리가 없는 것이었다. 그로써 대제는 당 황제의 약점을 다 파악하였다.

금마저에 둔 새 고구려를 시켜 웅진도독부를 없앤 것에 그치지 않고, 북쪽으로 진격하게 하여 옛 고구려 땅의 남쪽 일부를 점령하였다. 그러고는 재빨리 전 신라의 강역을 아홉 개의 주로 나누고 도독을 두어 크게는 이십 군단, 작게는 십 군단을 통솔하게 하였다. 또 군에는 태수를, 현에는 소수를 두어 관할에 소홀하지 않도록 엄명하였다.

대제는 전승을 기념하여 궁궐 안에 크게 연못을 파고 동산을 만들었다. 갖가지 화초를 심고 진기한 물짐승을 연못에 넣어 키우고,

나무에는 날짐승의 둥지를 만들어 주고, 울타리를 쳐 바다 밖 대식국이나 천축국, 왜국, 탐라국 등에서 공물로 가져온 온갖 기이한 짐승을 길렀다.

낭정에서는 흠언이 새로 풍월주에 올랐다. 그는 흥원의 딸 차홍과 혼인하고 그녀를 화주로 삼았다. 또 진공의 아들이자 흠돌의 조카인 신공을 부제로 삼았다. 흠돌의 전횡이 심하여 화랑들에 대한 조정의 신임과 관심이 예전만 못하였다.

흠돌은 이들을 비롯하여 저를 따르는 무리를 데리고 밤마다 자주 궐 안 연못에 잠입하여 배를 몰래 띄우고 놀았다. 그러다가 결국에는 발각이 되고 말았는데, 대제는 호연지기를 기르는 화랑들이 잠시 사려가 짧아 실수를 한 것이라며 모두 사면해 주었다.

신하들은 장차 흠돌이 조정의 화근이 될 것이라고 생각하였으나, 어느 누구도 입 밖에 내어 그의 죄를 성토하는 사람이 없었다. 죽지가 흠순에게 넌지시 말하였지만 흠순은 흠돌의 짓을 대수롭지 않게 여겼다.

"사내가 그럴 수도 있는 거지요. 제 동네에서 호방하게 자란 놈이 나중에 나라도 호방하게 지키는 놈이 되지 않겠소 허허허."

"그게 아니래도!"

"알겠소, 알겠소 앞으로 한 번 더 사고 치면 제가 따끔히 혼을 좀 내주겠소"

문무왕이 서형산 아래에서 군사를 크게 사열하였다. 사열의 백미는 천보노와 거포노의 발사 시험에 이어 발연거의 위용이었다. 매캐한 연기를 피우며 돌진하자 대제까지도 면건으로 코와 입을 가릴 정도였다. 흠순이 나와 아뢰었다.

"성상폐하, 그간 비밀리에 준비해 놓은 병기가 있사옵니다."

"오, 그러오? 그건 어떤 것이오?"

"삼우노라고 하옵니다. 먼저 친람하옵소서."

심심이가 바퀴 달린 커다란 쇠뇌를 세 마리 황소로 끌게 하여 사열장으로 들어왔다. 그러고는 바퀴를 땅에 고정시키고 소들에게 채찍을 쳐 쇠뇌의 굵은 시위를 방아쇠틀 위에 걸었다. 그러고는 큰 대통을 놓았다.

"대통을 쏘려는 건가?"

"글쎄, 저 대통이 무슨 병기가 될 수 있겠는가?"

심심이는 큰 방망이를 들고 쇠뇌 앞으로 갔다. 멀리 강 건너 들판에서 군사들이 큰 깃발을 흔들고는 사라졌다. 심심이는 방망이로 쇠뇌의 굵은 시위가 걸려 있는 방아쇠를 겨냥하다가 크게 소리를 내었다.

"살 난다!"

그러고는 방망이로 방아쇠를 힘껏 뒤로 쳤다. 굵은 시위가 대통을 앞으로 강하게 퉁겼다. 그런데 줄로 쇠뇌에 묶어 놓은 대통은 퉁겨졌다가 그 자리에 그대로 남아 있었고, 대통 속에서 작은 화살들이 나와 하늘 높이 까마득히 날아가는 것이었다.

일백 대나 회살은 멀리 강 건너 들판 여기저기에 쏟아져 박혔다. 바라보던 사람들은 입을 쩍 벌렸다. 잠시 후 군사들이 나타나 또 깃발을 흔들었다. 다 떨어졌다는 신호였다. 흠순이 대제에게 나아가 아뢰었다.

"저 쇠뇌는 삼우노라고 하옵니다. 둘레가 굵고 긴 대통 안에 칸막이 일백 개를 치고, 가늘고 짧은 화살들을 대통 밑에 박아 놓은 못에 끼운 뒤에 그 대통을 시위에 걸어서 쏜 것이옵니다."

"오, 그러오? 그러면 좀 전에 보았던 바와 같이 한 번에 화살 백 대를 쏠 수 있다?"

"그러하옵니다. 하옵고, 화살이 작고 가늘어서 날아오는 것을 적들이 거의 보지 못하옵고, 또 살대가 짧아서 적이 주워도 그들의 활에는 매겨 쓰지 못하오며. 살촉이 그지없이 날카로워서 적의 갑옷도 뚫을 정도이옵고, 황소 세 마리의 힘으로 시위를 당기는 것이어서 일천오백 보까지 날아가오며, 시위를 약하게 당기거나 강하게 당김에 따라 세 가지로 그 사정거리까지 조절할 수 있사옵니다."

"그것참 대단한 병기로구려. 특히나 적들이 살대를 주워도 되쏘지 못한다니."

"이제 다음을 보옵소서."

심심이는 삼우노 열 대를 나란히 배치하고 각 노의 시위를 걸게 하였다. 이윽고 작은 화살 일천 대가 동시에 새까맣게 하늘 높이 날아가서 들판으로 떨어지는데 마치 세찬 빗줄기가 내리는 듯하였다.

"참으로 대단한 위력이로다!"

"귀신이 만든 병기가 아니고서야 어찌……."

대제는 심심이를 인견하였다. 성명을 묻고 이력을 물었다. 심심이는 저의 얘기보다는 스승 구진천에 대한 이야기를 하였다. 듣는 사람인 다 구진천의 충심에 감탄하였다. 대제는 용상에서 내려와 친히 심심이의 손을 잡아 일으키며 말하였다.

"네가 한 사람으로서 능히 일천 군사로다. 황우 삼백 마리로는 화살 일만 대를 한꺼번에 쏠 수 있다는 말이 아니냐?"

"황공하옵니다. 성상폐하."

"짐이 너에게 새 이름을 내리노니, 이후로 너는 군보이다. 집사부 품주는 우리 신국 신라군에 있어서 다시없는 보배인 군보에게 해마다 조 오백 석을 내려주라."

삼우노를 보고 더욱 자신감을 얻은 대제는 금마저 고구려왕 연안승을 보덕왕으로 책봉하였다. 앞서 고구려왕이라 인정하였지만 관작명이 없었기에 그렇게 한 것이었다. 그러고는 관에 아뢰어 허락을 받지 않고 옛 백제 땅에 남아서 신분을 감추고 백성 행세를 하고 있는 당군을 모조리 찾아내어 참수하라고 명하였다.

대제는 영묘사 앞에서 또 군사를 사열하였다. 기마군과 보군의 전법과 전술을 친람한 뒤, 당군이 즐겨 쓴다는 진법까지 눈 여겨 보았다. 아찬 설수진이 지휘한 육진병법이었다. 그것은 연개소문의 제자로 당 태종 때의 명장 이정이 제갈공명의 팔진도를 바탕으로 만든 것으로 육화진법이라고도 하는 것이었다.

대제는 큰 군진이 작은 군진들을 싸고, 작은 군진들은 그 안에서 서로 돌며 안팎으로 구불구불 출입하는 광경을 보고는 적잖이 현란함을 느꼈다.

"당에 저러한 팔진도니 육진병법이니 하는 진법이 있다면 우리 신국 신라에는 어떠한 것이 있는가?"

"화령도가 있사옵니다."

매소대첩 買蘇大捷

유인궤는 척후선을 보내 신라 수군의 동향을 살폈다. 신라 수군이 당은포를 위주로 방어 태세를 갖추고 있다는 첩보를 입수한 그는 밤을 틈타 한수 어귀로 접근하여 군사들을 하선시키고 전선을 숨겼다.

새벽이 밝아올 무렵, 아직 잠에서 덜 깨어난 칠중성을 기습하여 깨뜨린 유인궤는 조운선을 인도하여 군량 일만 석을 성안에 들여놓았다. 그런 뒤, 이후부터 칠중성을 거점으로 삼고 해안가를 오르내리며 노략질을 하였다. 그 바람에 어선들이 고기잡이를 나가기를 꺼려하기에 이르렀다.

당항성주 대아찬 철천은 유인궤의 노략질로 백성들의 피해가 커 고심하였다. 병선을 당은포 위쪽으로 보내어 해안 경계를 게을리 하지 않았지만, 워낙 바다에 흩어져 있는 섬이 많아 불현듯 나타났다가 재빨리 사라져 배를 감추어 버리는 그들을 찾기란 여간 어려운 일이 아니었다.

유인궤가 신라의 북쪽 해안가를 노략질하며 탈취한 양곡을 칠중성에 차곡차곡 저장해 가고 있을 즈음, 당 황제는 대군을 출병시켰다. 신라가 옛 백제 땅을 다 빼앗아 가고도 모자라 북쪽으로 눈길을 돌려 옛 고구려의 남쪽 땅까지 야금야금 먹어치우는 것을 보고는 더 참을 수 없었다.

대국의 체면이 걸린 일이었고 천자의 위엄이 서지 않는 일이었다. 신라를 멸해야 하였다. 그러나 고구려를 칠 때처럼 많은 군사를 낼 수는 없었다. 군사들이 먼 땅으로 대거 출병하고 나면 혹시라도 역심을 품은 자들로 인하여 장안이 위험하게 될지도 몰랐다. 지난 철륵의 난을 겪지 않았던가.

더구나 오래 끌어온 전쟁을 끝내지 않는다고 백성들의 원성도 높아가고 있었다. 조세와 부역이 무거워지고 생업이 안정되지 않은 까닭이었다. 거란과 말갈과 같은 여러 번국에서 불만이 새어나오고 있었다.

그런 까닭으로 이번 출병은 속전속결이어야 하였다. 그리고 가장 중요한 군량은 해로로 이송하여 가장 안전한 곳에 저장해 두어야 하였다. 그 일은 이미 유인궤에게 명을 내려 조운선단과 전선을 보내두었다.

당 황제는 이근행을 안동진무대사로 삼고, 이십만 군사를 주어 신

라를 멸하라는 조서를 내렸다. 그러고는 조정에 들어와 있던 안동도
호 설인귀에게 보좌하게 하였다.

설인귀는 신라의 높은 신하였던 진주가 신라왕의 명을 제대로 따
르지 않았다가 참수를 당한 것을 들어, 당에 숙위학생으로 와 있던
그의 아들 풍훈에게 불구대천지원수를 처단할 절호의 기회라며 꾀
어 길앞잡이로 삼아 데리고 행군을 시작하였다.

"이십 만?"

당군의 출병 소식을 접한 대제는 앞서 고작해야 십만이나 이십만
군사를 낼 것이라고 예견하였던 흠순의 말을 떠올려 그 혜안에 감
탄하였다.

대제는 당과 최후의 결전이 될 것이라 여겼다. 군사들의 출전을
대궁의 조원전에서 명하지 않고, 귀정문의 문루인 청양루에서 하명
하여 신하들은 물론이고 백성들도 원하는 자는 다 궁문 가까이 다
가와서 들을 수 있도록 하였다.

"우리 신국 신라가 백제와 고구려를 멸하러 군사를 일으킨 지 어
언 십 년이 넘었다. 그간 모든 신민이 전쟁의 피바람과 흙먼지 속에
서 얼마나 많은 고초를 겪어왔으며, 또 생업에 얼마나 무거운 핍박
을 받아 왔는가!

허나, 이제 그 전쟁을 끝내야 할 때가 왔도다. 들으니, 당제가 이
십 만 군사를 출병시켰다고 한다. 고작 한 줌의 군사로써 우리 신국
신라를 도모하려는 그 발상이 참으로 가소롭다 하지 않을 수 없다.

이제 짐도 신병을 출정시키려니, 대장군 흠순과 상장군 죽지, 천광 등 제장은 구당 군사를 이끌고 나아가 그들을 남김없이 쳐 없애도록 하라! 사직의 앞날이 오직 그대들에게 달려있느니, 적 장졸을 칼로 쳐서 안 되면 이로 근골을 물어뜯고, 물어뜯어도 안 되면 두 손으로 눈을 할퀴라.

죽어서 돌아오는 이름은 길이 아름답게 전해질 것이요, 살아서 돌아오는 몸은 감출 곳이 없을 것이다. 천지신명은 오직 그대들의 머리 위를 비출지니. 자, 이제 결전이다. 신병은 거침없이 진군하라!"

이십만 당나라 대군은 당군, 거란군, 말갈군 등으로 구성된 연합군이었고, 그와 똑같은 규모인 이십만 신라 대군은 신라인, 백제귀화인, 고구려귀화인, 말갈귀화인 등으로 편제된 연합군이었다.

당 대군은 전멸되어도 나라가 무너지지 않을 것이지만, 신라 대군이 패퇴한다면 나라의 명운은 그것으로 끝이었다. 행군하는 동안 대장군 흠순은 절박한 심경을 가눌 길이 없었다. 유신이 생각났다. 하늘을 올려다보고 기도를 하였다.

"형님, 이 어리석고 모자란 아우에게 우리 신국 신라 사직의 명운이 달려있사옵니다. 부디 제 목숨은 거두어가고 나라는 살려주옵소서."

당 장수 이근행은 오랜 행군 끝에 매소성에 입성하여 성 내외에 군진을 쳤다. 중군, 좌군, 우군, 후군은 성안으로 들어가고, 전군과 유군은 성 남문 앞 오백 보 거리에 군영을 설치하고 군사들을 쉬게 하였다.

대장군 흠순은 매소성에서 삼십 리쯤 떨어진 견성군 서북쪽 벌판에서 행군을 멈추었다. 먼저 당보 군사들을 풀어 보내 적의 동태와 실정을 살펴 오게 하였다. 또 사방 산정에 눈 밝은 파수 군사들을 보내어 위험한 조짐이 있는지 관찰하게 하였다.

앞에는 작은 내, 뒤에는 큰 내가 흘러 군사와 군마가 먹을 물이 부족하지 않았고, 사방을 경계하는 데 있어서 취약한 곳이 거의 눈에 띄지 않았다. 전봉군이 당군의 기습에 대비하는 가운데 군영을 설치하였다.

이윽고 당보 군사들이 돌아와 당군이 군량을 충분히 이송해 오지 않은 것 같다는 첩보를 내어놓았다. 흠순은 각 당 총관을 대장군영으로 불러 군략회의를 열었다.

"아마 추가로 싣고 오지 않겠사옵니까?"

"만약에 당군이 군량을 수송해 온다면 육로를 택하겠소, 해로를 택하겠소?"

"육로로 군량을 나르는 것은 불가할 것이옵니다. 곳곳에 고구려 잔적들이 숨어서 유병전을 펼치고 있는 상황이 아니옵니까? 만약 육로로 수송하려고 든다면, 그건 마치 생선을 가득 실은 수레를 끌고 열흘 굶은 고양이 소굴을 지나는 것과 같을 것이옵니다."

"그렇다면 서해를 건너 올 것이라는 말인데, 지금 적들이 칠중성을 확보하고 있으니 한수 어귀로 오겠군?"

"그럴 것이옵니다. 바다를 건너 한수 어귀로 들어와서 칠중성을 거점으로 하여 칠중하를 거슬러 대탄으로 올라와 당군에게 군량을 전하려고 할 것이옵니다."

"그렇다면 칠중하에서 대탄으로 올라오는 수로를 봉쇄해야 하옵니다."

"그러하옵니다. 반드시 물길을 끊어놓아야 하옵니다. 적들이 군량을 신속하게 공급받지 못한다면 그 자체로 크게 불안하여 동요가 일 것이옵니다."

"유인궤가 칠중성을 점거하고 서해에서 노략질 일삼고 있다고 하였는데, 필경 당군의 군량 공급과 무관하지 않을 것이옵니다."

"당항성주 철천 장군에게 기별하여 그들을 바다에서 무찌르도록 하는 것이 어떻겠사옵니까?"

"아닐세. 그들을 상대하려고 전력을 집중하다가 당이 서해안 다른 곳으로 수군을 대거 파병하면 낭패를 보네."

흠순은 장군 중신에게 일만 군사를 주어 대탄을 선점하여 매복하고 있다가 당의 보급로를 반드시 차단하고 사수하게 하였다. 쳐들어온 것은 그들이었고, 막아야 하는 것은 신라군이었다. 공격을 하기 위하여 먼저 서두를 것이 없었다.

드디어 당군의 움직임이 포착되었다. 안동도호 설인귀가 기마군 삼만을 이끌고 와 북쪽에 중군을 두고 좌우로 벌리며 멀리서 신라 군영을 포위하였다.

흠순은 대당 총관 문훈을 보내 설인귀를 상대하게 하였다. 양 군은 서로 마주보고 대치하였다. 군사들의 전투태세만 갖춰 놓은 채 신중하여 어느 쪽도 쉽게 선공을 할 기미가 보이지 않았다.

그즈음, 고구려 귀순인들로 편성된 각궁대를 이끌고 있는 대감 고연무가 군졸 하나를 데리고 흠순을 찾아왔다. 이름을 선호련이라고 밝힌 군졸은 놀라운 말을 하는 것이었다. 자신은 어릴 적에 설인귀와 한 고을에 살았던 동무인데 그에게 가서 한번 설득해 보겠노라는 것이었다. 어인 얼토당토않은 말인가 하던 흠순은 그의 이야기를 다 듣고 나서는 설인귀에게 보내보기로 용단을 내렸다.

백기를 들고 당군 진영으로 간 선호련이는 설인귀를 만났다. 처음엔 몰라보던 설인귀는 속으로 크게 반가웠지만 내색을 하지 않았다. 말은 선호련이의 입에서만 계속 나왔다.

"우리가 감악산 아래에서 함께 놀던 기억이 이제는 가물가물하네. 자네가 워낙 기운이 세서 동무들이 다 자네를 설예 역사라고, 이름만 부르지 않고 꼭 역사라는 호칭을 붙여서 불렀었지. 전에 자네가 안동도호로 부임하였다는 말을 듣고 한번 찾아가보려다가 그만두었었네. 차마 발길이 떨어지지 않더군."

설인귀는 여전히 선호련이가 하는 말을 묵묵히 듣고만 있었다.

"자넨 모르고 있을 걸세. 얼마 전에 자네 아버지가 돌아가셨는데 장사지낼 사람이 아무도 없어서 내가 감악산 아래 양지바른 곳에 잘 묻어드렸네. 이건 자네 아버지가 남긴 유품일세. 돌아가시기 전

에 자녤 언제라도 만나면 꼭 좀 전해달라고 하셨네. 그런데 오늘이
아니면 앞으로 전해줄 날이 오지 않을 것 같아서……."

선호련이는 품에서 옥팔찌 한 쌍을 내어놓았다. 그때서야 설인귀
의 눈썹이 움찔하였다.

"자네 어머니가 갖고 있던 것인데 돌아가시면서 자네 아버지한테
주신 거라고 하더군. 자녤 만나면 전해주라고 말일세. 오늘 다행히
이렇게 자네한테 주게 되었으니 내가 자네 선친의 유지를 받들게
되어 마음이 편하게 되었네."

설인귀는 떨리는 손으로 그것을 집어 들었다. 그러고는 눈앞에 가
까이 대며 이를 윽다물었다. 간신히 참고 있던 소리가 들릴 듯 말
듯 새어나왔다.

"어머니, 아버지!"

선호련이가 다가가 그의 어깨를 감싸 안았다. 설인귀는 아무런 경
계도 저항도 하지 않고 그대로 기대어 안겼다. 설인귀는 흐느꼈다.
선호련이는 그의 등을 어루만지며 한참동안 울도록 내버려두었다.
이윽고 설인귀가 눈물을 훔치고 진정하였다.

"이보게, 선호련이. 돌아가지 말고 나랑 같이 지내세."

"그건 안 되네."

"왜 안 된다는 말인가? 우린 동무 아닌가? 어릴 적 동무 말일세."

"이제 자네는 당나라 사람이고, 나는 신라 사람이기 때문일세."

"그게 뭐가 그렇게 중요한가? 그리고 신라보다는 차라리 당나라

가 낫지 않은가?"

"뭐가 낫다는 말인가? 먹는 게? 입는 게? 아니면 지위가? 자네는 아직 모르고 있군."

"뭘 모른단 말인가?"

"당나라 사람과 삼한 사람은 그 뿌리가 전혀 다르네. 말하는 것, 먹는 것, 입는 것……. 가장 중요한 건 피가 서로 전혀 다르네. 하지만 삼한끼리는 피가 서로 거의 같아서 어느 나라 아래에서 하나로 어울려 살아도 그리 큰 이질감이 없다네."

"이제 보니 선호련이 자네가 내게 온 뜻은 다른 데 있었군."

"사실은 그렇기도 하네. 곰곰이 한번 생각을 해보게. 자네가 고향 땅을 짓밟아 당의 땅으로 만들면 지하에 계신 부모님이 자네한테 뭐라고 하시겠는가?"

"옛적에 고구려는 나를 알아주지 않았지만 당은 알아주었네."

"나라가 나를 알아주지 않는다고 등을 돌려서는 안 되네."

"이제 고구려는 없는 나라일세."

"왜 없는가? 내 마음에도 있고, 자네 마음에도 살아있는 걸. 자신을 속이지 말게."

설인귀는 흔들리고 있었다. 고향은 군영을 설치한 곳에서 불과 수십 리 거리에 있었다. 평양도호로 부임하자마자 가보고 싶은 땅이었지만 차마 당나라 옷을 입고 찾아갈 용기가 나지 않았었다.

"신라가 그렇게 잘해주던가?"

"가서 살아보니, 고구려에서 살고 있는지 신라에서 살고 있는지 모르겠더군. 그만큼 몸과 마음이 편하더라는 말일세. 물론 풍토와 국습이 좀 낯설긴 하지만 말일세."

"신라는 곧 망하네. 그렇게 되게 되어 있네."

"천만의 소리! 신라는 당에 절대 망하지 않네. 내 장담하지. 자꾸 이렇게 쳐들어온다면 오히려 당이 위태로울 걸세."

설인귀는 그게 모슨 소리냐는 얼굴로 선호련이를 바라보았다.

"이유는 딱 한 가지일세. 신라로서는 나라의 명운이 걸려있어 온 백성이 일어나 싸우지만, 당은 그저 땅 몇 조각 더 보태려고 싸우니 말일세. 전조 수나라가 왜 망했는가 생각해 보게."

설인귀는 한참만에야 입을 열었다.

"나는 이미 당의 장수일세. 자네가 어떤 말을 하여도 나 스스로 포위를 풀고 돌아갈 수는 없네."

"합전이 시작되면 못이기는 척하고 후퇴하게. 그러면 신라군이 십 리만 쫓고 말도록 잘 말해두겠네. 신라가 망하면 고구려와 백제는 망한 뒤에 또 한 번 더 망하는 것이 되네. 물론 신라가 망할 리는 없겠지만 말일세."

설인귀의 얼굴에 알 수 없는 그늘이 짙게 드리워졌다.

"신라에는 당이 모르는 엄청난 비밀병기들이 있네. 천보노 따위는 비교도 되지 않을 만큼."

"그게 참말인가?"

"그 병기가 전장에 출현하면 당군이 몰살될지도 모르네. 거짓말이 아닐세. 부디 명심하게. 하잘 것 없는 신라 군졸 하나가 당나라 명장 설인귀를 겁주려는 것이 아니라, 이 선호련이가 어릴 적 친구 설예 역사한테 말하고 있다는 것을."

"흐음."

선호련이는 돌아와 흠순에게 설인귀와 나누었던 이야기를 남김없이 들려주었다. 흠순은 기대하였던 것보다 흡족하였다. 그리하여 당군과 대치하고 있는 문훈에게 직접 가서 엄령을 내렸다.

"설인귀가 곧 쳐들어올 것이다. 당군이 우리 신병과 싸우다가 힘에 부쳐 달아나거든 절대로 십 리 밖으로는 추격하지 말라. 만약 군령을 어기는 장졸이 있다면 사정을 고려치 않고 그 즉시 참수하겠다."

설인귀는 뒷짐을 지고 막영 안을 서성거렸다.

'신라로서는 나라의 명운이 걸린 싸움이라……. 신라가 망하면 고구려와 백제는 망한 뒤에 또 한 번 더 망하는 것이 된다…….'

설인귀는 신라군과 한번 붙어보고 싶었다. 과연 나라의 명운을 업고 나온 그들이 어떻게 싸우는지 겪어보고 싶었고, 또 그들이 가지고 있다는 비밀병기, 당군을 몰살시킬 만하다는 그것이 도대체 어떤 병기인지 두 눈으로 직접 보고 싶었다.

"공격 대형을 갖추라."

부장을 불러 군령을 내린 설인귀는 탁상에 내려놓았던 옥팔찌 한 쌍을 집어 두 팔목에 하나씩 나누어 찼다. 부장이 들어와 채비가 되었다고 아뢰었다. 설인귀는 밖으로 나왔다. 그의 전마가 대기하고 있었다. 칼을 비스듬히 등에 둘러매고는 말에 올랐다. 말의 왼쪽 옆구리에는 궁갑이, 오른쪽에는 전통이 달려 있었다. 전통에는 화살이 빽빽하다고 할 만큼 들어있었다.

"화살이 너무 많지 않은가? 내가 이 화살을 다 쏘아야 할 만큼 우리 군사들이 밀릴 것이라고 보는가?"

부장이 얼른 다가들어 전통에서 화살을 덜어내려고 하자 설인귀는 그대로 두게 하고 말에 올라 창을 받아들었다.

부장은 의아하였다. 늘 쓰던 그 만큼을 넣어두었는데 많다고 하는 것과, 전투가 시작되면 맨 먼저 기세 높게 싸우러 나오는 장수들을 명중시켜서 적의 사기를 꺾어놓곤 하던 그의 입에서 나올 말이 아니기 때문이었다.

"이상한 일도 다 있군."

당 기마군이 공격 대형을 갖추는 것을 본 대당 총관 문훈도 신라 보군을 전투 대진으로 이끌었다. 신라군은 당군을 향하여 맨 앞에는 긴 창을 든 장창수, 그 뒤에는 도끼와 방패를 든 부월수, 칼을 찬 도검수, 돌 망태기를 맨 석투수, 큰 활을 든 대궁수, 여러 가지 쇠뇌를 든 노사의 순서로 포진하였다.

두 군 사이에 잠시 적막이 흘렀다. 설인귀와 문훈이 거의 동시에 공격 명령을 내렸다. 당의 기마군들이 먼지를 일으키며 돌진하였다.

신라군은 맨 뒤쪽에 있던 노사들이 천보노를 날리기 시작하였다. 화살을 다 쏘고 나자 이번에는 좀 더 거리를 좁혀오는 당의 기마군들을 향하여 연사노와 다사노의 화살들이 하늘을 날았다. 또 대궁수들과 석투수들이 활을 쏘고 돌을 던졌다.

"창수들은 돌격하라!"

장창수들이 긴 창을 들고 달려 나갔다. 말 위에 있는 당군들을 찔러 떨어뜨리자 뒤따라 부월수들이 나가 그들을 도끼로 쳐 죽였다. 당 기마군들도 만만치 않았다. 말 위에서 아래로 창을 휘둘러대었다. 부월수들은 방패를 머리 위로 들어 막곤 하였다.

말에서 떨어진 당 기마군들이 많아 전투가 기마전에서 지상전으로 바뀌고 있었다. 문훈은 도검수들을 내어보냈다. 칼을 뽑아들고 나간 그들은 부월수들과 합세하여 당군과 뒤섞여 싸웠다. 한 군졸의 활약이 돋보였다. 그는 빼어난 검술솜씨로 수많은 당군을 찌르고 베었다. 곧이어 신라의 유격기마군이 출전하였다. 당의 남은 기마군들도 다 달려 나왔다. 지상전이 다시 기마전으로 바뀌었다.

일부러 져주려고 한 것도 아닌데 전세는 점차 당군에게 불리해지고 있었다. 칼을 든 신라의 군졸 하나가 주인을 잃은 말 위에 올라 탔다. 그러고는 기마전에 가세하였다. 군졸은 기마전에서도 맹활약을 해나갔다. 신라군의 사기가 드높아져 가고 있었다.

설인귀는 전세가 기울었다고 판단하여 당군을 후퇴시켰다. 신라군은 달아나는 그들을 뒤쫓았다. 설인귀는 말을 돌려 맨 앞장서서 쫓아오는 신라의 군졸을 향하여 활을 겨누었다.

"이놈!"

당나라 제일의 명궁이라고 평판을 얻은 설인귀였다. 하지만 겨누기만 하였을 뿐이었다. 설인귀는 두 팔의 힘을 풀고 활을 내렸다. 그러고는 매소성을 향해 말을 달렸다.

신라군이 십 리나 추격하였을까 하는 곳에 이르자 본진에서 더 쫓지 말고 돌아오라는 징 소리가 잇달아 들려왔다. 신라의 기마군은 말머리를 돌렸다. 맨 앞서 추격하던 군졸은 아쉬운 마음에 잠시 머뭇거렸다. 그러나 군령을 어길 수는 없었다. 그는 맨 끝으로 돌아왔다.

"너의 이름이 무엇이냐?"

"원술이라고 하옵니다."

"원술? 그렇다면 돌아가신 태대각간 김유신 공의 자제가 아니냐?"

원술은 대답을 하지 않았다. 자식으로 인정받지 못한 채 유신이 세상을 뜨고 만 탓이었다. 문훈은 그를 일으켰다. 그러고는 흠순에게 데리고 갔다. 흠순은 크게 반기며 원술을 안았다. 그러고는 자신의 부장으로 삼았다.

군사들이 여기저기 달아난 말들을 다 붙들어 끌고 왔다. 무려 일천 필이나 되었다. 전사한 적의 수는 일천사백 인이 넘었다. 흠순은 이미 죽었거나 상하여 죽어가는 말들은 다 잡아서 군사들에게 먹였다.

문훈은 이상한 생각이 들었다. 당군이 일부러 두고 간 것이 아닌가 할 정도로 전마를 너무 많이 획득한 것이었다. 당군이 말들을 끌고 달아나지 않은 것에 의문이 일었다. 그에 대하여 흠순은 대수롭지 않게 여겼다.

"달아나는 마당에 그럴 겨를이 없었던 게 아니겠소?"

하지만 문훈의 생각은 달랐다.

'이제 우리 삼한이 하나로 어울려 평안히 살고자 당을 물리치려고 하는 판인데, 설인귀 그자의 몸속에도 뜨겁게 흐르는 삼한인의 피가 어찌 한 방울인들 남아있지 않으리.'

대탄에서 매복 중인 장군 중신으로부터 전승 소식이 들려왔다. 칠중하를 거슬러 대탄으로 올라와 매소성 안에 있는 당군에게 군량을 전하려던 유인궤의 선단 일백여 척 가운데 사십여 척을 빼앗았다는 말이었다. 유인궤는 싣고 온 군량을 다 빼앗길까봐 남은 병선을 돌려 돌아갔다고 하였다. 흠순은 크게 흡족하였다.

"이제 당군에 동요가 일겠군. 신병은 전열을 정비하고 대기하라."

당 총관 이근행은 고심하였다. 군량이 원활하게 보급되지 않는다면 군사들이 조만간 불만을 터뜨릴 것이기 때문이었다. 방법은 대탄을 확보하는 것인데 쉽지 않을 것 같았다. 대탄뿐만 아니라, 매소성에서 대탄으로 가는 길목 곳곳에 신라군이 도사리고 있을 것이었다.

그렇다면 신라의 본군을 속전속결로 치는 수밖에 없었다. 이근행은 백제 귀화인의 수장 흑치상지와 고구려 귀화인의 수장 연남생을 불렀다. 다음 전투 때 그들을 선봉에 세우고자 하였으나 그들은 난감한 기색을 애써 감추며 서로 양보하기에 급급하였다.

"두 분 다 선봉으로 나아가오!"

신라군은 당의 군량 보급로를 차단하였으므로 장기전으로 가자는 분위기였다. 흠순은 당 총관 이근행이 빨리 결판을 내자고 할 것으로 내다보았다. 그때 백제 귀화인의 수장인 백금당 총관 예식진과 고구려 귀화인의 수장인 총관 고연무가 대장군영으로 찾아와 서로 선봉에 세워달라고 간청하였다. 흠순은 흔쾌히 허락하였다.

얼마 지나지 않아 당군이 다시 공격해 왔다. 흠순은 발연거를 앞세웠다. 바람이 신라군영에서 매소성 쪽으로 불고 있기 때문이었다. 흑치상지와 연남생이 이끄는 당의 군사들은 부는 바람에 실려 오는 독한 연기를 마시고 피를 토하며 쓰러져 갔다.

흑치상지의 부장 사탁상여와 연남생의 아들로서 그의 부장인 연헌성, 장군 연남건, 연정토 등이 다 후퇴하자고 하였으나 흑치상지와 연남생은 연기 속을 뚫고 진격하라는 명령을 내렸다.

전장은 발연거가 내뿜는 연기가 자욱한 가운데, 풍류당 풍류화들이 적에게 팔매를 날리기 시작하였다. 자로 재어 날리는 듯한 팔매는 어김없이 적을 강타하였다. 또한 그와 더불어 총관 고연무와 부장 술탈의 지휘를 받은, 고구려 귀화인들로 구성된 각궁대가 활을 쏘아대었다.

백제 귀화인으로 구성된 백금당의 총관 예식진이 명령을 내렸다.

"자, 이제 우리 차례다. 당에 빌붙은 버러지 같은 놈들을 한 놈도 남기지 말고 척살하라!"

백금 대감 상영, 자간, 무수, 그리고 제감 은수, 조복, 파가가 군사에게 물에 적신 면건으로 코와 입을 가리게 하고 이끌고 나갔다. 칼을 든 그들은 앞이 잘 보이지 않고 숨을 제대로 쉬지 못하는 적을 무참히 베고 찔러 나갔다.

매소성 망루에서 먼 전장을 내려다보고 있던 설인귀는 독연을 내뿜는 신라군의 병기에 놀랐고, 여인들의 팔매에 놀랐다. 선호련이가 남기고 간 한 마디 한 마디가 다 떠올랐다. 과연 그의 말대로 신라를 치고자 하는 당의 원정 전쟁이 실패로 끝날 것만 같은 생각이 자꾸 일었다.

흑치상지와 연남생은 더 견디지 못하고 군사를 물려 성안으로 패주해 들어갔다. 두 번째 전투에서도 군사 수천 인을 잃자 당 총관 이근행은 대대적인 결전을 채비하였다. 군량이 모자라 성안에서 굶주리기 전에 총공격을 감행하는 수밖에 없는 상황이었다.

이근행은 후군의 일부만 성안에 남겨둔 채 직접 대군을 이끌고 나왔다. 그러고는 당군이 자랑하는 진법인 육화진을 펼쳤다.

신라의 군책사 설수진이 흠순에게 말하였다.

"대장군, 당군이 육화진을 펼쳐 결전을 벌이려는 것 같사옵니다."

"우리는 어떻게 대응하여야 하겠소?"

"지금은 공격을 해야 할 때이옵니다. 화령도는 방어의 진법이므로 그것으로써 군사들을 포진하는 것은 적절치 않사옵고, 먼저 거포노로 적의 진을 흩뜨린 뒤에 삼우노로써 공격을 한다면 적들이 견디지 못할 것이옵니다.”

신라의 거포노 군사들이 당군을 향하여 수많은 돌덩이를 날렸다. 그들은 방패를 두 손으로 들어 막으려고 하였지만 날아드는 큰 돌덩이들을 감당하기에는 역부족이었다. 더구나 말이 돌에 많아 쓰러져 가자 진영은 크게 흔들렸다.

전군과 좌우군 그리고 유군이 일시에 공격을 개시하며 신라군을 향하여 말을 달려오기 시작하였다. 신라군에서는 드디어 삼우노 군사들이 대통에 애기살을 장전하여 쏘아대었다. 한꺼번에 화살 수천 대가 하늘을 날았다. 당군은 날아오는 화살을 제대로 바라보지도 못한 채 저마다 몇 대씩 맞아서 말에서 굴러 떨어졌다. 땅에 꽂힌 화살을 뽑아 되쏘려 하였지만 길이가 짧아 당군의 활에는 걸어서 쏠 수가 없었다.

당군은 잠시 동안 군사 수만 인을 잃었다. 앞서 발연거의 위력을 본 설인귀는 피할 수 없이 날아드는 애기살을 보자 그만 군사를 돌려 후퇴하고 싶었다. 더 진격한다는 것은 무모한 짓이었다.

그러나 이근행은 공격을 독려하며 군사들을 전진케 하였다. 신라의 군사들이 대거 돌진하였다. 이미 수만 인의 사상자를 낸 당군은 전의가 꺾여있는데다가 신라군이 물밀듯이 달려오자 주춤거리며 후퇴 명령만 내리기를 바랐다.

하지만 이근행은 군사들을 더 다그쳤다. 신라군과 당군의 합전은 반나절이나 계속되었다. 마침내 신라군은 승기를 잡았다. 후퇴 명령이 내리지 않았는데도 당군이 후퇴하기 시작한 것이었다.

신라군은 맹렬히 추격하였다. 당군이 매소성으로 들어가자 멈추지 않고 그대로 성을 공격하였다. 마침내 충차로 성문을 부수고 성 안으로 쳐들어갔다. 이근행과 설인귀는 군사들이 몰살되기 전에 성을 버릴 수밖에 없었다.

당군은 뒤도 돌아보지 않고 대탄을 넘어 달아났다. 매소성을 점령한 신라군은 계속 추격하였다. 설인귀는 신라군의 맨 앞에서 달려오는 장수를 보았다. 지난 전투에서 보았던 한 용맹한 군졸의 모습과 흡사하였다. 원술은 죽어서 지난날의 치욕을 씻으려고 쉬지 않고 말을 채쳐 달렸다.

설인귀는 적이라는 것도 잠시 잊고 속으로 감탄해 마지않았다.

'이제 막 소년티를 벗은 것 같은 용모인데 벌써부터 장수가 되어 전장에서 사나움을 떨치다니, 옛 맹장 여봉선에 못지않은 놈이로고.'

그러고는 한탄 섞인 소리를 내뱉었다.

"아, 신라에서는 어린아이들조차 삼척장검을 휘두른다는 말을 일찍이 들었으되, 저 소년 장수를 보니 과연 그 말이 그르지 않겠구나. 저런 자가 한둘이 아닐 것이니 신라가 중심이 된 삼한의 앞날은 어둡지 않을 것이다."

설인귀는 미련없이 말발굽 먼지를 일으키며 달아났다. 신라군은 당군을 쫓아 패강에 이르렀다. 흠순은 그제야 군사들을 멈추게 하였다. 패강 너머에는 견고하기로는 으뜸이라는 평양성이 있었다.

추격해 온 군사들이 지쳐 있는 데다 역습을 받을 우려도 있었다. 흠순은 패강 이남의 요충지 곳곳에 군사들을 나누어 주둔시키고, 전 고구려 태대형이었던 총관 고연무와 평양성 기마군 군주였던 술탈을 시켜 당에 항쟁해 오던 옛 고구려 유민들을 회유하였다.

그러고는 전리한 적군의 병마 삼만여 필과 수많은 병기며 군물을 챙겨 왕경 서라벌로 돌아왔다. 대제의 기쁨은 대단하였다. 흠순은 원술의 공을 잊지 않고 아뢰었다. 원술이 자신의 딸 지소와 유신 사이에 난 아들이기에 대제는 그의 외조부가 되었다.

"누구에게 검술을 배웠느냐?"

"태백산 산속에서 집안의 맏서형 군승의 가르침을 받아 본국검법과 병법과 진법을 익혔사옵니다."

그 말에 흠순과 죽지가 놀랐다. 군승을 유신의 시종으로만 알고 있었던 까닭이었다. 군승이 유신과 옛 신궁봉사 금지 사이에 난 아들이라는 원술의 말에 죽지는 오래된 기억을 더듬었다.

대제가 원술에게 귀당 총관 벼슬을 내렸지만 그는 간곡히 사양하였다. 대궁을 나온 원술은 집으로 갈 수 없어 고민하다가 금산원에 있는 유신의 묘로 갔다. 묘를 지키고 있던 양부가 그를 반갑게 맞이하였다.

원술을 떠나보낸 군승은 태백산에서 나와 왕경 서교에 있는 벽도산으로 들어갔다. 재매곡에 묻혀 있는 모주 금지의 묘를 지키며 여생을 그곳에서 보내기로 결심한 것이었다. 금지의 묘 앞에 앉아 바라보자니, 멀리 유신의 묘가 보였다.

누군가 참배를 하고 있어 눈 여겨 보니 원술인 듯하였다. 한숨이 절로 나왔다. 틀림없이 집으로 가지 못하였을 것이라고 생각되었다. 원술이나 저나 버려진 아들이기는 마찬가지라고 여겨졌다. 원술을 데리고 벽도산 산속에서 함께 살고 싶었다.

군승은 그를 데리고 올 작정을 하고 산을 내려갔다. 태백산에서 엄히 가르칠 때는 남 같이 여겨졌는데, 이젠 아우라는 생각이 여실히 드는 것이었다. 군승은 묘한 기분이 들어 가슴이 울렁거렸다.

"아우. 암, 원술이 내 아우이고말고!"

걷던 군승은 마음이 급해져 유신의 묘를 향하여 내달리기 시작하였다.

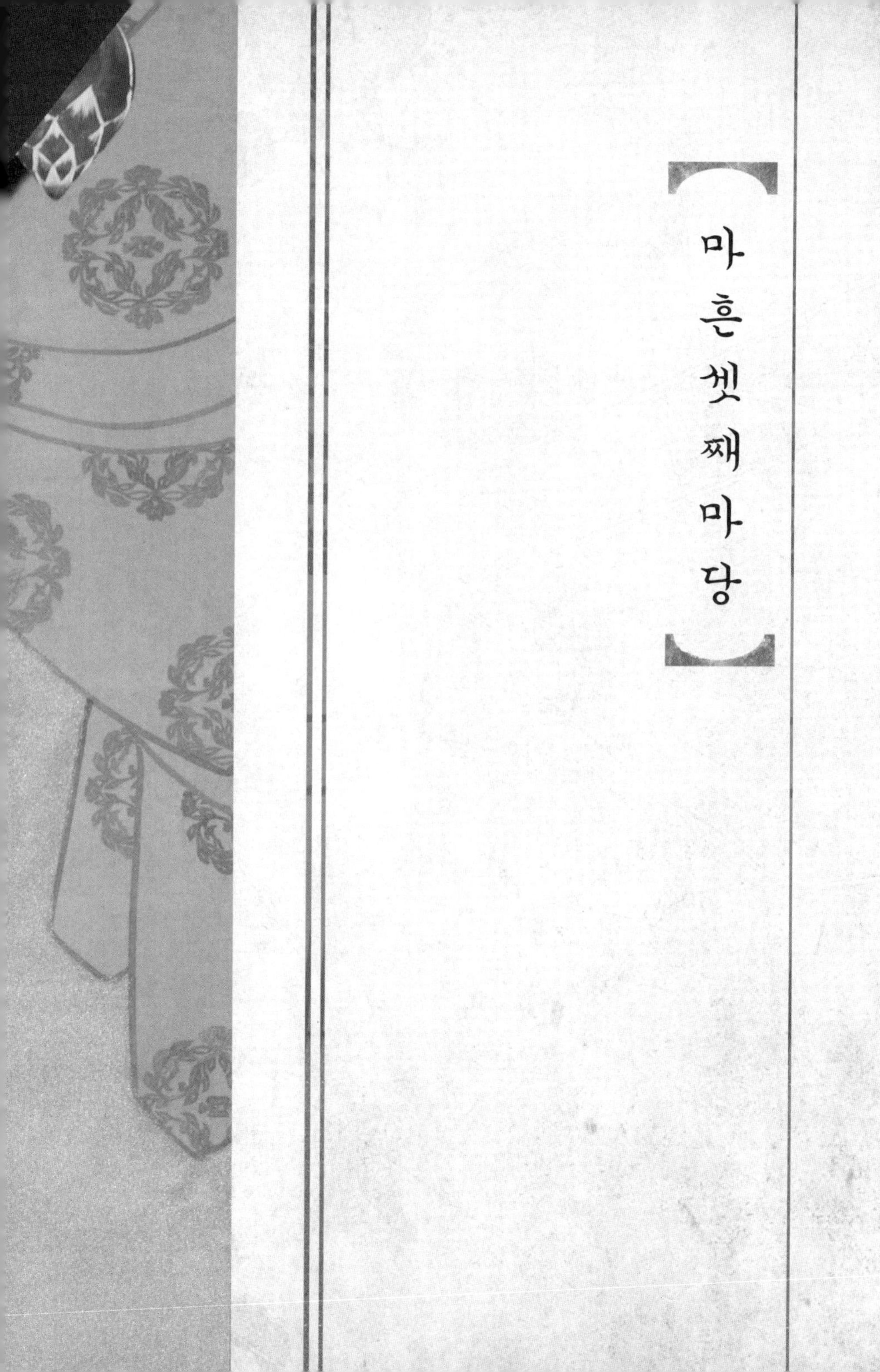

마
흔
셋
째
마
당

말갈노략 靺鞨擄掠

말갈 군사들이 노략질을 하다

대제는 유신의 적자로서의 맏아들 이찬 삼광을 조부령으로 삼았다. 사찬 열기가 그를 찾아와서 삼년산군의 태수로 나아가기를 청원하였다. 삼광은 힘써 보겠노라고 하고는 그만 열기의 청원을 잊어버리고 말았다.

열기는 기원사의 중 순경법사를 만난 자리에서 삼광에 대한 섭섭함을 드러내었다.

"조부령에게 삼년산군 태수를 청원하였는데, 아직까지 아무런 소식이 없구려. 당과 말갈의 침입이 잦은 이때에 삼년산성에서 군사의 조련이 절실한데, 조부령이 아마도 나를 잊은 것이 아니겠소?"

순경법사는 삼광을 만나 열기의 이야기를 전하였다. 그제야 기억을 떠올린 삼광은 대제에게 주청하였다.

"열기가 누구인가?"

"처음 고구려를 치러 출병하였을 때, 보기감으로서 군책사 구근과 함께 한겨울에 눈보라를 헤치고 당군에게 군량을 전해주는데 큰 공을 세웠던 자이옵니다."

대제는 고개를 끄덕이며 열기를 삼년산군의 태수로 나아가게 하였다.

한편, 열기의 친구 대나마 구근은 유신의 셋째아들인 파진찬 원정을 따라 서원경에서 술성을 쌓고 있었다. 열기가 삼년산군의 태수로 나아갔다는 소식을 들은 그는 한번 찾아가 볼까 하는 생각으로 일손을 잠시 놓았다.

원정은 구근이 성을 쌓는 일을 제대로 감독하지 않는다는 말을 듣고 전후 사정을 알아보지도 않은 채 여러 사람이 보는 앞에서 곤장을 쳤다. 구근은 억울하여 죽지를 찾아가 아뢰었다.

"소관은 일찍이 돌아가신 태대각간의 영을 받들어 열기와 함께 고구려 땅으로 들어가 임무를 수행하였사옵니다. 태대각간 존하는 살아생전에 소관을 볼 때마다 나라에 은혜로운 사람으로 대접하였사온데, 그의 자제이신 김원정 공은 자세히 알아보지도 않고 뜬소문만 믿고 뭇 사람이 보는 앞에서 소관을 벌하니, 저는 평생의 치욕을 얻었사옵니다."

죽지가 원정을 불러 구근을 벌한 일이 경솔하였다며 타이르자 원정은 크게 부끄러워 그 일을 후회하였다.

대제는 유신의 여러 아들들 가운데 아비의 인품에 이르는 자가 없는 것 같아서 적잖이 실망하였다. 내성사신에게 일러 유신의 숨겨진 맏아들이라는 군승과 자신의 외손자가 되는 원술을 찾으려 하였으나 두 사람 다 종적을 감추어 어디에 있는지 알 수 없었다. 대제는 그 두 사람을 중용하지 못하여 크게 아쉬워하였다.

"국토가 크게 넓어진 만큼 숨은 인재를 두루 찾아내어 많이 등용하라."

옛 백제 땅을 다 아울렀고, 옛 고구려의 강역 중에서는 패강 이남까지 얻은 대제는 인재를 널리 구하는 것과 동시에 안북하를 따라 관문을 설치하였고 성을 쌓았다. 또한 철관성을 튼튼히 쌓아 올린 뒤에 당과 말갈의 침입에 대비하여 노당의 노사들을 배치하였다.

신라 정벌에 나섰다가 매소성에서 큰 사상을 내고 평양성으로 몰려 들어가 있는 당군보다는 동북쪽에서 신출귀몰하는 말갈이 더욱 골칫거리였다.

백성군 사산 사람인 소나는 선덕대왕 때 사성에서 용맹하게 싸워 당시 백제 군사들이 날아다니는 장수라 하여 비장이라는 별명을 붙여주었던 심나의 아들이었다. 그는 아달성 소윤으로서 직책을 충실히 수행하고 있었다.

그런 어느 날, 아달성 태수인 급찬 한선이 소윤 소나를 시켜 군사들과 성민들에게 하령하였다.

"며칠 뒤에 모든 밭에 삼을 심으려고 하니, 반드시 기억하고 있다가 영을 어기는 자가 한 사람도 없도록 하라.”

소나는 전 군사와 성민을 동원하여 삼을 심을 때 만약 말갈이 침범해 오기라도 하면 크게 위험하다고 간언하였지만 태수 한천은 삼을 심을 때를 놓치면 안 된다며 하루에 끝낼 일이니 염려 말라고 그의 의견을 무시하였다.

그런데 말갈에서 숨어든 밀정이 돌아가서는 이러한 아달성의 형편과 정황을 속속들이 그들의 번추에게 보고하였다. 번추는 성민들이 삼을 심는 날을 기다렸다가 습격하기로 결정하였다.

그날이 되어 소나는 칼을 차고 활을 두른 채 나갔다. 아달성 군사와 성민이 다 밭에 나가 삼을 심기에 여념이 없는데, 말갈 군사들이 갑자기 성으로 쳐들어와 온 성을 노략질하기 시작하였다. 성안에 남아있던 노인들과 어린아이들이 놀라 허둥지둥하면서 어찌할 바를 몰랐다.

밭에서 삼을 심는 것을 감독하고 있던 소나가 군사들에게 급히 무장하여 적을 물리치도록 영을 내린 뒤 먼저 홀로 칼을 휘두르며 대적하러 달려갔다. 그러고는 말갈 군사들을 향하여 크게 외쳤다.

“이놈들! 네 놈들은 우리 신국 신라에 심나의 아들 소나가 있다는 것을 모르느냐? 어디 한번 이 소나에게 다 덤벼보아라.”

말을 마친 소나가 조금도 망설임 없이 돌진하자 말갈 군사들이 감히 덤벼들지 못하고 멀리서 활만 쏠 뿐이었다. 소나 또한 활을 벗어들고 화살을 매겨 쏘아대니, 날아 오가는 화살이 마치 벌떼가 나는 듯하였다.

소나는 이윽고 합세한 군사들과 함께 저녁까지 싸웠다. 명령을 내렸음에도 신라 군사들이 좀처럼 진격하려고 하지 않자 소나는 홀로 적진으로 달려갔다. 말갈 군사들이 소나를 향하여 집중적으로 활을 쏘았다. 소나는 마침내 화살 수십 대를 맞고 털이 선 고슴도치와 같은 꼴로 쓰러져 죽었다.

그때서야 분개심을 일으킨 신라의 군사들이 고함을 지르며 돌진하여 말갈 군사들을 물리쳤다.

가림군에 있는 집에 홀로 남아있던 소나의 아내가 남편이 죽었다는 말을 듣고 하염없이 눈물을 흘렸다. 가림군 사람들이 용감하게 싸우다가 죽은 소나를 조문하고 그녀를 위로하러 찾아왔다. 소나의 아내는 군민들에게 말하였다.

"내 남편이 늘 말하기를 '지금 우리 신국 신라가 당과 말갈 따위와 같은 족속들과 전쟁을 벌이고 있는데 대장부라면 누구나 마땅히 적과 싸우다 죽어야지, 어찌 병상에 누워서 아내의 보살핌 속에서 죽을 수 있겠는가?' 하였소 남편이 평소에 하던 말이 이와 같았는데, 그의 죽음이 그 말과 다르지 않으니 어찌 우리 신국 신라의 대장부가 아니겠소"

소나의 아내가 한 말은 바람을 타고 왕경 서라벌에까지 흘러들어 대제의 귀에 들어가게 되었다. 대제는 조회를 연 자리에서 소나의 죽음과 그 아내의 말을 가상히 여겨 백성들이 귀감으로 삼도록 하였다. 또 부자가 다 같이 나랏일에 더없이 용감하였으니 대대로 충의를 이루었다며 소나에게 잡찬 벼슬을 추증하였다.

당군이 거란과 말갈의 군사와 함께 전선을 타고 서해로 와서 한수를 거슬러 오른 뒤 칠중성을 포위하고 공격을 감행하였다. 허를 찔린 신라 군사들은 그들을 막지 못하였고, 칠중성의 소수 유동이 전사하였다.

동북쪽에서는 말갈 군사들이 적목성에 맹공을 퍼부어 깨뜨렸다. 적목성 현령 탈기가 성민들을 거느리고 맞서 싸우다가 힘이 다하여 모두 몰살당하였다.

당군이 또 내륙으로 신라 땅 깊이 들어와 석현성을 공격하였다. 현령 선백과 그의 부장 실모를 비롯한 군사들이 성을 빼앗기지 않으려고 죽을힘을 다하여 맞서 싸웠지만 안타깝게도 성은 함락되고 말았다.

“총관 죽지는 신병을 이끌고 가 적들에게 정예 신라군의 용맹을 떨쳐 보이라.”

대제의 명을 받은 죽지는 그 즉시 신라군을 몰아가서 석현성을 쳐 탈환하고 칠중성과 아달성까지 다 수복하였다. 그리고 곳곳에서 당군과 맞붙었는데, 크고 작은 열여덟 번의 싸움에서 모두 이겨 적 육천여 인을 죽였고 전마 이백 필을 노획하였다.

당군은 죽지에게 죽은 유신의 혼백이 붙었다며 크게 두려워하여 그의 이름만 들어도 전의를 잃고 달아나기에 바빴다.

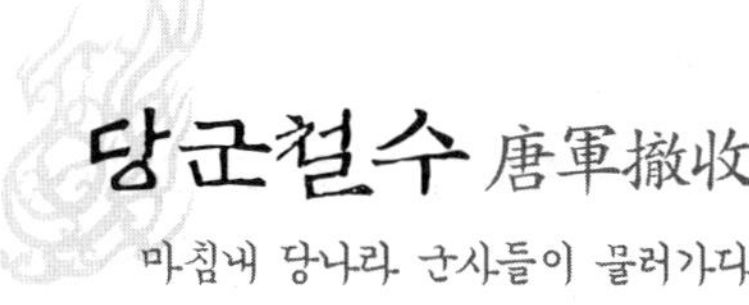

당군철수 唐軍撤收

마침내 당나라 군사들이 물러가다

살별이 북하와 적수 사이에서 나타났는데, 길이가 육칠 보쯤 되었다. 대제가 신궁에 하명하여 점을 치게 하였다. 신궁봉사 소영이 아뢰었다.

"곧 당 대군이 침공할 징조이옵니다. 대비하옵소서."

"어디로 침공해 오겠는가?"

"혜성이 서북쪽에 나타났사오니, 아마도 적의 병선이 서해로 내려올 것이옵니다."

그런데 소영의 말과는 달리 당군이 나라의 동북쪽으로 내려와서 도림성을 공격하여 함락시켰다. 그 과정에서 도림성 현령 거시지가 적에게 사로잡힌 뒤 목이 베였다.

"서해로 내려올 것이라는 적이 어찌 도림성으로 쳐들어왔단 말인가?”

“성동격서의 눈속임이옵니다. 지난번에 이십만이나 되는 대군이 내륙으로 침입하였다가 실패하였으니, 머잖아 적의 대군이 반드시 서해로 침노할 것이옵니다.”

곳곳에 옛 고구려의 잔적들이 할거하고 있으면서 당이 점령하고 있는 성을 치거나 군사들의 이동로에 매복하고 있다가 공격을 감행하는 일이 빈번하였다. 당 황제는 앞서 대군을 보냈다가 실패한 바와 같이 육로로는 신라를 정벌하는 것이 쉽지 않다고 생각하였다.

더구나 신라에 병선이 많지 않고 수군도 그 수가 적어 해안이 취약하다고 여겼다. 조회를 연 당 황제는 수군으로써 기벌포로 침입하여 신라를 남북으로 양분하여 서로 단절시킨 뒤, 북쪽은 평양성을 거점으로 하고 남쪽은 기벌포를 거점으로 삼아 양단된 신라를 동시에 공격하려는 전략을 마련하였다.

그리하여 장수 조헌에게 수군 오만을 이끌고 서해를 건너 패강으로 가게 하였다. 그 어귀에서 평양성의 설인귀와 합세하여 바다를 따라 남하한 뒤, 백강 어귀 기벌포를 공격하도록 하였다.

당 장수 조헌과 안동도호 설인귀가 수군 수만 인을 전선 수백 척에 나누어 태우고 쳐들어오고 있다는 말에 신라 장수 사찬 시득이 수군을 거느리고 소부리주 기벌포로 나아갔다. 그는 포구를 지키지 않고 병선을 타고 바다로 나가 당 수군과 싸웠는데 두 번 싸워 두번 다 패퇴하였다.

대제는 흠순을 대장군으로 삼고 죽지, 춘장, 천존, 군관과 같은 장수들을 각 당의 총관으로 임명하여 군통두상 자의법사와 함께 군사를 이끌고 당 수군의 상륙을 저지하게 하였다. 흠순은 서해의 바다 사정을 잘 아는 옛 백제의 군사들, 즉 삼무당에 소속된 백금무당에 어떤 전략이 유효한가를 물었다. 백금무당 총관 예식진이 대답하였다.

"지금은 동짓달이고 바다가 거세니, 병선을 타고 나가서 싸우기보다는 적이 해안에 근접하기를 기다려 전선을 격파하는 묘책을 강구해야 할 것이옵니다. 적이 바다에 빠지기만 하여도 추운 날씨에 물이 차서 살아나오기 어렵기 때문이옵니다."

흠순은 그 말을 좇아 기벌포 언덕 위에 거포노와 삼우노를 설치하고 당의 전선이 해안으로 다가오기를 기다렸다. 당 장수 조헌과 설인귀가 스물두 번이나 쳐들어왔다가 번번이 당하여 군사 사천여 인과 전선 일백여 척을 잃고 바다 멀리 물러나 있었다.

하늘이 점차 어두워지더니 눈발이 날리기 시작하였다. 눈은 곧 함박눈으로 바뀌어 온 바다와 기벌포를 뒤덮었다. 당 수군은 배에 내린 눈을 치우느라 공격할 생각은 엄두도 내지 못하였다.

눈이 내리고 난 뒤에 북쪽으로부터 바람이 몹시 거세게 불어 닥쳤다. 바다는 미친 듯이 날뛰었고, 당 수군의 전선들은 금방이라도 다 침몰할 것만 같았다. 설인귀와 조헌은 크게 내린 눈으로 말미암아 신라군이 화공을 감행하지는 못할 것으로 알고 전선과 전선을 서로 묶어 연결하여서 파도에 침몰되지 않으려고 하였다.

당군이 처한 상황을 가만히 바라보던 군통두상 지의법사가 나섰다. 그는 기벌포 언덕에 가부좌를 틀고 앉았다.

그와 같은 때, 왕경 서라벌에서는 명랑법사가 낭산 선덕대왕의 무덤 아래쪽에 채색 비단을 두르고 지붕을 얹어서 임시로 절을 지었다. 그러고는 동서남북과 중앙에 불단을 만들어 놓고 짚으로 엮은 오방신상을 안치한 뒤, 법술승 십이 인과 더불어 둥글게 앉은 다음, 다라니경을 합송하면서 문두루비법을 일으켰다.

"나모라 다나다라 야야 나막알약 바로기제 새바라야 모지 사다바야 마하……."

갑자기 기벌포 일대에는 마치 천지를 뒤집을 듯이 바람이 더욱 거세게 불어대었다. 서로 묶어 놓은 당의 전선은 거친 풍랑에 크게 흔들리다가 서로 부딪히며 부서지기 시작하였다. 그리하여 당 전선은 몇 척 남지 않고 바다 위에서 꼼짝없이 침몰하였다.

사흘 밤낮을 불어대던 바람이 언제 그랬느냐는 듯이 잠잠해지자 흠순은 백제 귀화인들로 구성된 백금무당 군사들과 고구려 귀화인들로 짜여진 신삼천당의 나생군삼천당 군사들을 선봉으로 삼아 병선을 몰고 남은 적 전선을 추격하였다.

설인귀와 조헌은 몇 척 남지 않은 전선으로는 싸워보았자 그 결과가 뻔하여 있는 대로 돛을 다 달고 죽을힘을 다하여 노를 저어 패강 쪽으로 달아났다. 흠순은 안북하 어귀 앞 바다까지만 쫓았다가 병선을 돌렸다.

당의 육군 이십 만에 이어 수군 오만까지 크게 깨뜨려 물리친 신라군의 활약에 대제의 기쁨은 이만저만이 아니었다. 특히 문두루비법으로써 적 전선을 다 침몰시킨 명랑법사의 신통력을 듣고는 도저히 믿기지 않아 비법의 요체에 관하여 거듭 묻고 또 물었다. 그러자 명랑법사는 매번 똑같은 대답만 하였다.

"부처님의 가호가 우리 신국 신라에 미쳤을 따름이옵니다."

"법사가 비법을 일으킨 바로 그 자리에 사천왕사를 짓도록 하라."

당 황제는 패전하여 돌아온 설인귀와 조헌을 옥에 가두려고 하였지만 신하들이 죄는 바람과 풍랑에 있지 장수들에게 있지 않다고 주청을 하여 죄를 겨우 면하였다. 다만, 신라왕이 천자의 위엄을 자꾸 손상시키는데 본국에 아무런 조치를 하지 않고 마냥 모른 척하고 있다고 하여 인문을 비롯한 신라에서 온 여러 사람을 하옥하였다.

그때 한림랑 박문준도 옥중에 있었는데 당 황제가 그를 불러 물었다.

"너희 나라 신라에는 도대체 어인 비법이 있기에 짐이 대군을 두 번이나 출병시켰는데도 살아서 돌아온 군사가 거의 없게 되었느냐?"

박문준이 이제 그만 신라와 당의 전쟁이 그치기를 바라는 마음에서 있지도 않은 일을 멋대로 꾸며서 아뢰었다.

"신은 대국에 온 지가 십여 년이나 되었기에 본국 신라의 사정을 알지 못하옵니다. 다만 한 가지 일을 들은 적이 있사온데, 저희 신라왕께서 황상폐하의 은혜를 두터이 입어서 삼한을 통합하였으므로 그 은덕을 갚기 위하여 낭산 남쪽에 사천왕사를 새로 짓고, 폐하의 만년 수명을 축원하는 법회를 여러 차례 열었다는 것뿐이옵니다."

"그게 정말이냐?"

박문준은 대담하게도 말하였다.

"신라에 사신을 보내시어 알아보시면 알 수 있을 것이옵니다."

당 황제는 즉시 예부시랑 악붕귀와 장수 계필하력을 신라에 보내 자신을 위해 축원을 하였다는 그 절을 살펴보게 하였다.

대제는 당에서 사신이 올 것이라는 소식을 미리 듣고, 짓고 있는 사천왕사를 보여주는 것이 내키지 않아 따로 그 남쪽에 급히 임시로 새 절을 지었다.

마침내 당 사신 일행이 왕경 서라벌에 도착하였다. 악붕귀가 대제에게 주청하였다.

"사신은 먼저 신라의 왕아께옵서 황상을 축수하였다는 절인 사천왕사에 분향을 하여야겠사옵니다."

"그렇게 하오."

죽지가 악붕귀를 새로 지은 절로 인행하여 보였다. 그랬더니 악붕귀는 절 안으로 들어가지도 않고 문전에서 도리질을 하였다.

"이것은 사천왕사가 아니고 망덕요산의 절이 아니오?"

"우선 들어가서 살펴보시지요."

"들어가지 않겠소 이제 보니 신라왕이 황상을 위해 축원을 하였다는 말은 다 헛소문이었구려.”

악붕귀가 화가 나서 바로 당으로 돌아가려고 하였다. 계필하력이 그를 달래며 자신이 자세한 사정을 알아보겠노라고 하며 흠순과 만났다. 그는 흠순에게 이에 관하여 속히 대책을 마련하여야 당과의 전쟁을 피할 수 있을 것이라고 하였다.

“없는 절을 있다고 우기지도 못할 바이니, 우리 신라 조정이 어찌하면 좋겠소?”

“예부시랑이 재물에 밝으니 그 점을 이용해 보시오.”

흠순은 계필하력의 귀띔을 대제에게 아뢰었다. 조당의 중론은 만약 재물로써 악붕귀의 마음을 돌리는 데 실패한다면 그때는 더 이상 방법이 없지 않겠느냐며 반대를 하였다. 또 재물을 쓴다면 얼마나 써야 하겠느냐는 것이었다.

대제는 만약 악붕귀가 그대로 돌아가 사실대로 아뢰면 반드시 당 황제가 대노하여 전보다 더 많은 군사를 내어 쳐들어 올 것이고, 그렇게 되면 승전을 장담치 못할뿐더러 이기더라도 신라 군사들도 많이 상할 것으로 생각하였다.

“신민과 군병의 목숨을 그까짓 재물에 비하겠는가?”

“이 일은 신이 맡아보겠사옵니다.”

대제는 죽지에게 일임하였다. 죽지는 당 사신 악붕귀에게 성대히 잔치를 베풀고 아무도 몰래 황금 일천 냥을 주었다. 그가 어떻게 나올지 걱정하였던 것과는 달리 더할 나위 없이 흡족해 하는 것이었다.

"허험, 험. 돌아가면 황상께는 내가 잘 말씀드릴 것이니 아무 심려치 마시오. 이제야 하는 말씀이오만, 세상 어느 누가 전쟁이 계속되기를 바라겠소?"

"그리 말씀해 주시니, 우리 신라가 예부시랑 공께 큰 빚을 지게 되었습니다."

흠순은 계필하력에게 신라의 환두검, 황칠을 하여 번쩍번쩍 빛나는 옛 백제의 갑옷과 투구인 명광개, 그리고 옛 고구려의 각궁과 궁갑, 화살과 전통을 선사하였다. 계필하력은 흠순의 의도를 읽을 수 있었다. 삼한이 하나가 되었으니 당이 더 이상 넘보지 말라는 뜻이었다.

"장군, 신라의 비밀병기들의 위력을 한번 보여줄 수는 없겠소?"

"그건 아니 될 말씀이오."

흠순은 일언지하에 거절하였다. 그리고 농담인지 진담인지 모를 말을 하였다.

"혹시라도 나중에 장군께서 황상의 명을 받아 군사를 이끌고 쳐들어온다면, 그때 여실히 겪으시도록 해드리겠소. 허허허."

"장군. 사실 본장은 황상으로부터 신라의 무력에 관하여 정탐을 해오라는 명을 받고 왔소이다. 돌아가서 어떻게 아뢰어야 될지 모르겠구려."

"본 대로 느낀 대로 말하면 되지 않겠소? 장군도 신라와 당이 끝장을 볼 때까지 전쟁을 계속해야 한다고 생각하시오?"

"아니오. 양국에 그런 생각을 하는 사람이 과연 누가 있겠소."

"그렇다면 장군과 내가 애를 써서 양국의 군사들이 이제 그만 병기를 내려놓도록 하십시다. 그런 뒤에 신라와 당이 잘 지내면 그 얼마나 좋겠소?"

"본장도 장군의 말씀에 동감이외다."

악붕귀와 계필하력이 환송을 받으며 돌아갔다. 그들은 장안의 황궁 함원전에 나아가 황제를 알현하였다. 악붕귀가 아뢰었다.

"신이 가서 살펴보았더니, 신라에서는 과연 사천왕사를 지어 놓고 황상폐하의 만수무강을 축원하고 있었사옵니다."

"짐이 군사를 내어 신라를 치려고 하였는데도 신라는 짐을 위하여 축원을 하였다고?"

계필하력이 간곡한 목소리로 아뢰었다.

"그러하옵니다. 신라는 더 이상 전쟁을 원치 않고 있었사옵니다."

"장군은 신라의 비밀병기들을 다 살펴보았소?"

계필하력이 꾸며서 말하였다.

"예, 황상폐하. 그 병기들은 일백의 군사만으로 운용하더라도 능히 일만의 적을 무찌를 만하다고 여겨졌사옵니다."

"으음."

"만약 신라가 대국의 위엄을 돌아보지 아니하고 단단히 결심을 하여 큰일을 저지르려고 든다면 그때는 결과를 장담하지 못할 바이옵니다. 천하의 명장 설인귀의 경우를 사려해 보옵소서. 명장이 연전연패를 한 데에는 그 장수에게 허물이 있다기보다는 오히려 적에게 다 그만한 이유가 있기 때문이옵니다. 부디 통촉하옵소서.”

“알겠다. 다들 물러가라.”

그로부터 얼마 지나지 않아 당 황제는 안동도호 설인귀의 주청을 받아들여 평양성을 비우고 도호부를 요동의 요양으로 옮겼다.

그런 뒤, 옛 고구려왕 보장을 요동주 도독으로 삼고 또 조선왕으로 책봉하여 요동에서 평양에 이르는 지역을 관할하게 하였고, 당에 와 있던 옛 고구려 유민들도 보장을 뒤따라 돌아가게 하였다.

그로써 옛 고구려가 멸망한 지 어언 팔 년 만에 신라는 당이 화친을 맺을 뜻을 보인 것으로 알고 사신을 보내어 조공을 하였다. 당 황제는 신라의 조공을 받아들이고 번국으로서의 도리를 다하라고만 일렀을 뿐, 대국의 위엄에 손상을 끼쳐온 일에 대해서는 아무 말도 하지 않았다.

그런데 요동주 도독으로 나아간 보장이 몰래 말갈과 통하여 당에 반란을 꾀하고자 하였다. 그 일은 사전에 발각되어 보장은 사로잡혔고, 당 황제는 진노하여 그를 옛 촉 땅인 공주로 유배시켰다.

또한 요동으로 돌려보낸 옛 고구려 유민들도 다시 황하의 남쪽 지역과 흉노의 침입이 잦은 농우의 여러 주에 분산하여 이거시켰다. 다만, 노약하고 빈곤한 자들은 그대로 안동성 부근에 머물러 살게 하였다.

말갈이 자주 요동으로 침입하자 당 황제는 요동의 요양에 두었던 도호부를 다시 신성으로 옮겼다. 그로써 옛 고구려 땅은 점차 당의 땅이라 하기도 애매하고, 신라의 땅이라 하기에도 모호한 지역으로 되어갔으며, 또 다른 영걸한 주인의 출현을 기다리고 있었다.

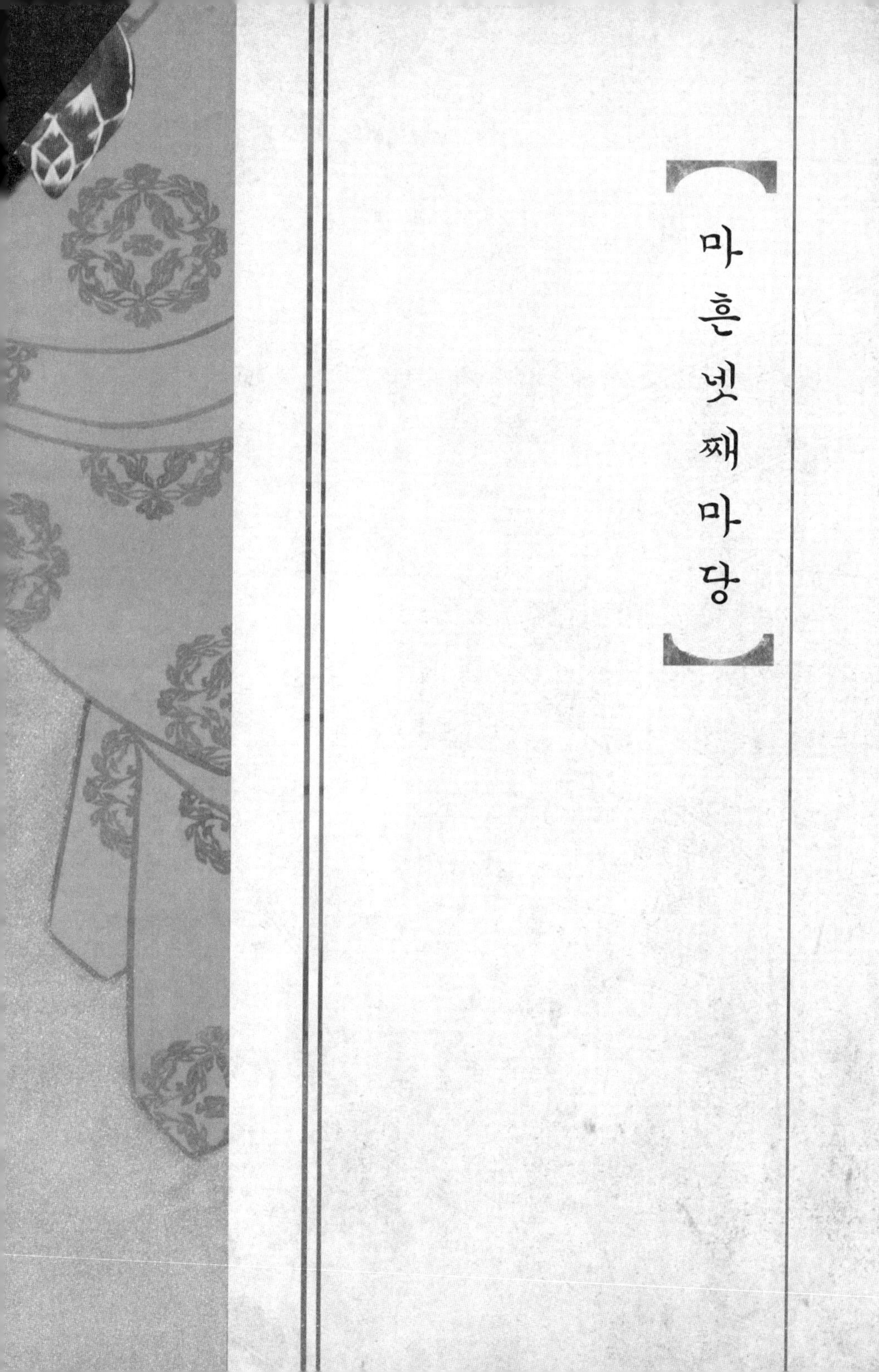

마흔넷째 마당

신당화친 新唐和親

신라와 당나라가 화친을 맺다

　대제는 지난 기벌포에서 당 수군과의 싸움에서 절실히 느낀 바가 있어 수군의 전력을 보강하기 위하여 선부령 한 사람을 두어 병선 제작과 수리에 관한 일을 맡아보게 하였다. 또 북원소경을 설치하고 대아찬 오기에게 지키게 하였다.

　낭정에서는 진공의 아들 신공이 새로 풍월주가 되었는데, 흥원의 딸이자 흠돌의 처인 차홍을 얻어 화주로 삼았다. 왕경 사람들이 낭정을 마음대로 주무르며 국정까지 문란케 하는 진공, 흠돌, 흥원을 나라의 세 간신, 삼간이라고 불렀다.

　흠돌은 이모인 문명태후에게 지나치게 아첨을 하여 제 욕심을 채우려고 하였다. 자신의 딸이 곧 유신의 외손녀가 된다는 점을 줄곧 고집하여 마침내 문명태후의 허락을 받아 정명태자에게 태자비로 바쳤다. 하지만 자의황후와 정명태자는 달가워하지 않았다. 흠돌은 그에 아랑곳하지 않고 문명태후가 있는 한 황실과 조정에 자신의 뜻을 관철시키는 데에는 큰 어려움이 없을 것이라고 여겼다.

대제는 신칠성우의 한 사람이자 자신의 서제인 거득을 불러서 하명하였다.

"거득 아우가 상신이 되어서 삼한통합 이후에 많이 늘어난 경외 백관을 고루 다스리고 나라가 태평하도록 힘쓰라."

거득이 절을 하고 아뢰었다.

"성상폐하께서 만약 신을 재상으로 삼고자 하신다면, 원하옵건대 신은 나라 곳곳을 미복잠행하면서 백성들이 지고 있는 부역의 괴로움과 편안함, 조세의 가벼움과 무거움, 그리고 관원들의 청렴함과 탐오함을 실제로 두루 살펴본 뒤에 그 막중한 소임을 맡고자 하옵니다."

"장한 생각이로고! 그렇게 하라."

거득은 치의를 입고 비파를 든 풍류거사 차림으로 왕경 서라벌을 떠났다. 동해를 거슬러 올라가 아슬라주에 이른 다음, 우수주, 북원경을 차례로 거치며 멀리 남하하여 무진주에 이르렀다. 이한 고을을 미행하는데 관원 안길이 그를 기인으로 여겨서 집으로 초대를 하여 정성껏 대접하였다.

밤이 되어 안길은 처첩 세 사람을 불러서 가만히 말하였다.

"너희 중에서 누가 오늘밤에 저 거사님을 모시고 자겠는가? 만약 모시겠다는 사람이 있다면 내가 그 사람과 더불어 해로하리라.”

한 처와 한 첩이 차례로 말하였다.

“차라리 가주와 함께 살지 못할지언정 어떻게 딴 사람과 한 이불 속에서 잔단 말입니까?”

“저도 그리는 못하겠습니다.”

두 사람과는 달리 남은 한 첩이 나지막한 목소리를 내었다.

“가주께서 만약 종신토록 같이 살기를 약속하신다면 저는 그 영을 따르겠습니다.”

안길은 그 첩에게 약속한다는 문건을 만들어 주었다. 그리하여 그 첩은 그날 밤을 거득의 침소에서 보내었다.

다음날 아침, 거득이 안길과 작별하고 떠나기에 앞서 말하였다.

“사실 나는 왕경 사람인데, 내 집은 황룡사와 황성사 두 절 사이에 있고, 내 이름은 단오라고 하오. 그대가 혹시라도 서라벌에 들를 일이 있다면 잊지 말고 꼭 내 집을 찾아주면 좋겠소”

“그렇게 하지요.”

거득은 그 길로 왕경으로 돌아와 조정에 들어 조부령이 되었고, 대제를 보필하며 백성들이 무거운 조세에 살림이 짓눌리지 않도록 정무에 혼신을 다 쏟았다.

당시 신라에서는 해마다 경외 모든 주의 향리 한 사람을 왕경에 있는 여러 관청으로 불러들여 경관의 업무도 익히게 하였는데, 무진주에서는 안길이 마침 상경하여 기수할 차례가 되었다.

그는 서라벌에 와서 황룡사와 황성사 두 절 사이에 있는 단오거사의 집을 묻고 다녔다. 하지만 그 말뜻을 이해하는 사람이 없었다. 안길은 그 거사가 허언을 하였는가보다 하고 허전한 마음에 오랫동안 시가를 서성거렸다.

안길은 문득 머리가 허연 한 늙은이가 지나가는 것을 보고, 경륜이 있는 노인이라면 혹시 알 수 있을지도 모른다고 여겨 불러서 물었다. 그랬더니 노인은 한참동안 생각하다가 말하였다.

"그 두 절 사이에 있는 집이라면 성상폐하께서 계시는 대궁밖에 없소. 또 단오란 바로 거득영공의 이칭으로서 그 분이 전에 왕경을 벗어나 외주를 미행하셨을 때, 그대와 무슨 사연을 맺거나 약속이 있었던 듯하오."

"거득영공이시라면 성상폐하께서 총애하시는 서제이시자 높은 재상이신데, 나 같은 낮은 벼슬아치가 무슨 수로 만날 수 있겠소?"

"그렇기도 하구려. 누가 그대의 말을 곧이들어주겠소?"

노인은 잠시 궁리하다가 안길에게 한 가지 방도를 일러주었다.

"조정이 파할 무렵, 대궁의 서쪽 귀정문으로 가서 바깥을 출입하는 궁인들을 기다렸다가 거득영공을 뵈어야 하는 사실을 신실히 말해보오. 무릇 여인들이란 기이한 일에 궁금해 하며 사실여부를 확인해 보고 싶어 하는 성품이 있으니, 궁인들에게 말한다면 그 얘기가 거득영공의 귀에 들어갈 가능성이 많소."

안길은 노인이 가르쳐 준대로 귀정문 앞으로 가서 기다렸다. 얼마

후 조하방에 들렀다가 비단을 가지고 대궐 안으로 돌아가는 궁인들에게 다가가서 사실대로 말하였다.

"그러니, 꼭 거득영공께 무진주 이한 고을에 사는 향리 안길이 문밖에 와 있다고 좀 아뢰어 주오."

궁녀들이 아뢰어 주겠노라 한마디 말도 없이 안길의 행색을 위아래로 훑어보기만 하고는 대궁 안으로 들어갔다. 안길이 기다리다가 말이 전해지지 않은 것만 같아 발길을 돌리려는데 뒤에서 누군가 달려 나오는 소리가 들렸다.

바로 그 단오거사였다. 거득은 얼른 안길의 손을 잡고 대궁으로 들어가서 잔치를 열고 궁중이 아니면 맛볼 수 없는 음식을 수십 가지나 차려서 안길에게 극진히 대접하였다. 나라의 재상이 향리를 그렇게 대하고 있다는 말을 들은 대제가 궁금히 여겨 하문하였다.

거득은 지난 일들을 상세히 아뢰었다. 대제는 두 사람 사이에 흐른 아름다운 신의에 감동하였다. 그리하여 성부산 기슭을 무진주 이한 고을의 소목전으로 내려주어 왕경인들의 벌채를 금지하고 산물을 채취하러 함부로 들어가지 못하게 하였다. 이 일이 알려지자 나라 안 모든 백성들과 관원들이 부러워하였다.

성부산 기슭에는 산전 서른 묘가 있어서 거득과 안길이 함께 씨앗 세 섬을 뿌렸는데, 거득이 웃으며 말하기를, 장차 가을에 이 밭이 풍작이 되면 무진주도 풍작이 될 것이고, 이 밭이 흉작이 되면 무진주도 똑같이 흉작이 될 것이라고 하였다.

"그건 어찌하여 그렇사옵니까?"

"왕경에 남아있을 나와 이제 곧 돌아갈 자네 사이에 흐르는 신의 같은 것이 아니겠는가?"

거득과 안길의 훈훈한 일화가 있은 후에 대제는 무진주에 대한 관심을 크게 가졌다. 그리하여 각별히 아찬 천훈을 무진주 도독으로 삼아 농사를 짓고 양잠을 하는 백성들의 살림을 돌보게 하였다.

또 거득의 미행을 거울삼아 경관을 외주 여러 곳에 자주 보내어 외관 관원들의 향무를 암행 감찰하였는데, 그즈음부터 신라에서는 낯선 사람이 고을에 들어오면 경계를 하며 홀대하지 않고, 극진히 대접하여 돌려보내는 풍습이 일어났다.

팔월한가위가 지나자 대제는 비로소 동궁을 새로 짓고 안팎 여러 문의 이름을 정하였다. 정명태자가 자의황후와 함께 자주 소명궁을 찾았다. 소명궁은 흠운의 딸로 앞서 소명태자가 태자비로 맞이하기로 정해져 있었으나, 태자가 요절하는 바람에 궁에 들어와 평생 수절하고 있다가 소명태자의 뒤를 이은 정명태자를 받아들이게 되었다. 소명궁은 얼마 지나지 않아 태기를 보이더니 이공전군을 낳았다.

자의황후가 크게 기뻐하여 소명궁에게 명하여 태자의 처소인 동궁으로 들어가게 하고, 궁호를 선명궁이라 내렸다. 정명태자와 자의황후가 선명궁과 이공전군을 총애함이 날이 갈수록 깊어지자 태자비인 흠돌의 딸이 선명궁을 투기하며, 아비 흠돌에게 대책을 마련해

줄 것을 호소하였다. 흠돌은 좋은 때가 있을 것이니 그때까지 기다리라는 말로 딸을 위로하였다.

사천왕사가 완성되었는데, 짓고 나서 보니 선덕대왕의 무덤이 도리천에 있는 것처럼 생각되었다. 욕계육천의 첫 번째인 사천왕천 바로 위에 도리천이 있다고 불법에 전하기 때문이었다. 선덕대왕이 생전에 말하기를, 짐이 죽으면 도리천에 장사를 지내라고 하였는데, 과연 앞날을 내다본 것이라고 사람들이 경탄하였다.

그즈음 대제는 지난날 기지를 발휘하여 당 황제에게 신라가 사천왕사를 짓고 만수무강을 축원하고 있다고 거짓으로 아뢰어 신임을 얻은 한림랑 박문준으로부터 한 가지 희소식을 들었다. 당 황제가 오랫동안 고국을 떠나 있었던 인문을 그만 돌려보내주어야 하지 않겠느냐고 말하였다는 것이었다.

대제는 상문사 사찬 강수에게 명하여 인문을 보내달라는 표문을 지어서 사인 원우를 시켜 당 황제에게 아뢰었다. 황제는 형제간의 우애가 절절히 담긴 표문을 보고는 인문을 진군대장군 행우무위위대장군에 제수한 뒤에 놓아주었다.

그런데 인문은 배를 타고 돌아오다가 병을 얻어서 해상에서 그만 죽고 말았다. 대제의 슬픔은 이루 말할 수 없었다. 예전에 인문이 당나라의 옥에 갇혀 있었을 때, 그의 학문을 흠모하였던 신라의 학인들이 그를 위하여 인용사라는 관음도량을 짓고 하루바삐 풀려나기를 빌었는데, 인문이 죽었다는 소식을 듣고는 절을 미타도량으로 고쳐서 그의 명복을 비는 백일법회를 열었다.

아우 인문을 잃은 슬픔이 어느 정도 가라앉자 대제는 이찬 군관을 상대등으로 삼았다. 그는 일찍이 풍월주를 지냈으며, 오랜 전쟁을 치르는 동안 숱한 공을 세운, 유신의 이십팔 장수 가운데 한 사람이었다.

나라가 점차 안정되어가고, 백성들의 살림도 풍족해지자 대제는 북쪽 땅 고향을 그리워하는 옛 고구려 유민들의 마음을 어루만져 주고자 하였다. 그리하여 금은 그릇과 채단 일백 필을 보덕왕 연안승에게 내려주고, 자신의 생질녀를 아내로 삼게 하였다. 그러고는 대아찬 관장을 보내어 교서를 내렸다.

"인륜의 근본으로는 부부가 먼저이고, 왕으로서의 교화의 기틀로는 후계를 이어나가는 것이 으뜸이다……. 지금 좋은 때와 좋은 날에 옛 법도를 따라 내 누이의 딸로 짝을 삼게 하니, 왕은 마땅히 마음과 뜻을 돈독히 하여 조상의 제사를 받들고 자손을 능히 무성하게 하여 영원히 반석같이 번창한다면 어찌 성한 일이 아니며 어찌 아름다운 일이 아니겠는가!"

이에 연안승이 대장군 고연무를 왕경으로 보내어 사은 표문을 올려 아뢰었다.

"신 연안승이 성상폐하께 아뢰옵니다. 대아찬 김관장이 이르러서 교지를 받들어 공표하고 아울러 생질로 제 안주인을 삼으라는 교서를 내렸사옵니다. 이에 기쁨과 두려움이 서로 마음속에 있어 어디에 마음을 두어야 할지를 모르겠사옵니다.

생각하옵건대, 신은 본래 용렬한 무리로 행동과 능력이 내세울 것이 없사온데, 다행히 좋은 운수를 만나서 성상폐하의 교화에 몸을 적시게 되었고, 매번 특별한 은혜를 입었으니 보은을 하고자 하여도 길이 없었사옵니다.

그런 가운데 폐하께서는 거듭 은혜롭게도 인척을 내려주었습니다. 마침내 무성한 꽃이 경사를 나타내고 정숙하고 화목함이 덕을 이루어 좋은 달 좋은 때에 저의 집에 시집온다고 하니, 신 연안승은 수억 년 동안에도 만나기 힘든 일을 하루아침에 얻었사옵니다.

이러한 일은 꿈에도 바라지 않았던 것이오니, 어찌 한두 사람의 부형만이 실로 그러한 은혜를 받겠습니까? 저의 선조 이하로 참으로 기뻐할 일인 것입니다. 신은 아직 교지를 받지 못하여 몸소 성상폐하를 알현할 길이 없사오나, 지극한 기쁨과 즐거움은 맡길 곳이 없어서 삼가 대장군 태대형 고연무를 보내어 표문을 올려 아뢰옵니다.”

삼간평정 三奸平定

세 간신의 반역을 평정하다

지진이 일어났고, 별똥별이 삼대성을 침범하였으며, 천구가 서남쪽에 떨어지는 등 하늘에서 이변이 그치지 않았다. 자의황후는 크게 불안하였다. 그도 그럴 것이 문명태후도 병중에 있었고, 대제 역시 몸이 성치 않아 약전의 태의사가 매일같이 구완하고 있었다.

사람을 시켜 알아보았더니, 궐 안에 있는 공공복사들이나 일관들보다 신궁봉사의 점괘가 징험하기로 으뜸이라는 것이었다. 자의황후는 문복을 하고자 몸소 그녀를 찾아갔다. 소영은 자리에서 일어나 맞이하여야 하였지만, 늙고 다리를 못 쓰게 된지 오래인지라 앉은 채로 그저 머리만 조아렸다.

"몸도 성치 않은데 내가 공연히 찾아와 천관에게 불편을 더하는구려."

"아니옵니다. 황후마마. 신이 예를 갖추지 못하는 죄를 엄히 벌하소서."

"괜찮소."

자의황후는 신궁을 찾아온 뜻을 밝혔다. 소영은 잠시 침묵하였다. 황후는 시녀들을 다 밖으로 내어보내었다. 그제야 소영이 입을 열었다.

"지난달에 왕경 서라벌에 지진이 일어난 뜻은 머잖아 우리 신국 신라 왕실에 떠들썩한 일이 한 차례 벌어질 조짐이옵니다."

"떠들썩한 일이라니? 그것이 대체 어떤 일이란 말이오?"

소영은 자의황후의 물음에는 대답도 하지 않고 스스로 할 말을 해나갔다.

"또한 별똥별이 삼대성을 침범한 것은 역모가 일어날 징조이옵니다. 음양가에서는 삼대성을 두고 말하기를, 천하 백성을 낳아 기르고 그 명운을 지켜주는 신장이라고 여기고 있사온데, 그 삼대성이 침범을 당하였사오니, 황실을 심히 우려하지 않을 수 없사옵니다."

자의황후는 너무도 놀란 나머지 할 말을 잃었다.

"삼대성 중에서 상대는 황실의 생명을 주관하는 별이옵고, 중대는 사직의 일을 맡아보는 별이오며, 하대는 군사에 관한 일을 책임지고 있는 별이옵니다. 이러한 소임을 지니고 있는 삼대성을 별똥별이 침범하였사오니 곧 황실에 중대한 위기가 닥칠 것은 두 말할 것이 없는 일이옵니다."

"허면, 이달 들어서 천구가 서남쪽에 떨어졌는데 그건 어인 조짐인가?"

"천구는 개가 집을 지키듯이 하늘나라로 들어오는 도둑을 지키는 별이옵니다. 천구가 사라졌으니 도둑이 스스럼없이 들 것이옵니다. 이달에 천구가 떨어진 것은 바로 지난해에 각간 김흠순 공이 하세한 일을 하늘이 징험한 것이옵니다."

"아, 어찌 이런 기막힌……. 그렇다면 어찌 해야 하겠나? 도대체 어떤 불충한 무리가 반역을 일으키겠는가? 그건 알 수 없는가? 하고, 우리 황실을 보전할 길은 없겠는가?"

"아뢰옵기 황공하오나, 신은 징조만 알 뿐 그 밖에 상세한 일들은 내다보지 못하옵니다."

"그래도 뭔가 아는 것이 있을 게 아니오?"

"황후마마, 신은 이제 오늘 드린 말씀으로써 나라에 조그만 충성이나마 다하였사옵니다. 신도 이제 앞서 가신 분들을 따라 갈 때가 되었사오니, 부디 만수무강하옵소서."

"어찌 그런 말씀을 다하오? 부디 오래 살아서 나를 잘 일깨워주오."

대궁으로 돌아오는 내내 자의황후는 반역을 꾀하려는 무리가 과연 어떤 자들일까 하여 조정의 대신들을 하나하나 다 떠올려보았다. 아무리 생각해도 마음에 걸리는 사람들은 흠돌의 무리뿐이었다. 그의 딸인 태자비가 정명태자의 총애를 잃은 뒤로 자주 문명태후에게 가서 자신과 태자를 음해해온 것을 모르지 않았다. 하지만 아무런 증거도 없이 대제에게 주청하여 잡아들일 수는 없는 일이었다.

'어떤 일이 있더라도 태자를 보호해야 한다!'

수많은 조정의 신하들 중에서 누가 모반에 가담하고 있는지 모르는 일이라 함부로 입 밖에 낼 수도 없었다. 대제를 지켜주던 신칠성우 신하들 가운데 예원은 이미 죽었고, 남은 사람들은 유신의 맏아들 삼광을 비롯하여 천광, 춘장, 품일, 그리고 대제의 서제들인 거득과 시득이 있었다. 하지만 그들과 논의하는 것도 꺼려졌다.

'누가 충신이고, 누가 역신이란 말인가?'

제부가 되는 오기가 떠올랐다. 하지만 그는 조정에 없었다. 대제의 명을 받아 북원소경 외관직으로 나아가 있는 것이었다.

'아, 정녕 의논할 사람이 아무도 없단 말인가!'

대제는 병색이 완연한 얼굴로 조원전에 나아가 두 고승을 인견하였다. 의상법사와 지의법사였다. 의상법사가 아뢰었다.

"이제 우리 신국 신라의 강역 곳곳에 개산을 하고 절을 일으켜 세웠사오니, 만약에 국난이 일어나면 그곳들이 다 요처가 될 것이옵니다."

"고생이 많았소. 짐이 왕경에 성을 새로 쌓고자 하는데 법사의 의견은 어떠하오?"

의상법사가 대답하였다.

"비록 들판의 풀집에 살아도 바른 도를 이행하면 곧 홍복이 길어

질 것이요, 그렇지 않고 사람을 힘들게 하여 웅장한 궁성을 짓더라
도 도를 구하는 마음이 없다면 무슨 이익이 되겠사옵니까?”

대제는 수긍을 하여 고개를 끄덕였다.

“듣고 보니, 내가 잠시 착각한 것이 있는 것 같소”

대제는 지의법사에게 말하였다.

“짐은 죽은 뒤에 호국대룡이 되어서 불법을 받들고 우리 신국 신
라를 수호하고자 하니 법사께서 축원을 좀 해주오.”

지의법사가 반문하였다

“무릇 용이란 축생보를 받아서 태어나는 것인데, 그 일을 어찌하
옵니까?”

대제는 웃으며 말하였다.

“짐이 인세에서 지은 과오가 커서 만약 내생에 나쁜 응보를 받아
축생이 된다면 그것을 달갑게 받아들일 것이요, 그리하여 용이 되어
신라를 길이 보호할 수 있다면 그 또한 짐이 바라는 바이오.”

문명태후가 서거하였다. 흠돌은 그간 의지하였던 후광이 없어지
는 바람에 크게 불안하였다. 있는 그 자체만으로도 자신에게 힘이
되어주었던 흠순도 죽었고, 이제 태후마저 서거하여서 황실에 남은
사람들은 그가 음해를 해왔던 이들 뿐이었다.

자의황후와 정명태자가 어떻게 나올지 두려웠다. 자신의 딸이 태
자비이긴 하였지만 총애를 잃은 지 오래였고, 또 선명궁을 향하여
끊임없이 투기를 일삼아 온 탓으로 언제 쫓겨날지도 모를 상황이었

다.

흠돌은 파진찬 흥원, 대아찬 호성장군 진공과 은밀히 회동을 하였다.

"성상도 오래지 않아 세상을 뜰 것이네. 그리되면 자의가 태후가 되고, 정명이 제위에 오를 것이며, 선명궁이 낳은 이공전군이 태자가 될 것이데, 그때에 이르러 우리가 설 자리가 있겠는가?"

"그렇다면 김 소판의 말은 우리가 큰일을 도모하자는 것이 아닌가?"

"못할 것도 없지."

"정명태자 대신에 내세울 만한 사람이 있는가?"

"야명궁이 낳은 인명전군을 옹립하면 되네."

"그게 좋겠군."

흠돌은 겉으로는 인명전군을 제위에 올리겠다고 하였지만 속으로는 자신이 찬탈할 마음을 품고 있었다, 흥원은 자신은 진평대제의 피를 이어받았으므로 제통이 자기에게 있다고 생각하였고, 진공도 자신은 진흥대제의 피를 물려받았으므로 제위에 오를 자격이 있다고 여겼다.

대제의 환후가 깊어졌다. 자의황후는 더 이상 손 놓고 있을 수만은 없어서 북원소경으로 사람을 보내어 대아찬 오기를 왕경으로 불러들였다. 그러고는 진공에게 명하여 호성장군의 직임을 오기에게 넘기라고 하였다.

하지만 진공은 호성장군의 부절을 내어주기를 거부하였다.

"성상폐하께서는 병석에 누워 계시고 상대등으로부터 아무런 말도 듣지 못하였는데, 어찌 황후마마의 말씀만으로 이 중대한 직위를 함부로 넘겨줄 수 있겠는가?"

진공의 말에서 뭔가 괴이쩍은 조짐을 감지한 오기는 그길로 바로 죽지에게로 갔다. 나이가 아흔에 이르러 조정의 요직에서 다 물러난 그는 오기로부터 대궁에 심상찮은 기운이 감돌고 있다는 말을 듣고는 탄식을 하였다.

"아, 언제고 일어날 것만 같던 일이 오늘에 일어나려는가 보구나."

죽지는 오기에게 조정 내에 대제의 숨은 친위 세력인 신칠성우와 비밀호위대 호법무에 관하여 알려주며 그들의 도움을 받으라고 하였다.

"그런 무리가 다 있었다니, 그저 놀라울 따름이옵니다."

"그게 다 돌아가신 태대각간께서 오늘과 같은 날을 염려하시어 일찍이 마련해 놓으신 비책이라네."

"잘 알겠사옵니다. 소관이 철저히 채비를 하겠사옵니다."

칠월 초하루 밤, 대제가 붕어하였다. 그러나 호성장군 겸 시위삼도감 진공은 그 사실을 대내외에 알리지 않았다. 흑개감, 용호대, 사자대의 시위삼도 중에서 자신을 따르는 대감과 제감을 궁궐 곳곳에 배치하여 삼엄한 경계를 하였다. 그러고는 흠돌과 흥원에게 은밀히 알렸다.

흠돌은 평소 휘하에 거느리고 있던 화랑과 낭도 사병을 거느리고 곧장 야명궁으로 가서 야명궁주와 인명전군을 데리고 대궁으로 향하였다. 영문을 모르는 두 모자는 수레를 타고 가면서 오들오들 떨었다.

흥원도 사병을 거느리고 병부령이자 상대등인 군관의 집을 포위하였다. 그러고는 그에게 자신들의 편에 설 것을 종용하였다. 군관은 가타부타 말을 하지 않고 식솔들의 안전만 보장해 달라고 간청할 따름이었다.

오기의 심복인 낭두 한 사람이 흥원의 무리에서 빠져나와 얼른 오기에게 달려갔다. 그들의 거사 소식을 들은 오기는 삼광, 천광, 춘장, 품일, 거득, 시득의 신칠성우 상신들과 순지, 개원, 당원, 원수, 용원과 같은 젊은 장수들과 함께 대궁으로 향하였다.

대궁의 모든 문은 굳게 잠겨 있었다. 문을 열라고 아무리 소리쳐도 안에서는 아무런 기척이 없었다. 오기는 호법무 무인들이 잘해주기를 바라며 화전 한 대를 조원전 지붕 위로 날렸다.

대궁 안 여기저기에서 나타난 사람들이 진공이 거느리고 있는 시위삼도를 습격하였다. 그들은 신출귀몰하여 시위삼도 군사들은 속수무책으로 당할 뿐이었다. 이윽고 자의황후가 횃불을 든 궁인들에 둘러싸인 채 조원전 앞 축담에 모습을 드러내었다.

"오늘밤 시위삼도는 역적이 될 것인가, 충신이 될 것인가!"

시위삼도 가운데 진공의 편에 붙지 않은 군사들은 호법무 무인들과 합세하여 진공의 무리를 치기 시작하였다. 진공은 사세가 여의치 않자 궐 밖으로 달아났다. 드디어 궐문이 열리고 오기가 여러 상신과 장수들을 이끌고 입성하였다.

자의황후는 그 자리에서 오기를 호성장군에 제수하였다. 오기는 시위삼도의 모든 대감과 제감들을 파면하고 호법무 무인들로 대신하게 하였다.

달아난 진공은 대궁으로 향하고 있는 흠돌을 밤길에서 만났다. 또 흥원도 사병을 이끌고 대궁으로 가다가 그들과 합류하였다.

"상대등은 어찌 되었는가?"

"모르는 척하고 있을 테니 목숨만 살려달라고 하더군. 그쪽은 염려할 것이 없네."

진공이 낯선 무인들이 나타나는 바람에 대궐을 장악하는 데 실패한 것을 안 그들은 길을 재촉하여 월성 대궁으로 갔다. 대궁 앞에는 각간 진복이 군사들을 거느린 채 그들을 기다리고 있었다.

세 사람은 거사 계획이 사전에 새어나갔음을 직감하였다. 하지만 이제와 돌이킬 수는 없는 일이었다. 진복이 세 사람을 향하여 소리쳤다.

"너희들이 일으킨 모반은 실패로 끝났다. 곧 경외의 군사들이 왕경에 이를 것이니, 적신인 너희들은 아무리 발악을 하여도 처참한 죽음을 면치 못할 것이다!"

흠돌도 지지 않고 양쪽 군사들에게 소리쳤다.

"상대등 김군관 공과 저기 저 각간 김진복 공이 이미 성상폐하의 밀조를 받아 인명전군을 즉위시키기로 하였다! 이제 내가 모시고 왔는데, 공은 그 어인 망발이오! 혹시 공이 제위를 찬탈할 마음을 먹고 있는 것이 아니오?"

그러자 양쪽 군사들이 다 술렁였다. 누구의 말을 믿어야 할지 몰랐다. 흠돌이 없는 소리를 지어내어 군사들의 마음을 흔들어 놓자 진복은 대노하였다. 그도 양쪽 군사들에게 크게 외쳤다.

"지금 대궐은 호성장군 김오기 공이 역적의 무리 진공으로부터 빼앗아 장악하여 굳건히 지키고 있다! 그대들은 우리 신국 신라의 신병들이다. 저 적신의 말에 일말의 동요도 있어서는 아니 된다! 그것이 바로 저 놈들이 노리는 바이다!"

이어 진복은 칼을 높이 빼어들었다.

"다른 말은 더 이상 하지 않겠다! 자기 자신을 충성스러운 우리 신국 신라의 신병이라고 생각하는 자는 오른쪽으로 물러서고, 저 역적 놈들을 따를 자들은 왼쪽으로 물러서라!"

그 자리에서 웅성거리던 군사들은 이윽고 나누어 서기 시작하였다. 오른쪽으로 간 군사와 사병의 수가 월등히 많았다. 흠돌, 흥원, 진공은 사색이 되었다. 서로를 잠시 쳐다보더니 왼쪽에 선 자들과 함께 달아나려고 하였다.

"쫓아라! 역적의 수괴들은 죽이지 말고 사로잡아야 한다!"

대궁 안에 있던 오기의 군사들도 나와 진복의 군사들과 합세하여 역적의 무리를 뒤쫓았다. 그즈음, 진공의 아들인 신공의 기별을 받고 모반을 일으킨 세 사람과 호응하고자 밤새 왕경으로 달려온 압량군주 설오유가 흠돌의 무리가 오기와 진복에게 쫓기는 것을 보고는 얼른 마음을 고쳐먹었다.

그것도 모른 채 흠돌은 자신들의 원군인 줄 알고 그들을 크게 반겼다. 하지만 설오유의 군사들은 맨 앞에서 마치 품 안에 뛰어드는 듯하는 세 사람과 그들을 뒤따르는 역적의 무리를 순식간에 쳐서 모두 사로잡은 뒤, 바로 뒤이어 도착한 오기와 진복에게 바쳤다.

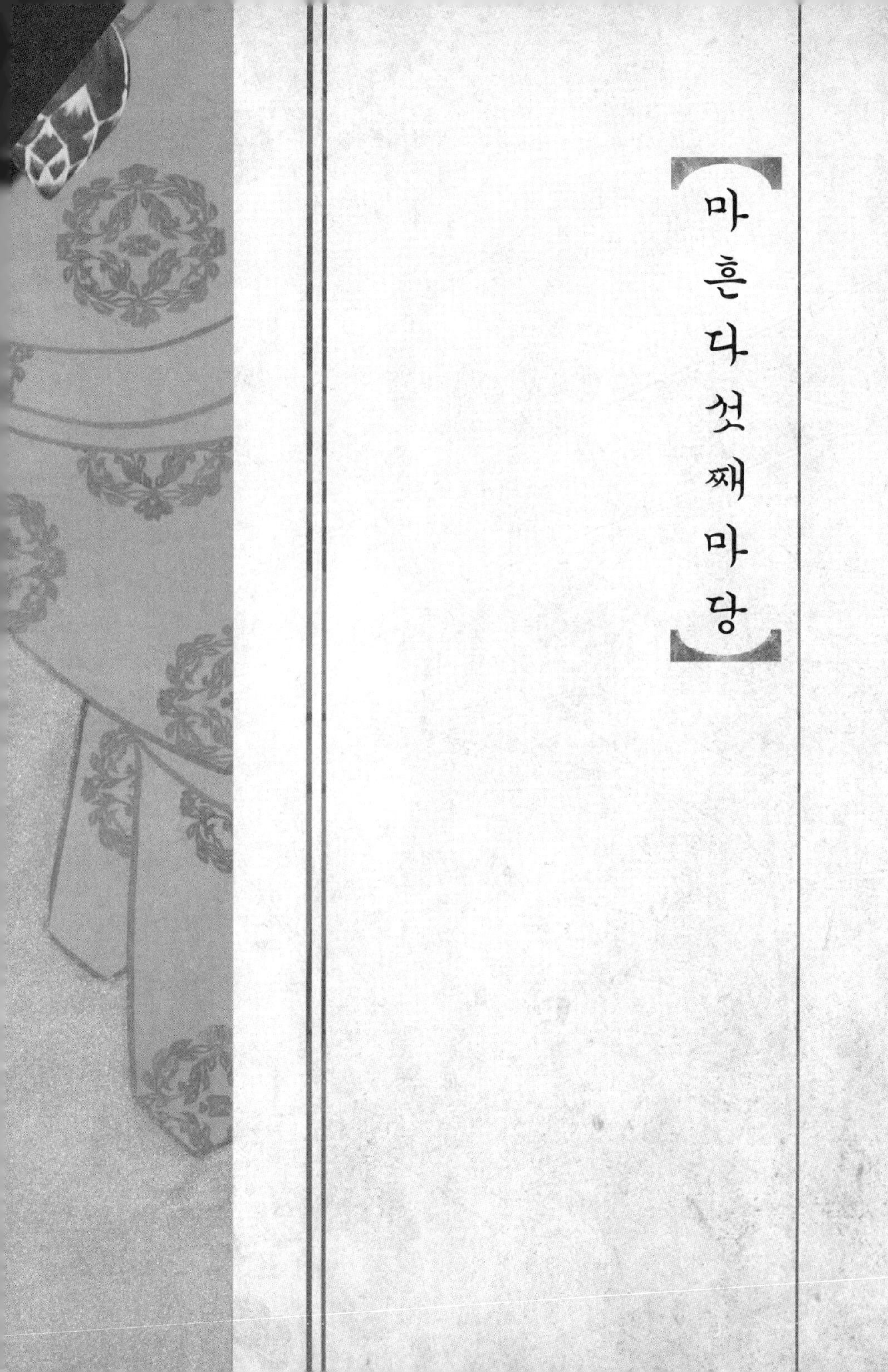
마흔다섯째 마당

사후화룡 死後化龍

　삼간의 반란을 평정한 뒤에 날이 밝았다. 황실에서 가장 큰 어른은 자의황후였다. 그녀는 파진찬 호성장군 오기와 각간 진복을 좌우에 거느리고, 신칠성우 상신들을 뒤로 한 채 조원전 앞으로 나아왔다. 온 대궁에는 호법무 무인들이 시위삼도 군사들을 대신하여 삼엄한 경계를 하고 있었다.

　"선황의 교서를 반포하라."

　대제가 살아있을 때 내성의 상문사 사찬 강수를 시켜 작성한 교서를 처음 대궐을 장악한 모반의 수괴 진공이 확보하려고 하였으나, 강수가 얼른 그것을 가지고 몸을 피하는 바람에 무사할 수 있었다. 각간 진복이 뜰에서 국궁하고 있는 문무백관 앞에서 읽어나갔다.

　"일찍이 짐이 제위에 오를 때에는 국운이 어지럽고 온 삼한이 전쟁터가 된 때였다. 그러나 신병이 앞장서고 조민이 뒤를 도와 끝내 서쪽을 정벌하고 북쪽을 토벌하여 능히 영토를 안정시켰다. 그 이후에 배반하는 무리는 치고 협조하는 자들은 가까이 불러 드디어 멀고 가까운 곳을 모두 평안하게 하였다.

그리하여 위로는 열성조가 남기신 염려를 위로하였고 아래로는 우리 부자의 오랜 숙원을 풀었으며, 살아남은 사람과 죽은 사람에게 두루 상을 내렸고, 왕경과 주군에 있는 사람들을 균등하게 벼슬에 통하게 하였다.

병기를 녹여 농구를 만들었고 백성은 어질고 오래 살게 하였다. 조세를 가볍게 하고 요역을 보살폈으니, 집집마다 넉넉하고 사람들이 기름져 민간은 안정되고 시가는 자유로워 나라 안에 걱정이 없게 되었다.

나라와 백성의 모든 곳간에는 사해 산물이 언덕과 산처럼 쌓여가고, 경외의 감옥에는 다 잡풀이 무성하게 자라고 있으니, 신명과 인세에 부끄럽지 않았고 관리와 백성에게 빚을 지지 않았다고 말할 만하다.

짐이 여러 어려운 고생을 무릅쓰다가 마침내 고치기 어려운 병에 걸렸고, 정치와 교화에 근심하고 힘쓰느라고 다시 심한 병으로 도지게 되었다. 무릇 명운은 가고 이름만 남는 것은 천하고금에 마찬가지이므로, 밝은 낮에 나타났다가 갑자기 어두운 긴 밤으로 돌아가는 것에 어찌 티끌만한 한스러움이 있겠는가?

태자는 일찍이 밝은 덕을 쌓았고 오랫동안 동궁의 자리에 있어서, 위로는 여러 재상에 나아가고 아래로는 뭇 관리에 이르러서 죽은 사람을 보내는 뜻을 어기지 말고 살아 섬기는 예의를 빠뜨리지 말라. 사직의 주인은 잠시도 비워두어서는 안 될지니, 태자는 곧 짐의 관 앞에서 제위를 이어 우뚝 서도록 하라.

산과 골짜기는 변하여 바뀌고, 사람의 세대도 바뀌어 옮겨가는 것이 순리이니, 지난날 모든 일을 다투던 영웅들도 끝내는 한 무더기의 흙이 되고 만다.

나무꾼과 목동은 그 무덤 위에서 노래를 부르고 여우와 토끼는 그 옆에 굴을 파니, 성대히 묘를 쓰는 것은 헛되이 재물을 쓰고도 서책에 꾸짖음만 남길 뿐이요, 또한 사람을 크게 수고롭게 하고도 죽은 사람의 넋은 구원하지 못하는 바가 된다. 가만히 생각하면 안타깝고 애통함이 그치지 않을 것이지만, 이와 같은 것은 짐이 즐겨 바라는 것이 아니다.

태자에게 하명하노니, 짐이 죽은 뒤 열흘 뒤에는 곧 낭산 기슭에서 서국의 예식에 따라 화장을 하라. 그리고 상복의 가볍고 무거움은 정해진 규정이 있으니 장례를 치르는 제도는 힘써 검소하고 간략하게 하라.

변경의 제성과 제진을 지키는 일과 주군현의 조세 징수는 긴요한 것이 아니면 마땅히 모두 헤아려 폐지하고, 율령격식에 백성이 불편한 것이 있으면 주저 말고 다시 고치도록 하라. 짐의 이러한 뜻을 경외에 널리 알리게 할 것이며, 황실과 조정은 힘과 뜻을 모아 시행하도록 하라.”

“삼가 봉명하겠사옵니다!”

곧이어 자의황후의 명에 따라 태자비가 폐위되었다. 그녀는 역적 흠돌의 딸로 아비의 모반 계획을 알면서도 아뢰지 않았다는 죄목을 얻었다. 황후는 선명궁을 새로 태자비로 세웠다.

그런 뒤, 정명태자가 오기로부터 대제의 교서를 받아들고 조원전 안으로 들어가 보위에 앉았다.

“성상폐하 영세, 영세, 영영세세!”

새 대제는 첫 교서를 내렸다. 모후인 자의황후를 태후에 책봉하였고, 태자비 선명궁을 황후에, 그리고 선명궁이 낳은 이명전군을 태자로 삼았다. 황실의 위계를 새로 세운 대제는 하명하였다.

“상문사는 선제의 시호를 정해 올리고, 조정은 국장의 채비를 하라.”

선제의 시호는 문무라 하였다. 새 대제는 낭산 위쪽에 있는 선덕대왕의 묘와 아래쪽 사천왕사 사이에 대연화탑을 세웠다. 맨 아래 기단에는 십이지 신상을 둘러 새겼고, 그 위 기단에는 연꽃이 피어나는 모양을 새겼다.

그리고는 감실을 만들어 참나무 장작을 쌓았다. 대제는 백관과 백성이 지켜보는 가운데 감실에 선제 문무대왕의 시신을 올려놓고 불을 붙여 다비를 하였다. 구름처럼 모여든 사람들은 문무대왕이 십이

지신의 호위를 받으며 연화대를 타고 극락정토에 들기를 기원하며 끊임없이 아미타부처를 염송하였다.

대연화탑에서 밤낮 타오르던 불이 꺼지고 여러 날이 지나 유골을 수습하였다. 그것을 곱게 갈아 항아리에 담고 용가마에 안치하여 동해 고래나루로 나아갔다. 바닷가에서도 용머리를 새긴 배를 타고 바다 한가운데에 있는 큰 바위에 장사를 지냈다.

다시 바닷가로 돌아온 대제는 해중릉이 잘 보이는 곳에 제단을 쌓고 상을 차린 뒤에 제를 지내며 기원하였다.

"선제 문무대왕이시여! 부디 생전에 바라시던 대로 호국대룡이 되시어 우리 신국 신라를 길이 지켜주옵소서."

돌아오는 길에 대제는 선제 문무대왕이 생전에 짓다가 만 절터에 이르러 신하들에게 하명하였다.

"무릇 어버이가 못다 한 일이 있으면 마땅히 그 자식이 이루어야 하지 않겠는가? 이곳에 절을 짓고 감은사라 하리라. 바닷물이 드나드는 어귀이니, 만약 호국대룡이 되신다면 이곳으로 와서 쉬실 수 있도록 금당 아래로는 물이 드나들 수 있도록 하라."

대제는 서라벌 월성 대궁으로 돌아와 감옥에 가두어 놓았던 모반의 주모자들인 삼간, 소판 흠돌과 파진찬 흥원과 대아찬 진공을 궐문 밖에서 참수하였다. 또 삼간의 모반에 결탁한 언원, 흠언, 신공, 차홍의 목을 베었다.

그 밖에 시위삼도 중에서 모반에 가담한 대감, 제감, 그 휘하 군사들도 다 사정을 두지 않고 죽였고, 그날 밤을 틈타 산속으로 달아나 숨고 바닷가로 몸을 감춘 잔당들을 수소문하여 남김없이 찾아내어 처단하였다.

역적의 진압에 큰 공을 세운 각간 진복을 상대등으로 제수하였으며, 흑개감 용호대 사자대의 시위삼도를 통합하여 시위부로 고치고, 병부령 휘하의 장군 여섯 사람을 두었다. 더욱이 시위부의 장군은 다른 군대의 장군과는 달리 관등이 급찬에서 아찬까지인 자로 임명하였다. 관등이 높은 고관들이 시위부를 황실의 친위대가 아니라 사사로이 부리는 사병으로 여기는 것을 미연에 방지하고자 타성에 젖지 않은 젊은 장수들에게 맡긴 것이었다.

"역적들로 말미암아 낭정의 기강과 선도의 도리가 무너진 지 이미 오래이니, 화랑을 폐지하라!"

자의태후가 내린 추상같은 명이었다. 대제는 호성장군 오기에게 풍류황권을 맡겨 좌이방부와 협의하라고 하였다. 오기는 화랑과 낭도들 가운데 병부에 속하게 할 자들은 출신에 따라 균등히 가려 뽑고, 나머지는 다 집으로 돌려보내었다. 그로써 진흥대왕 때부터 삼십이 대 일백사십 년을 이어왔던 화랑의 명맥이 끊어지게 되었다.

나라의 서쪽 해안가 금마저의 땅에 있는 보덕국왕 연안승이 소형 수덕개를 사신으로 보내와 반역의 무리를 평정한 것을 하례하였다. 그 자리에서 대제는 역적을 완전히 토벌한 것에 대한 교서를 내렸다.

"대저 공이 있는 자에게 상을 주는 것은 옛 성인의 좋은 규범이고, 죄가 있는 자에게 벌을 주는 것은 선왕의 훌륭한 법이다.

짐이 비록 왜소한 몸과 볼품없는 덕으로나마 우리 신국 신라의 숭고한 기틀을 이어받아 지키느라 먹을 것도 잊고 아침 일찍 일어나 밤늦게 잠들며 여러 중신들과 함께 나라를 편안케 하려 하였다.

그런데 어찌 상복도 벗지 않은 때에 황성에서 역란이 일어나리라고 생각이나 했겠는가? 적괴의 우두머리 김흠돌, 김흥원, 김진공 등은 그 벼슬이 그들의 재주로 오른 것이 아니고, 진실로 성은으로 오른 것인데도 처음과 끝을 삼가는 도리를 잊고 부귀를 보전하지 못하였도다.

그들은 불인불의로 홍복과 위세를 마음대로 부려 대신들과 관원들을 깔보고 위아래를 속였고, 날마다 만족하지 못하는 탐심을 왕성히 일으켜 포학한 마음을 제멋대로 하였으며, 흉악하고 간사한 이들을 불러들이고 황실의 근시들과 결탁하기까지 하여서 재화가 안팎에 통하게 되었다. 그리하여 드디어 똑같은 악인들이 서로 도와서 날짜를 정하여 나라를 어지럽히는 반역을 감행하고자 하였다.

짐이 위로 천지신명의 보살핌에 힘입고 아래로 종묘의 영험을 받아서인지 그들 삼간삼적의 악덕이 쌓이고 죄과가 가득 차자 마침내 도모하려던 역모가 천인공노할 모양으로 세상에 드러나고 말았다.

이는 바로 사람과 신이 함께 버리고, 하늘과 땅이 용납하지 않음을 증명하는 것이었다. 의리를 범하고 풍속을 해침에 이보다 심한 것이 또 어디 있으랴.

그러므로 신병을 새로 더하고 추가로 모아 나라의 은혜를 잊고 의리를 저버린 나쁜 무리들을 모조리 물리쳐 없애고자 하였다. 그들 무리 가운데 일부는 산골짜기로 도망가 숨고, 일부는 대궐 뜰에서 항복하였다. 또 잔가지나 잎사귀 같은 잔당까지 샅샅이 찾아 모두 죽여 남김없이 소탕하였다.

그러나 사세가 부득하여 온 백성을 놀라게 하였으니 근심스럽고 부끄러운 마음을 어찌 한시라도 잊으리오. 이제 요망한 무리들이 다 토벌되어 먼 곳이나 가까운 곳이나 아무 근심이 없게 되었으니, 온 사방 전역에 공표하여 짐의 이러한 뜻을 알게 하라.”

그로부터 며칠 지나지 않아 뒤늦게 병부령 겸 상대등 이찬 군관이 삼간의 반란 와중에 부적절하게 처신한 것이 드러나 새 대제가 또다시 교서를 내렸다.

“임금을 섬기는 규범은 충을 다하는 것을 근본으로 삼고, 관직에 있는 의리는 둘이 없음을 으뜸으로 여긴다. 전 병부령 겸 상대등 이찬 김군관은 상신의 반열의 순서에 의해 마침내 높은 자리에 올랐다.

그런데도 스스로 모자란 점을 보완하여 조정에 깨끗한 절개를 바친다거나, 목숨을 버리고 몸을 잊어 사직에 굳은 정성을 표현하지 못하고 적신 김흠돌 등과 교섭하여 반역을 도모한다는 것을 미리 알았으면서도 일찍이 고하지 않았다.

그것만 보더라도 이미 나라를 걱정하는 마음은 없고, 또한 공무의 책임을 따르려는 뜻이 끊어졌는데 어찌 거듭 재상의 자리에 두고서 함부로 국법을 흐리게 하겠는가. 마땅히 삼간의 무리들과 함께 폐하여 후일에 경계로 삼도록 하겠다.

김군관과 그의 맏아들 천관, 그리고 김흠돌의 딸로서 천관의 처는 가내에서 스스로 목숨을 끊도록 하라.”

대제는 길일을 가려 낭산 사천왕사에 선제 문무대왕의 비석을 세웠다. 동해 한가운데에 장사를 지낸 까닭에 자주 가볼 수 없는 것을 안타깝게 여기고 있던 자의태후의 마음을 달래고자 한 조치였다.

비문은 호성장군 오기의 아들로 약관의 나이에 국학소경이 된 대문이 지었고, 글씨는 명필로 이름 높은 상문사 대사 한눌유가 썼다.

신죽성적 神竹成笛

신묘한 대나무를 얻어 피리를 만들다

대제는 새해가 되어 자의태후, 선명황후, 이명태자, 그리고 신하들을 데리고 몸소 신궁을 찾아 열성조에 제사를 지냈다. 그 자리에서 경외의 감옥에 갇혀있는 죄수들의 죄를 크게 덜어주어 많은 이들을 방면하였다.

자의태후는 신궁봉사 소영이 이미 세상을 떴음을 알고 몹시 안타까워하였다. 그녀가 천문을 읽고 모반의 징조가 있다고 알려주지 않았더라면 과연 황실이 어떻게 되었을까 하는 생각만 하여도 끔찍하였다.

"어디에 묻혀 있느냐?"

"벽도산 재매곡에 장사를 지냈사옵니다."

"그곳은 금남지처라고 하여 나라에 공이 많은 풍류화들이 모여

사는 곳이 아니냐?"

"그러하옵니다."

"정녕 사내는 한 사람도 없는 곳이냐?"

"특별히 허락을 받은 묘지기 두 사람이 있다고 들었사옵니다."

"하긴, 짐승들이 묘를 파헤칠 수도 있으니 사내가 전혀 없어서는 안 되겠지. 그 재매곡이 나라 안에서 풍치가 가장 아름다운 골짜기라는 소문을 들은 적이 있다. 언제 나도 한번 가보았으면 좋겠구나."

대제는 위화부의 수장을 달리 금하신이라 칭하고 처음으로 두 사람을 두었다. 위화부는 경관부와 외관부에 필요한 모든 관원을 사정하고 선발하며 임면에 관한 공무를 맡은 관서였다.

"널리 인재를 찾아 등용할 방안이 없겠는가?"

"당에서는 국학에서 인재를 길러서 쓰고 있사옵니다."

"그렇다면 우리도 그렇게 하라. 다른 나라의 좋은 문물을 본받는 것은 허물이 아니다. 그리하여 나라에 필요한 학문을 닦는 동시에 장차 관원으로서의 도리와 국법의 엄중함을 알게 하라. 또 등용하고자 할 때에는 반드시 면밀히 살펴서 한 가문에 권세가 치우치는 일이 없도록 하고, 삼한의 신민이면 사는 곳과 이어받은 혈통에 구애됨이 없이 균등하라."

젊은 새 대제는 이른 아침부터 늦은 저녁까지 쉬지 않고 정무를 돌보기에 여념이 없었다. 오직 백성들이 바라는 태평성대를 이루고자 자신의 심신은 조금도 살피지 않았다. 피곤이 엄습하고 눈이 감기어도 정무를 파한 후에는 또 경서를 읽었다. 임금이 학문을 소홀히 하는데 어느 누가 면학을 하고자 하겠느냐는 마음에서였다.

대제는 쏟아지는 졸음을 쫓으려고 천근 무게로 감기는 눈꺼풀을 비비고 긴 하품을 하였다. 그러고는 경서에 다시 눈길을 두었다. 글자가 점차 흐릿하게 보였다.

선제 문무대왕을 장사지낸 고래나루 해관 파진찬 박숙청이 아뢰었다.

"동해 멀리 작은 산 하나가 바닷물에 떠서 감은사를 향해 오고 있사옵니다."

"그게 무슨 말인가? 산이 바다 위를 떠 오다니?"

괴이쩍게 여긴 대제는 공공복사 춘질에게 점을 치게 하였다.

"성상폐하, 돌아가신 선제 문무대왕께서 지금 해룡이 되시어 우리 삼한을 수호하고 있사옵니다. 또 김유신 공도 천상계 삼십삼천의 한 천신이 되셔서 우리 신국 신라에 신명을 보내주고 계시옵니다."

"그게 정말인가?"

"그러하옵니다. 산이 바다 위를 떠서 감은사 쪽으로 오는 것은 두 성인께서 덕을 같이 하여서 나라를 지킬 보배를 내어주시려는 징조이옵니다. 만약 성상폐하께서 길일을 가려 친히 바닷가로 나가시면, 반드시 값없는 보배를 얻게 되실 것이옵니다."

대제는 춘질이 점을 쳐 뽑은 길일에 고래나루로 행차하여 바다를 바라보았다. 과연 해관 박숙청이 아뢴 바와 다르지 않은 일이 벌어지고 있었다. 대제는 수군을 보내어 살펴보게 하였다. 해관 박숙청은 군사들과 배를 타고 가까이 다가갔다가 밤이 깊어서야 돌아와 아뢰었다.

"산의 형세는 거북의 머리를 닮았사옵고, 그 위에는 한 그루 대나무가 자라 있사온데, 낮에는 산과 함께 두 쪽으로 갈라졌다가 해가 진 밤에는 합쳐져서 하나가 되었사옵니다."

밤이 너무 깊어 신하들은 대제에게 감은사로 가서 유숙하기를 주청하였다. 행궁이 된 감은사를 시위부 군사들이 밤새 불을 밝힌 채 경위하였다.

다음날·정오에 그 산과 대나무가 합쳐져서 한 쪽이 되더니, 갑자기 천지가 진동하며 비바람이 몰아쳐 이레 동안이나 사방이 어두컴컴하였다. 궂은 날씨가 누그러지고 바다의 물결도 잔잔해지자 신하들의 만류에도 불구하고 대제가 몸소 그 산에 가보기로 하였다.

대제는 큰 배를 타고 여러 병선의 호위를 받으며 먼 바닷길을 헤치고 그 산으로 들어갔다. 그랬더니 용이 대제 앞으로 나와 검은 옥대를 바쳤다. 대제가 용과 함께 대나무 아래에 마주 앉아서 궁금한 것을 물었다.

"이 산과 대나무가 두 쪽으로 갈라지기도 하고 하나로 합쳐지기도 하는 것은 무슨 까닭인가?"

용이 답하여 아뢰었다.

"그것은 마치 한 손바닥으로 치면 소리가 나지 않고, 두 손바닥으로 쳐야 소리가 나는 손뼉의 이치와 같은 것이옵니다.”

“치세에 있어서 짐이 한 손바닥이 되고, 신민이 또 한 손바닥이 된다는 말인 게로군?”

“성상폐하께서 이 대나무를 가지고 피리를 만들어 불면 그 소리로써 천하가 화평할 것이옵니다.”

“피리소리로써 천하를 화평하게 할 수 있다?”

“그러하옵니다. 이제 폐하의 선제께서는 호국대룡이 되셨고, 김유신 공은 다시 천상계에 드시어 천신이 되셨는데, 두 성인께서 나라를 생각하시는 똑같은 마음으로 이처럼 값으로 따질 수 없는 보배를 저로 하여금 폐하께 바치게 하신 것이옵니다.”

대제는 놀랍기도 하고 기쁘기도 하여 오색 채단과 금은보옥으로 용에게 보답을 한 뒤, 박숙청을 시켜 대나무를 베게 하였다. 그런 뒤 검은 옥대와 대나무를 가지고 배를 타고 돌아오면서 문득 뒤를 돌아보았다. 그런데 어찌된 일인지 산도 용도 어디론가 사라져 자취를 찾아볼 수 없었다.

대제는 다시 감은사에서 하룻밤을 보낸 뒤, 그 다음날 기림사 서쪽 냇가에 이르러 수레를 멈추고 점심을 먹었다.

대궐을 지키고 있던 이명태자가 동해에서 일어난 이변을 듣고 말을 타고 달려왔다. 부황에게 검은 옥대와 대나무를 얻은 일을 축하 봉례하고 그 두 가지를 천천히 살펴본 뒤에 아뢰었다.

“아바마마, 이 검은 옥대의 여러 쪽들은 다 진짜 용이옵니다.”

“태자가 어떻게 그것을 아는가?”

“옥대의 쪽 하나를 떼어서 물에 넣어보면 아시게 될 것이옵니다.”

상대등 진복이 옥대의 왼쪽에서 두 번째 쪽을 떼어 시냇물에 조심스럽게 넣었다. 그랬더니 곧 물보라가 일었다. 잠시 후 용 한 마리가 틀임을 하며 하늘로 솟구쳐 올라 사라져버렸고, 옥대의 쪽을 넣었던 곳은 바닥이 파여서 못이 되었다.

“허허, 용연이 어디 따로 있으랴. 이곳이 바로 용연이로다.”

대제는 월성 대궁으로 돌아와 그 대나무로 피리를 만들 것을 하명하였다. 그러고는 대궁 안 천존고에 깊이 간직하였다.

“아니?”

눈을 뜬 대제는 주위를 둘러보았다. 꿈이었다. 그러나 꿈만 같지 않은 꿈이었다. 너무도 생생하여 얼른 일어난 대제는 입직 시위부 장군을 앞세워 천존고로 달려갔다. 하지만 어디에도 신죽으로 만든 피리는 없었다.

“성상폐하, 어인 까닭이옵니까?”

“으음. 그것이 정녕 꿈이었단 말인가? 태자를 부르라!”

대제는 불려온 태자에게 꿈 이야기를 들려주었다. 그러자 태자가 놀라며 아뢰는 것이었다.

“아바마마, 불초자도 간밤에 그와 똑같은 꿈을 꾸었사옵니다.”

“그래? 그렇다면 이건 필경 상서로운 징조로구나.”

대제가 조원전에 나아가 신하들과 정무를 보고 있는데, 내성사신이 대식국에서 사절단이 도착하여 알현을 청한다고 아뢰었다. 대제는 그들을 인견하였다. 사절단은 만리 이국에서 난 여러 가지 진기한 산물을 바쳤다.

대제는 그중에서 대나무로 만든 피리에 눈길이 멈추었다. 꿈에서 신죽을 얻어서 만든 피리와 거의 흡사하였다.

"저것은 어떤 소리가 나는가?"

사절단 중에서 한 사람이 그것을 집어다가 입에 대고 불었다. 형언하기 어렵고 오묘하기 이를 데 없는 소리가 조원전을 울려 퍼졌다. 대제도 태자도 신하들도 다 황홀한 선경에 들어있는 듯한 착각이 일었다.

이윽고 그가 피리 불기를 멈추었다. 사절단의 두상이 아뢰었다.

"성상폐하, 이 피리를 불기만 하면, 사람들의 마음이 평온하여져서 침입한 적병이 물러갈 것이옵고, 백성들의 역질이 나을 것이오며, 가뭄에는 비가 내릴 것이옵고 긴 장마에는 날이 갤 것이오며, 거센 바람은 잦아들 것이옵고, 세찬 풍랑은 누그러질 것이옵니다."

"그 피리 소리로 천하를 안녕케 할 수 있다?"

"전장으로 나아가라는 진군의 나팔소리는 들리지 않고, 이처럼 듣기 좋은 피리소리만 천하에 울려 퍼진다면 그것이 바로 태평성세가 아니겠사옵니까."

"그대의 말이 과히 틀리지 않도다. 짐이 저 피리를 태평성세의 상징으로 삼아 각별히 이름을 내리노니, 만파식적이라 하리라."

　그리고 대제는 간밤의 꿈을 떠올리면서 마음속으로 두 호국신께 간절히 염원하였다.

　'부디 바라옵건대, 천하 신민이 전쟁 없고 재난 없이 길이 평안하게 하소서.'

〈끝〉

하용준 河龍俊

그간 발표한 작품으로 장편소설 『유기(留器)』(1999), 『신생대의 아침』(2000), 『쿠쿨칸의 신전』(2001), 『제3의 손』(2005, 인터넷 연재), 『섬호정(2012)』, 『고래소년 울치(2013)』가 있고, 단편소설로는 「귀화(鬼話)」(2005)가 있다. 장편 『유기』는 2009년 글누림출판사에서 『유기』(전2권)로 재간하였다.

2006년부터 독자들과 만나고 있는 대하역사소설 『북비』(전15권)는 현재 출간 중에 있다.

제1회 문창文昌문학상을 수상하였다.

E-mail : oojun1@naver.com

태종무열왕
제3권 세 나라 못다라
ⓒ 2013 하용준

초판 1쇄 발행 2013년 6월 12일

지 은 이 하용준
펴 낸 이 최종숙
펴 낸 곳 글누림출판사

책임편집 이태곤
편　　집 임애정 권분옥 이소희 박선주
디 자 인 이홍주 안혜진
마 케 팅 이상만 박태훈 안현진
관　　리 이덕성

주　　소 서울시 서초구 반포4동 577-25 문창빌딩 2층(137-807)
전　　화 02-3409-2055(대표), 2060(편집), 2058(영업)
팩　　스 02-3409-2059
전자메일 nurim3888@hanmail.net
홈페이지 www.geulnurim.co.kr
등록번호 제303-2005-000038호(2005.10.5)

정　　가 12,000원
ISBN 978-89-6327-212-2 04810
　　　 978-89-6327-209-2(전3권)

출력 · 안문화사 인쇄 · 바른글인쇄 제책 · 동신제책사 용지 · 에스에이치페이퍼

* 잘못된 책은 바꾸어 드립니다.